WILFRIED BREMERMANN

Schachtschleuse

Buch

Als Lavinia beauftragt wird, nach der vermissten
Freundin der Edelprostituierten Lolita LeGuin zu suchen,
ahnt sie noch nicht, dass sie es mit einem weiteren Vermiss-
tenfall zu tun bekommt, denn schon kurz darauf ist auch
Lolita verschwunden. Wenig später werden die Leichen der
beiden gefunden. Lavinia ist entsetzt und ermittelt trotz des
Todes ihrer Auftraggeberin weiter. Die Spur führt über ein
gruseliges Moor im nahen Rahden, eine gefährliche Hinter-
lassenschaft aus dem letzten Krieg und mehrere Anschläge
auf Lavinias Leben, bevor an der Mindener Schachtschleuse alle Fäden zusammenlaufen.

Autor

Wilfried Bremermann, geboren 1963 im westfälischen
Rahden, schreibt seit fast 20 Jahren internationale Thriller.
Sein erster regional angehauchter Krimi "Die Babylon-
Falle" erschien 2014 und fand große Anerkennung beim
Publikum. "Nordpunkt" war der erste Roman der Reihe um
die witzige und einzelgängerische Privatdetektivin Lavinia
Borowski, die im Mühlenkreis Minden-Lübbecke ermittelt.
Wilfried Bremermann ist Mitglied im SYNDIKAT und
im Bundesverband junger Autoren.
Im Internet finden Sie Wilfried Bremermann unter:
www.wilfried-bremermann.de.

Weitere Bücher von Wilfried Bremermann:

Die Hoffmann-Affäre
Der Golf-Zwischenfall
Der Armageddon-Plan
Die Babylon-Falle
Das Arkham-Manuskript
Die virginische Nymphe
Nordpunkt

Wilfried Bremermann

Schachtschleuse

Ein Lavinia Borowski Krimi

Bibliografische Information der Deutschen Nationalbibliothek:
Die Deutsche Nationalbibliothek verzeichnet diese Publikation in
der Deutschen Nationalbibliografie; detaillierte bibliografische
Daten sind im Internet über http://dnb.dnb.de abrufbar.

© 2018 Wilfried Bremermann
Umschlag, Illustration: Vorderseite Autor, Rückseite Franck
Camhi, Fotolia
Herstellung und Verlag: BoD – Books on Demand, Norderstedt

ISBN: 978-3-7528-0653-3

Ich lernte Lolita LeGuin an einem grauen Herbsttag kennen.

Es war einer dieser Tage, die man am liebsten mit geschlossenen Augen im Bett verbringt. Der Sommer war vorbei und der Winter noch nicht gekommen. November. Wenn ich aus dem Fenster blickte, sah ich Grau. Die Sonne weigerte sich, ihren Dienst aufzunehmen und versteckte sich hinter einer Wolkendecke. Es sah nicht so aus, als wäre sie gewillt, darin in den nächsten Stunden auch nur eine winzige Lücke zu schaffen. Das Laub fiel von den Bäumen und schuf bräunlich-rötliche Rutschfallen auf dem feuchten Boden. Was mich an diesen Tagen am meisten deprimierte, war die Tatsache, dass man nichts vom Tag hatte. Man fuhr morgens ins Büro, und es war dunkel. Man kam abends nach Hause, und es war dunkel. Im Laufe der nächsten Wochen würde dieses Dunkel noch eine Steigerung erfahren und in absolutes Schwarz übergehen, bis irgendwann im März die Tage wieder länger wurden. Kurz, es waren die Tage, die man am besten mit einem Whisky versüßte. Was zweifellos die beste Option war. Doch einerseits würde ich im Büro nicht trinken – jedenfalls nicht um diese Tageszeit -, und zum anderen würde ich Whisky nicht saufen, sondern nur in kleinen Portionen genießen.

Zur Langweiligkeit des Herbsttages gesellte sich die nicht weniger langweilige Routine des Bürotages. Mein letzter großer Fall lag mehrere Wochen zurück. Der trockene Papierkram, der zu meinem Job dazugehörte wie die Milch zum Kaffee, war zwar in gewisser Weise befriedigend, allerdings nur für einen überschaubaren Zeitraum. Und das Mindesthaltbarkeitsdatum war eindeutig überschritten. Mit anderen Worten, mir juckte es in den Fingern, wieder ins Feld zu gehen.

Und dann klingelte das Telefon. Ich zuckte zusammen und spürte den Adrenalinstoß, auf den ich so lange gewartet hatte. Der Anruf kam von einer unbekannten Person, wenn ich dem Display trauen wollte. Ich hatte keinen Grund, es nicht zu tun. Instinktiv spürte ich, dass die Zeit der Passivität vorüber war. Natürlich konnte ich mich irren und am anderen Ende war jemand, der lediglich eine lausige Frage hatte. Oder, was gar nicht so selten war, jemand, der sich bloß verwählt hatte. Doch mein Gefühl trog selten, und in diesem Augenblick sagte es mir, dass ein Feldeinsatz auf mich wartete.

„Frau Borowski, ich würde gern einen Termin vereinbaren."

Es war eine Frau und ihr Tonfall klang dringend, so dringend, dass wir den Termin sofort vereinbarten.

Die Bezeichnung Frau war bei weitem nicht ausreichend, um das zu beschreiben, was mir eine Stunde später gegenübersaß. Diese Frau unterschied sich von anderen Frauen wie ein einundzwanzigjähriger Glenfarclas von Ballantines. Stahlblaue Augen fixierten mich. Augen, die Autorität und Demut zugleich ausstrahlten. Das lange blonde Haar, das ihr Gesicht in einen Rahmen hüllte, der einem Gemälde da Vincis alle Ehre machte, täuschte über den intelligenten Ausdruck hinweg, der ihr Gesicht kennzeichnete und mir die Gewissheit gab, es mit einer Dame von Welt zu tun zu haben, intelligent, wohlerzogen und durchaus in der Lage, auf eigenen Beinen zu stehen. Ob es selbst erarbeitet oder durch Heirat erworben war, spielte letztendlich keine Rolle; Tatsache war, dass sie über Vermögen verfügte. Ich hatte keine Ahnung von Pelzen oder sonstiger exklusiver Damenkleidung, doch zweifelte ich keine Sekunde, dass es sich bei dem Mantel, den die Besucherin trug, um echten Nerz handelte.

Sie stellte sich vor. „Mein Name ist LeGuin." Sie gab mir die Hand, eine Geste, mit der ich nicht gerechnet hatte, die aber zu ihrer Klasse passte. Das Eis schmolz. Sie zeigte in keiner Weise die herablassende Arroganz, die reiche Leute oft auszeichnet. Was sie mir auf Anhieb sympathisch machte. Weiße gepflegte Zähne lächelten mir zwischen dezent bemalten Lippen entgegen. „Lolita LeGuin. Ich möchte, dass Sie jemanden für mich suchen."

Die Frage, warum Lolita nicht einfach zur Polizei ging, beantwortete ich mir selbst. Es passte nicht zu ihrem Stil. Eine Lolita LeGuin würde nicht wie gewöhnliche Sterbliche zur Polizei gehen. Weil die Lolita LeGuins dieser Welt keine gewöhnlichen Vermisstenfälle produzierten. Ich spürte die Erregung, die von mir Besitz ergriff.

Lolita hielt ihren Blick nach wie vor auf mich gerichtet, als sie weitersprach. Ich registrierte, dass sich ein leichter Ausdruck von Sorge in ihr charmantes Lächeln drängte.

„Lolita LeGuin ist nicht mein richtiger Name, Frau Borowski. Es ist ein Pseudonym, ein Künstlername sozusagen. In Wahrheit heiße ich Sarah Kottkamp."

Sie machte eine Pause, wohl um zu sehen, wie ich reagierte. Ihre Enthüllung überraschte mich nicht besonders. Niemand heißt Lolita LeGuin. Und doch passte der Name zu ihr wie der Pelzmantel und die

Schuhe, die sie trug. Sarah. Nun, für mich würde sie weiter Lolita heißen, und so würde ich sie auch anreden.

„Ich bin in einem exklusiven Gewerbe tätig, Frau Borowski. Ein Allerweltname kann dort ein Karrierekiller sein. Bitte erschrecken Sie nicht, wenn ich Ihnen jetzt sage, dass ich eine Hure bin."

Ich erschreckte trotzdem. Wenn ich mit allem gerechnet hätte, damit jedenfalls nicht. Für einen Moment wankte der gute Eindruck, den Lolita bisher auf mich gemacht hatte. Eine Prostituierte. Konnte das wirklich sein? Der Gegensatz zwischen Lolita und einer gewöhnlichen Nutte, wie ich sie mir vorstellte, konnte nicht größer sein. Es war, als würde Jennifer Lopez zugeben, sie wäre ein Mann.

Lolita wartete höflicherweise einen Augenblick, bis sie mit ihrem Bericht fortfuhr. „Meine Freundin Isabelle und ich sind allerdings keine gewöhnlichen Huren. Wir arbeiten nicht in einem Bordell, wir stehen nicht an der Straße und wir steigen auch nicht in billigen Hotels ab. Wir kommen zu unseren Kunden nach Hause. Und da unsere Kunden keine gewöhnlichen Freier sind, sind auch unsere Dienste außerordentlich." Ich räusperte mich. „Ich verstehe."

Ich verstand wirklich. Lolita und ihre Freundin waren Edelhuren. Keine Stundenmädchen, sondern Fachfrauen, die die ganze Nacht blieben und in dieser Nacht vermutlich mehr verdienten als ich in einem halben Jahr. Ich fragte mich, wer wohl zu ihren Kunden gehören mochte. Diese Frage stellte ich ihr dann auch.

„Nun, Sie werden ahnen, dass unsere Dienste nicht billig sind. Demzufolge gehört unser Kundenkreis auch nicht gerade zur unteren Bevölkerungsschicht."

„Mit anderen Worten: Ihre Kunden sind Politiker, Prominente ..."

„... und Geschäftsleute. Ganz recht, Frau Borowski."

In diesem Moment wurde mir klar, worum es ging. Und mir wurde auch klar, dass die Kröten, die ich Lolita abzunehmen gedachte, sauer verdientes Geld wären und ich besser nicht so zimperlich mit meiner Forderung sein sollte. In Gedanken sah ich mich schon in ein gewaltiges Wespennest stechen.

„Ich nehme an", sagte ich, „bei der vermissten Person handelt es sich um Ihre Freundin."

Lolita nickte. „Isabelle LaCour."

Ich hob die Brauen. „Auch ein Pseudonym?"

Wieder nickte sie. „Ihr wirklicher Name ist Isabell Kramer. Wir kennen uns seit mehr als fünf Jahren. Wissen Sie, in unserem speziellen Gewerbe hat man nicht viele Freunde. Abgesehen davon, dass es ohnehin nur wenige von uns gibt, zicken sich die meisten auch noch an. Futterneid. Zu Außenstehenden können wir aus naheliegenden Gründen nicht über unseren Job sprechen, sodass die meisten von uns ein zurückgezogenes Leben führen. Isabelle ist anders. Von Anfang an verstanden wir uns sehr gut miteinander. Und jetzt ist sie verschwunden."

„Wie lange vermissen Sie sie schon?"

„Drei Tage. Seit Freitag."

Meine Alarmglocken sprangen an. Drei Tage ohne Lebenszeichen ... Ich ahnte nichts Gutes. Aber das konnte ich Lolita natürlich nicht sagen.

„Was macht Sie sicher, dass Isabelle verschwunden ist? Könnte sie nicht einen Dauerauftrag, oder wie immer das bei Ihnen heißt, haben?"

Lolita schüttelte den Kopf. „Selbst wenn wir ein mehrtägiges Engagement haben, pflegen wir wenigstens einmal am Tag miteinander zu telefonieren. Aber Isabelle meldet sich nicht. Nicht eine Nachricht hat sie hinterlassen. Und das ist es, was mir Sorgen macht.

Aber da ist noch etwas anderes, Frau Borowski. Vor Jahren hat jede von uns der anderen einen Zweitschlüssel für ihre Wohnung ausgehändigt. Ich habe nie Gebrauch davon gemacht. Wozu auch? Wenn ich in Isabelles Wohnung wollte, dann um sie zu besuchen. Dafür brauchte ich den Schlüssel nicht.

Heute Morgen habe ich ihn das erste Mal benutzt. Oder zumindest wollte ich es. Ich konnte es nicht mehr aushalten, schließlich habe ich seit Tagen nichts von ihr gehört. Ich nahm den Schlüssel und fuhr zu ihrer Wohnung. Natürlich habe ich mehrmals geklingelt, aber niemand öffnete. Ich machte mir große Sorgen. Verstehen Sie, man liest ständig von Personen, die tot in ihrer Wohnung liegen und halb verwest von Freunden gefunden werden. Davor hatte ich Angst. Vielleicht ist das der Grund, warum ich so lange gewartet habe. Jedenfalls war ich jetzt da und auf mein Klingeln wurde nicht geöffnet.

Und jetzt kommt das Merkwürdige.

Als ich den Schlüssel ins Schloss steckte und aufschließen wollte, stellte ich fest, dass gar nicht abgeschlossen war. Die Tür war offen! Mein Magen zog sich zusammen, ich ahnte Schlimmes. Als ich die Wohnung betrat, sah ich, dass mein Gefühl mich nicht getrogen hatte. Die Wohnung war verwüstet. Schubladen waren aus den Schränken gerissen und ihr Inhalt in der ganzen Wohnung verteilt. Bücher lagen auf dem Boden, das Bett war auseinandergenommen. Ein unbeschreibliches Chaos."

„Haben Sie den Einbruch schon gemeldet?"

Lolita schüttelte den Kopf. „Nein. Es war kein gewöhnlicher Einbruch. Jemand hat etwas gesucht."

Ich blickte sie nachdenklich an. Mir war sofort klar, was geschehen war.

Lolita räusperte sich und fuhr fort. „Isabelle wurde bedroht."

Es passte. Meine Ahnung bestätigte sich.

„Sie muss jemandem auf den Schlips getreten sein. In den Tagen vor ihrem Verschwinden erzählte sie mir, dass sie etwas Schreckliches herausgefunden hätte. Was es war, weiß ich nicht, sie machte ein großes Geheimnis daraus. Jedenfalls betraf es eine hochgestellte Persönlichkeit des Wirtschaftslebens. Offenbar ist Isabelle die Kontrolle entglitten, denn kurze Zeit später berichtete sie mir, dass diese Person ihr gedroht hätte. Welcher Art die Bedrohung war, sagte sie nicht. Aber sie hatte schreckliche Angst. Ich bat sie verzweifelt, mir den Namen zu nennen, doch sie weigerte sich hartnäckig. Wahrscheinlich, um mich zu schützen."

„Und Sie glauben, diese Person hat Ihre Freundin entführt?" Ich sah, wie Lolitas Augen sich mit Flüssigkeit füllten.

„Oder Schlimmeres." Sie nahm ein Taschentuch und tupfte sich die Nase.

„Haben Sie eine Vermutung, was in Isabelles Wohnung gesucht wurde?", fragte ich.

„Ich habe mich nicht umgesehen, weil ich keine Spuren verwischen wollte. Aber ich vermute, es geht um ihr Tagebuch. Ich weiß, dass Isabelle eins führte. Gott, ich hoffe nur, sie war nicht so dumm, ihre Geheimnisse dort einzutragen."

Es war ein starkes Motiv für einen Einbruch.

„Haben Sie eine Ahnung, wer die Person sein könnte, die Ihre Freundin bedrohte?"

Wieder schüttelte Lolita den Kopf. „Sie hatte etwa zwanzig Freier in der Wirtschaftsszene, aber ich kenne nicht alle."

Ich reichte ihr ein Blatt Papier und einen Stift. „Schreiben Sie alle auf, von denen Sie wissen. Und schreiben Sie auch Ihre eigenen Kunden auf. Alle bitte, auch die Politiker und die Promis."

Während sie schrieb, fragte ich: „Wie ist die Anschrift Ihrer Freundin?"

„Minden, Blumenstraße 23."

Ich notierte. Für den Moment war nicht mehr zu tun. Der nächste Schritt würde sein, mich mit Lolita in die Blumenstraße zu begeben. Wir brauchten Hinweise.

2

Das Haus, in dem Isabelle wohnte, hatte etwas von einer Villa. Artgerecht, wenn Isabelle so war wie Lolita. Drei massive Stockwerke aus bestem Obernkirchener Sandstein. Weiße Fassade mit aufwändigen Stuckarbeiten. Ein Baustil, den Architekten schon vor Jahrzehnten mit ins Grab genommen hatten.

Während Lolita den Schlüssel zückte und die Eingangstür öffnete – deutsche Eiche mit Bleiverglasung –, studierte ich die Klingelschilder. Fünf mögliche Zeugen. Die Namen sagten mir nichts, dennoch notierte ich sie.

Drinnen roch es nach Bohnerwachs, Tapetenkleister und Farbe. Die weiße Raufaser war wahrscheinlich noch warm. Die Eingangshalle war sauber wie der Hintern eines Filmstars: kein Spielzeug, keine Rollatoren, keine Kinderwagen. Nichts, was üblicherweise in Hausfluren so rumstand. Der einzige Hinweis auf das Alter des Hauses war das Knarzen des Parketts, als wir uns zur Treppe begaben.

Isabelle wohnte im zweiten Stock auf der rechten Seite. Auf ihrem Klingelschild stand ihr wirklicher Name: Kramer. Wir zögerten, einzutreten. Nach dem Knarzen von Parkett und Treppe wirkte die plötzliche Stille bedrückend. In der Tat war nicht das geringste Geräusch zu hören: kein Husten asthmatischer Rentner, kein Kindergeschrei, kein streitendes Ehepaar. Es war, als hätte das Haus aus Mitgefühl für Isabelles Verschwinden das Leben eingestellt. Ein Omen auf den Schrecken, der uns erwartete?

Ich wartete, dass Lolita ihren Schlüssel nahm und die Tür öffnete. Aber sie drückte einfach die Klinke und stieß sie auf. In diesem Moment erinnerte ich mich, dass Lolita die Tür geöffnet vorgefunden hatte.

Sie blieb stehen und streckte den Arm aus. Er zitterte leicht. Ich sah Gänsehaut. „Bitte."

Ich ging an ihr vorbei und roch die Angst. Ich drückte die Tür auf und betrat Isabelles Wohnung. Die übliche Zimmereinteilung, wie ich an den Türen erkannte: Wohnzimmer, Schlafzimmer, Küche, Bad. Saubere achtzig Quadratmeter, deren Monatsmiete wahrscheinlich mehr betrug als Klein-Vinnies Jahresnettogewinn. Und doch wollte ich in diesem Augenblick nicht mit Isabelle tauschen.

Das Bild, das sich mir bot, entsprach zu hundert Prozent dem, was ich erwartete. Es war nichts beschädigt, das nicht. Dafür hatte sich jemand große Mühe gegeben, das Unterste zuoberst zu kehren. Sämtliche Schränke waren ausgeräumt, die Schubladen ausgekippt auf dem Boden, der keinen Quadratmeter freie

Fläche aufwies. Ich konnte nicht einmal erkennen, ob er aus Parkett oder Teppichboden bestand.

In Bad und Küche der gleiche Anblick. Ja, die Sache war eindeutig. Hier hatte jemand etwas gesucht. Ob es gefunden wurde, wusste ich nicht. Aber was gesucht wurde, das wusste ich.

Wir durchsuchten das Chaos gemeinsam. Ich wies Lolita darauf hin, dass es vernünftig wäre, die Polizei einzuschalten. Immerhin hatten meine Exkollegen bessere Möglichkeiten als ich. Bessere Möglichkeiten, die Wohnung zu durchsuchen und zu analysieren. Und bessere Möglichkeiten, Isabelle zu finden. Doch Lolita lehnte kategorisch ab. Und so zerstörten wir munter alle Hinweise, die der Spurensicherung nützlich hätten sein können.

Wir suchten zwei Stunden. Das Ergebnis war, wie ich erwartet hatte. Es gab nicht den geringsten Hinweis auf ein Tagebuch oder sonstige Aufzeichnungen. Das konnte bedeuten, dass Isabelle ihre Notizen an anderer Stelle aufbewahrte. Und da fiel mir als erstes natürlich ein Bankschließfach ein. Aber da ich keine Bankunterlagen fand, ging ich davon aus, dass unser unbekannter Gegner sein Ziel erreicht hatte.

Lolita gegenüber hielt ich mich mit meiner Hypothese bedeckt. Sie war schon zappelig genug. Dennoch war ich überzeugt, dass Lolitas Annahme, Isabelle müsse jemand auf den Schlips getreten sein, richtig war. Mein Gefühl – und leider auch meine Erfahrung – sagte mir, dass irgendjemand in Isabelle LaCour eine Gefahr sah. Ich ahnte Fürchterliches. Doch auch das teilte ich Lolita natürlich nicht mit.

Nach unserer erfolglosen Durchsuchungsmaßnahme verbrachten wir eine weitere Stunde damit, die Wohnung aufzuräumen. Als das erledigt war, schickte ich

Lolita in die Küche, um Tee zu kochen. Währenddessen nahm ich mir noch einmal den Papierkram vor. Jetzt, nachdem aufgeräumt war, hatte ich einen besseren Überblick. Der mir jedoch nichts nützte, weil Isabelle – oder der Einbrecher – nicht den geringsten Hinweis hinterlassen hatte.

Eigentlich hatte Isabelle gar nichts hinterlassen. Es gab nichts, was auf die Person, auf den Menschen Isabell Kramer schließen ließ. Keine Fotos, keine Erinnerungsstücke und fast keine Dekoration. Die Wohnung war quasi steril. Mir wurde in diesem Augenblick klar, dass ich keine Ahnung hatte, wie Isabelle überhaupt aussah. Im Kleiderschrank hingen teuer aussehende Kleider über noch teurer aussehenden Schuhen, von denen ein Paar wahrscheinlich mehr gekostet hatte als die gesamte Garderobe, die ich gerade auf dem Leibe trug. So konnte ich mir zwar ein Bild der Peron machen, die wir suchten, doch ihr tatsächliches Aussehen war weiterhin ein Geheimnis für mich.

„Wer bist du, Isabelle LaCour?"

„Wie bitte?" Lolita kam mit dem Tee.

„Nichts, ich habe nur mit mir selbst geredet."

Wir setzten uns ins Wohnzimmer. Der Tee schmeckte gut. Natürlich. War bestimmt eine sauteure Sorte aus irgendeinem Hochland in Nepal oder Timbuktu oder …

Ich blickte Lolita an. „Erzählen Sie mir etwas über Isabelle. Entschuldigen Sie, aber diese Wohnung ist so steril wie eine Intensivstation. Hier gibt es nicht einmal Fotos."

Lolita gelang ein Grinsen. „Ja, gruselig, nicht? Isabelle stand schon immer auf Feng Shui. Sie hat schon vor Jahren alles Überflüssige verbannt."

„Aber Fotos? Und nicht einmal Bücher."

Lolita zuckte die Achseln. Ich holte mein Notizbuch hervor. „Na schön. Isabelle scheint ein Mensch mit Geheimnissen zu sein. Die muss ich natürlich nicht alle kennen, doch es würde mir bei meinen Recherchen helfen, wenn ich so viel über sie erfahre wie möglich. Also, Lolita, was wissen Sie über Isabelle?"

Wieder ein Achselzucken. „Was wollen Sie hören?"

„Fangen Sie einfach damit an, wie Sie sich kennengelernt haben."

„Ja, das ist eine seltsame Sache."

Seltsam war auch ihr Gesichtsausdruck. Als hätte sie einen Schalter umgelegt, verlor sich ihr Blick von einer Sekunde auf die andere in weite Fernen. Als beträte sie eine andere Welt. Oder eine andere Zeit.

„Es war", fuhr sie fort, „in einer Winternacht vor … fünf Jahren. Ich wurde zu einer *ménage à trois* bestellt. Das ist ungewöhnlich, so etwas habe ich in meiner Karriere nur zwei Mal gemacht. Damals war es das erste Mal. Ein Unternehmer aus Minden. Ein Hotelzimmer. Ich dachte zuerst, ich sollte ihm und einem seiner Geschäftsfreunde zu Willen sein. Stattdessen traf ich auf eine weitere Frau."

„Isabelle."

Lolitas Nicken war der verträumte Hauch einer Andeutung. „Ich kannte sie zwar vom Sehen, aber wir waren bis dahin nie in näheren Kontakt geraten. Doch nun stand sie da, ihre Kleider bereits auf dem Boden. Es entstand ein peinlicher Augenblick, während unser Auftraggeber Drinks für uns mixte. Schon komisch, nicht? Wir ziehen uns bedenkenlos vor fremden Männern aus. Doch wenn wir auf unsere eigenen Geschlechtsgenossinnen treffen, verspüren wir Scham. Aber ich verspürte noch etwas anderes. Es war nicht ihr Körper, obschon es der perfekteste Körper war, den ich je sah. Der Busen, das Gesäß – alles in perfekten Proportionen. Die anmutige Haltung. Das göttliche Gesicht. Eine fleischgewordene Mona Lisa. Die Augen. Es waren ihre Augen. Groß, hell, feucht. Ein einziges Verlangen. Die Sünde pur. Eva im Paradies. Und ihr Blick galt nicht dem Mann. Ich spürte, wie ich feucht wurde. In jenem Moment war ich verstört. So etwas hatte ich noch nie erlebt. Was geschah mit mir?"

Mir war schon klar, was geschehen war. Lolitas entrückter Blick sprach Bände. Aber die Enthüllung ihres coming outs brachte mich nicht weiter. Zeit für einen Einwurf. „So haben Sie sich also kennengelernt. Erzählen Sie mir mehr über Isabelle."

Ich spürte Lolitas Verwirrung. Doch meine Unterbrechung warf sie nur für einen kurzen Augenblick aus dem Konzept.

„Isabelle …" Der verträumte Blick war wieder da. Ich seufzte und ergab mich in mein Schicksal.

„Isabelle schien zu spüren, dass etwas in mir vorging. Aber es ekelte sie nicht an. Im Gegenteil. Als sie auf mich zukam, wusste ich, ich hatte eine Schwester gefunden. Mehr noch als eine Schwester. Es war sie, die mich auszog. Und mit jeder Berührung ihrer zarten Hände ging ein Schauer durch meinen Körper."

Jetzt wurde es mir zu peinlich. Vielleicht hatte ich den falschen Ansatz gewählt, als ich Lolita bat, mir alles über Isabelle zu erzählen. Ich räusperte mich. „Lolita, ich verstehe, wie Sie sich fühlen. Und ich weiß jetzt, warum Sie Isabelle mit aller Kraft suchen. Versuchen Sie einfach, etwas sachlicher zu erzählen. Glauben Sie, Sie kriegen das hin?"

Lolita nahm einen Schluck Tee. Dann sah sie mich an. Ein feuchtes Glitzern war in ihren Augen. „Entschuldigen Sie, Frau Borowski."

„Lavinia."

„Lavinia." Ein zartes Lächeln erschien auf ihren Lippen. „Ich habe für einen Moment vergessen, dass Sie da sind. Vielleicht sollte es mir peinlich sein, was ich Ihnen enthüllt habe. Aber das ist es nicht. Isabelle und ich, wir lieben uns wirklich. Wir haben es nie ausgesprochen, aber objektiv betrachtet sind wir wohl das, was man lesbisch nennt."

Eine Frage brannte mir auf den Nägeln. „Aber Ihr Gewerbe."

Ihr Lächeln verwandelte sich in ein spitzbübisches Grinsen. „Ja, unser Gewerbe. Eine interessante Frage, nicht? Kann man es mit Männern machen, wenn man eine Frau liebt? Die Antwort ist ja. Es ist nur ein Job. Wie sagt man? Dienst ist Dienst und Schnaps ist Schnaps."

„Wie lange, sagten Sie, kennen Sie Isabelle?"

Auf Lolitas Gesicht legte sich wieder ihr entrücktes Lächeln. „Fünf wundervolle Jahre."

„Und Ihr Gewerbe? Wie lange üben Sie das schon aus?"

Die Entrückung wich der Realität. „Nicht viel länger. Vielleicht sechs Jahre. Isabelle schon etwas länger."

Ich fragte sie, wie sie dazu gekommen war. In den folgenden Minuten erzählte sie, dass sie während ihres Studiums – Geschichte und Philosophie! – chronisch klamm gewesen war. Die typische Geschichte: *Ich war jung und brauchte das Geld.* Vater Arbeiter, Mutter Hausfrau, und das Kind auf der Universität. Sie machte die Jobs, die Studenten so machen: kellnern, Supermarktkasse, Taxi fahren. Eines Tages stieß sie

18

auf eine Kommilitonin, die auf andere Weise ihre Kröten verdiente. Lolita ließ sich überreden mitzumachen. Und stellte fest, dass man damit eine Menge Kohle machen konnte. So viel, dass sie nach dem Studium weiter machte.

Nach einer Viertelstunde kannte ich Lolita fast so gut wie meine beste Freundin – die ich nicht hatte, wenn man von Charlie absah. Aber eben nur Lolita. „Und Isabelle?"

Isabelle war anders. Sie stammte aus wohlhabenden Verhältnissen und brauchte sich während ihres Studiums – Germanistik und Anglistik – nichts dazu zu verdienen. Zu ihrem Gewerbe kam sie danach. Als sie feststellte, dass sie keine Lust auf einen Neun-bis-fünf-Job hatte und sich als Schriftstellerin und Schauspielerin versucht hatte – beides erfolglos -, besann sie sich auf das, was sie am liebsten machte: Sex.

Während bei mir das Kopfkino lief, machte Lolita uns weiteren Tee. Ich lüftete die Wohnung, mir war heiß geworden. Fünf Minuten später saßen wir wieder auf der Couch und Lolita setzte ihren Bericht fort.

„Sex ist so eine Sache. Wenn man nicht aufpasst, kann man süchtig werden. Viele gleiten ab in die BDSM-Szene."

Mein Gesicht musste ein einziges Fragezeichen gewesen sein. Lolita lächelte und erklärte. „Sado-Maso. Sie wissen schon, Folter, Femdom."

Ich wusste nicht. Wieder half sie mir auf die Sprünge. „Femdom. Feminine Dominanz. Domina."

Ach so.

„Aber Isabelle und ich waren nicht so. Isabelle interessierte sich zwar für den Geschlechtsakt in all seinen Facetten, und vielleicht ist das auch der Grund, warum sie kein Problem damit hat, eine Frau zu lieben. Aber sie blieb auf dem Teppich. Als sie erkannte, dass man mit Sex viel Geld verdienen kann, wurde sie immer anspruchsvoller, ihre Freier immer vermögender. Im Laufe der Jahre baute sie sich einen guten Ruf in der Branche auf. Sie ist sehr angesehen in ihrer Kundschaft."

„Möglicherweise aber scheint einer ihrer Kunden anderer Ansicht zu sein. Kommen wir auf das Tagebuch zurück. Sie wissen wirklich nicht, was Isabelle hineingeschrieben hat?"

Sie schüttelte vehement den Kopf. „Es gehört nicht zu meinen Gepflogenheiten, fremde Tagebücher zu lesen."

Schade. „Aber es gab eines?"

„Definitiv."

„Na schön. Und dieses Gefühl, dass Sie Isabelle betreffend haben ... Sie halten es für wahrscheinlich, dass Isabelle etwas wusste, dass sie nicht wissen durfte. Könnte es sein, dass sie jemanden erpresst hat?"

„Erpresst?" Lolita rückte eine Körperbreite von mir ab. „Frau Borowski, Isabelle war verängstigt. Sie hätten sie die letzten Tage sehen sollen. Da war nichts von der Kaltblütigkeit, die sie im Job an den Tag legt. Da war nur pure Angst."

„Was könnte Isabelle Angst gemacht haben?"

„Nun ja. Vielleicht ist es auch anders rum und sie wird erpresst. Oder bedroht. Vielleicht hat sie während eines Auftrags etwas gesehen, was sie nicht sehen sollte."

„Sie meinen, ein Geschäftsgeheimnis?"

„Ja, zum Beispiel. Es ist nicht ungewöhnlich, dass wir unser Geschäft in Büroräumen verrichten, und da liegt manchmal allerhand herum."

„Es wäre Isabelle also ein Leichtes gewesen, geheime Unternehmensdaten einzusehen und …"

„Und sie zu Erpressungszwecken zu verwenden? Nie im Leben." Blitze zuckten durch Lolitas Augen. Ihre Stimme wurde lauter. „So etwas würde sie nie machen. Isabelle ist zärtlich, mitfühlend, liebevoll."

„Und sie ist Geschäftsfrau."

„Geschäftsfrau, ja. Aber das bin ich auch. Wir sind beide Geschäftsfrauen, Frau Borowski. Ohne Gespür für Geschäfte würden wir verhungern."

Vielleicht war Isabelle geschäftstüchtiger als Lolita. Der Gedanke war zu elementar, um ihn zu ignorieren. Aber ich schob ihn fürs Erste beiseite und versuchte, den Kontakt zu Lolita wiederherzustellen. „Na schön. Ich …"

Ich kam nicht dazu, den Satz zu vollenden. Der Kontakt zu Lolita war abgerissen. Sie stellte ihre Tasse beiseite und stand auf, den leeren Blick auf eine imaginäre Stelle an der Wand gerichtet.

„Wir sehen Isabelle offenbar mit verschiedenen Augen, Frau Borowski. Vielleicht sollten wir das Ganze einfach lassen."

Ich blieb sitzen. Manchmal war die Wahrheit schwer zu ertragen. Aber was war die Wahrheit? Ich kannte Isabelle nicht. War sie wirklich in der Lage, eine Erpressung durchzuziehen? Wieviel Kaltblütigkeit brauchte man dafür? Nach dem, was Lolita mir schilderte, bekam ich Zweifel an meiner Theorie. Zweifel, von denen ich mir wünschte, dass Lolita sie bestätigte.

„Bitte setzen Sie sich, Lolita. Versuchen Sie, die Angelegenheit aus einem anderen Blickwinkel zu sehen. Ich verstehe, dass Sie Isabelle schützen wollen. Sie ist Ihre Geliebte. Trotzdem müssen wir alle Facetten betrachten. Erzählen Sie mir, warum Sie glauben, dass Isabelle nichts Schlimmes gemacht hat."

Ihr Blick war immer noch abweisend, aber sie setzte sich wieder. „Wissen Sie, Frau Borowski …"

„Lavinia."

„Lavinia. Wissen Sie, Isabelle ist der sanftmütigste und verständnisvollste Mensch, den ich kenne. Im Beruf sind wir beide beinhart. Das müssen wir sein, wenn wir gut sein wollen. Aber privat … Sie dürfen sich Isabelle nicht nur als Geschäftsfrau vorstellen. Die andere Seite ist das genaue Gegenteil. Isabelle spendet eine Menge Geld für wohltätige Organisationen, die sich mit Kindern beschäftigen: SOS Kinderdorf, Westfälisches Kinderdorf und noch einige andere. Sie hat sogar eine Patenschaft für ein Heimkind übernommen, mit dem sie oft in den Zoo oder ins Kino geht."

Verdammt. Meine Theorie bröckelte. Konnte ein Philanthrop wie Isabelle überhaupt auf den Gedanken kommen, jemanden zu erpressen? Das Tagebuch. Es war der Dreh- und Angelpunkt. Wir mussten das Tagebuch haben, um Isabelles Geheimnis zu lüften.

„Sagen Sie, Lolita, Sie wissen nicht zufällig, bei welcher Bank Isabelle ihre Geldangelegenheiten regelt?"

„Doch. Bei der Sparkasse. Ich habe sogar Kontovollmacht."

„Hat sie ein Schließfach?"

„Keine Ahnung. Ich habe von meiner Vollmacht nie Gebrauch gemacht."

„Könnten Sie das für mich herausfinden?"

„Sicher."

„Jetzt gleich?"

Lolita blickte zur Uhr. Es war kurz vor Mittag. „Die Sparkasse müsste noch geöffnet haben." Sie erhob sich und zog eine Jacke über.

„Ich warte hier auf Sie", sagte ich.

Sie nickte und ging.

Nachdem sie abgezogen war, holte ich aus meiner Jackentasche den Zettel mit den Namen hervor, den Lolita mir am Morgen gegeben hatte. Ich war nicht sonderlich überrascht, als ich las, wer zu Isabelles und Lolitas erlauchtem Kundenkreis gehörte. Ich kannte nicht alle, doch viele waren namhafte Personen der Öffentlichkeit: Bürgermeister, weitere hohe Tiere der Kommunalpolitik, Manager aus bekannten Firmen. Genau das, was ich erwartet hatte. Die Doppelmoral der sogenannten Elite. Wasser predigen und Wein trinken.

Ich hatte nun ein Problem: Wo sollte ich mit meinen Ermittlungen beginnen? Natürlich konnte ich alle auf der Liste stehenden Männer befragen. Diese Befragung war die naheliegende Möglichkeit und ich würde auch Gebrauch davon machen. Doch was, wenn der Täter nicht auf der Liste stand, sondern zu der großen Gruppe der Unbekannten gehörte, von denen auch Lolita nichts wusste?

Isabelle besaß eine kleine Bar, in der ich eine Flasche Jim Beam fand. Ich vergaß meinen Vorsatz, während des Dienstes nicht zu trinken, und gönnte mir einen Doppelten, dann noch einen Einfachen gleich hinterher. Der Alkohol löste den Knoten in meinem Hirn, und die Strategie für die nächsten Tage entstand in den gepimpten grauen Zellen. Währenddessen strich ich durch die Wohnung und sah mir alles noch einmal genau an. Eine halbe Stunde später stand endgültig fest, dass die Wohnung nicht – oder nicht mehr – die geringste Spur besaß.

Ein Gedanke schoss mir durch den Kopf. Danke, Jimmy. Hatte Isabelle möglicherweise eine zweite Wohnung? Vielleicht sogar unter einem anderen Namen? Führte sie am Ende doch ein Doppelleben? Ich wusste plötzlich, dass dieser Fall mir alles abverlangen würde. Der Nordpunktfall war Unterstufe, vielleicht Mittelstufe gewesen. Aber Isabelle LaCour war eindeutig Oberstufe.

Meine Gedanken wurden unterbrochen, als die Wohnungstür aufging. Lolita war zurück. Ihr Gesichtsausdruck sagte alles.

3

Um halb drei betrat ich mein Büro. Lolita hatte ich bei ihrem Porsche abgesetzt. Nach ihrer Rückkehr aus der Sparkasse und der Erkenntnis, dass Isabelle dort kein Schließfach unterhielt, gab es für sie nichts mehr zu tun. Für mich hingegen schon. Auch wenn Isabelle kein Tresorfach bei der Sparkasse hatte, hieß das nicht, dass sie überhaupt keines hatte. Ich kannte ihr Finanzgebaren nicht, aber es war nicht auszuschließen, dass sie mehrere Bankverbindungen besaß. Das würde ich überprüfen müssen.

Mein Büro, ein kleines dunkles Loch in Südhemmern – Vorteile: billig und direkt an der Hauptstraße -, war kalt wie immer. Wie der Tag. Ich fröstelte. Ich drehte die Heizung auf und sah durch das Fenster. Der Porsche, ein kanariengelber, schnittiger, schwerer, tiefliegender Bolide, dröhnte davon. Von Lolita sah ich nur ihren Hinterkopf. Drei Kundentermine würden sie erst einmal von ihren Sorgen ablenken.

Das Nachmittagskoma machte sich bemerkbar. Nach dem Tee in Isabelles Wohnung brauchte ich jetzt etwas Härteres. Ich kochte eine Kanne Kaffee. Dummerweise aktivierte der anregende Duft, der sich schnell im Büro verbreitete und in meine Nase zog, meinen Magen und erinnerte ihn daran, dass er seit dem Morgen keine Vitalstoffe zugeführt bekommen hatte. Dabei würde es vorerst auch bleiben. Nachmittags halb drei war nicht die beste Uhrzeit, um in Südhemmern auf Nahrungssuche zu gehen. Zum Glück fand ich in der Schreibtischschublade einen Müsliriegel, und mein Magen versöhnte sich wieder mit mir.

Während ich meinen Kaffee trank, überlegte ich meine Strategie. Das Nächstliegende war, Isabelles Nachbarn zu befragen. Vermutlich hatte von dem Einbruch niemand etwas mitbekommen, aber vielleicht wurden zumindest verdächtige Personen gesehen. Es war sinnlos, um diese Zeit schon wieder nach Minden zu knallen. Ich würde bis zum Abendessen warten, dann war meine Trefferquote erfahrungsgemäß am höchsten.

Ich trank den Kaffee aus und schrieb in meinen Terminkalender für den nächsten Tag, Erkundigungen bezüglich weiterer Bankverbindungen einzuziehen und die Personenliste abzuarbeiten, die Lolita mir gegeben hatte. Nach einer Stunde Papierkram schloss ich das Büro ab und fuhr nach Hause. Die Zeit bis zum Abend vertrieb ich mir mit Essen, einem Dauerlauf durchs Moor und einem Entspannungsbad, bei dem ich einschlief.

Am Abend war in der Blumenstraße nicht mehr los als am Morgen. Vereinzelt fuhren Autos vorbei – langsam, es war eine kleine Straße. In der Ferne sah ich zwei Fußgänger, ein älteres Ehepaar beim Abendspaziergang. Nicht viel los für Minden. Aber es war ja auch Essenszeit.

Ich parkte hinter einem silbergrauen Golf. Bis zum Haus Nummer 23 waren es nur wenige Schritte. Die Namen auf den Klingelschildern hatten sich nicht geändert: Wesemann, Riechmann, Yilmaz, Kramer, von der Ahe, Vucicevic.

Ich beschloss, im Erdgeschoss anzufangen und drückte die Yilmazklingel. Nach gefühlten fünf Minuten knackte es im Lautsprecher und eine hohle Männerstimme fragte: „Ja?"

Ich war versucht, mit „nein" zu antworten, konnte mich aber beherrschen. Ich habe eine gute Selbstdisziplin. „Borowski, Polizei. Eine Bewohnerin des Hauses wird vermisst. Ich muss Sie dazu befragen."

Meine Zeit bei der Polizei war schon lange vorbei, aber das Wort Polizei war ein guter Türöffner. Im Allgemeinen. Im Einzelnen nicht immer. Yilmaz gehörte zum Letzteren. Es wurde laut genug getuschelt, dass ich „Scheißbullen" hören konnte. Immerhin auf Deutsch. Aber wenigstens ging die Tür auf.

Yilmaz war ein bärtiger Mittdreißiger mit stechenden Augen, der seine Tage im Fitnessstudio zu verbringen schien. Muskeln sprangen mir von allen möglichen freien Körperstellen entgegen, von denen es viele gab, da Yilmaz mich in Shorts und Unterhemd empfing. Er fertigte mich an der Tür ab. Die Muskeln und was daran hing schirmten die Wohnung vor mir ab, als wollte er seine Familie vor mir schützen. Seine Familie oder etwas anderes? Seine Abschirmung war nicht hundertprozentig. Aus einer Tür lugte der Lockenkopf eines kleinen Mädchens, das mich neugierig ansah.

Ich versuchte einen Freundlichkeitsangriff, aber erwartungsgemäß wurde mein Lächeln nicht erwidert. Yilmaz' Mund war ein zusammengepresster Strich, der alles Blut, das offenkundig an anderer Stelle benötigt wurde, verdrängte. Seine Augen schickten mir einschüchternde Blitze entgegen, als er demonstrativ die Arme vor der Brust verschränkte.

Für gewöhnlich bekommt man von solchen Zeitgenossen keine Auskünfte. Ich versuchte es dennoch. „Kennen Sie Isabell Kramer aus der Wohnung nebenan?" Kramer war der Name, der auf Isabelles Klingelschild stand. LaCour würde Yilmaz nichts sagen.

„Was meinst du mit kennen? Ob ich schlafe mit der Schlampe?"

Nein, das meinte ich nicht, dafür reichte Yilmaz' IQ nicht aus. Immerhin schien er sie zu kennen. „Wann haben Sie sie das letzte Mal gesehen?"

Seine Abwehrhaltung änderte sich nicht. Immerhin zeigte sein Achselzucken, dass sich kein Monolog entwickelte. „Keine Ahnung. Letzte Woche irgendwann. Bin nur abends da. Schab Arbeit, weißt du?"

Nein, wusste ich nicht und hätte ich ihm auch nicht zugetraut. Vielleicht wusste seine Frau etwas, aber ich fragte nicht. „Ist Ihnen in den letzten Tagen irgendwas aufgefallen?"

„Aufgefallen?"

„Fremde Personen in Isabells Wohnung? Laute Geräusche?"

„Bin ich Spion, oder was? Hör zu, Frau. Dies ist ein anständiges Haus. Wir arbeiten, und hier passiert nix. Kapiert?"

Ohne ein weiteres Wort ging ich. Ich bin vielleicht keine Koryphäe als Detektivin, aber ich erkenne, wenn ich an meine Grenzen stoße. Immerhin konnte ich Yilmaz dankbar sein, dass er mich nicht nach einem Dienstausweis gefragt hatte.

Meine weiteren Interviews waren genauso unergiebig wie bei Yilmaz. Wesemann war eine alte Dame mit Hörgerät und einer Brille mit Panzerglas. Selbstverständlich hatte sie nichts mitbekommen. Sie hatte nicht einmal mich im Treppenhaus gehört. Dafür klagte sie mir eine Viertelstunde ihr Leid über ihre Kinder, die sie nie besuchten, und über das Schicksal, das über sie hereingebrochen war, als ihr Mann starb. Als sie einmal Luft holte, nutzte ich die Gunst des Augenblicks und empfahl mich.

Von der Ahes waren ein nettes Ehepaar in den Vierzigern. Aber zur Sache konnten sie auch nichts sagen. Vucicevic zog es vor, gar nicht erst da zu sein. Lediglich beim letzten Mieter hatte ich etwas mehr Glück.

Riechmann war ein hübsches Mädchen Anfang zwanzig. Sie ließ mich sofort in ihre Wohnung, die sauber und aufgeräumt und stilsicher eingerichtet war, und bot mir sogar einen Kaffee an. Ich erfuhr, dass ihr Vorname Sanna war, dass sie in der Stadt als Industriekauffrau arbeitete und seit einem Jahr hier wohnte. Sie lebte allein, hatte aber einen Freund, der sie oft besuchen kam. Und sie kannte Isabell.

„Ja, wir sind uns öfter auf dem Flur begegnet. Bin auch ein paar Mal bei ihr drin gewesen."

„Wie gut kennen Sie sie?"

„Na ja, wie man Nachbarn so kennt. Wir duzen uns. Ab und zu tratschen wir ein bisschen."

„Wissen Sie, was sie beruflich macht?"

„Sie ist so eine Art Hure, hat sie mir erzählt. Freischaffend allerdings. Eine Edelhure, falls es sowas gibt. Also, was ich meine, ist: Sie ist keine gewöhnliche Nutte, geht nicht auf den Strich, oder so. Sie hat Stil, wenn Sie wissen, was ich meine."

„Haben Sie sich mit ihr auch über private Dinge unterhalten?"

„Privates, hm. Lassen Sie mich nachdenken. Also, sie ist nicht verheiratet, hat keine Kinder. Sie ist gebildet und hat einen Universitätsabschluss. Und sie hat einen guten Geschmack. Haben Sie ihre Wohnung gesehen? Die ist toll. So soll meine Wohnung auch mal aussehen. Aber das dauert noch eine Zeit; ich nehme nur ungern Kredit auf, wissen Sie?"

„Apropos Wohnung. Ist Ihnen dort in den letzten Tagen etwas aufgefallen?"

„Sie meinen, abgesehen von der Tatsache, dass Isabell nicht da war? Nein, eigentlich nicht. Das heißt, doch, warten Sie." Sie schloss die Augen und lehnte sich zurück. „Es ist ein paar Tage her, da meinte ich, Geräusche aus ihrer Wohnung zu hören. Das ist eher ungewöhnlich. Es war Nacht, und Sie wissen ja, nachts arbeitet sie normalerweise."

„Wann war das?"

„Lassen Sie mich nachdenken. Das muss gewesen sein …" Die Augen gingen wieder auf. „… die Nacht von Freitag auf Samstag. Na, jedenfalls, ich bin wach geworden. Und weil ich schon mal wach war, bin ich aufs Klo. Und als ich zurückkomme, sehe ich im Halbschlaf aus dem Fenster. Ich weiß nicht, ob es etwas zu bedeuten hat, aber ich hatte den Eindruck, da waren zwei Männer auf der Straße."

Meine Haut kribbelte plötzlich. „Können Sie sie beschreiben?"

„Nein, tut mir leid. Ich war ja gar nicht richtig wach, und ich weiß nicht einmal, ob ich das alles nicht nur geträumt habe."

„Können Sie sich wenigstens an die Größe erinnern? Gestalt? Farbe der Kleidung?"

„Es war Nacht und sie standen nicht gerade unter einer Straßenlaterne. Sie waren dunkel gekleidet. Immer vorausgesetzt, dass ich nicht geträumt habe."

Ich machte mir Notizen. „Und weiter?"

„Groß und kräftig. Ja, das waren sie. Groß und kräftig. Wie Türsteher oder Bodyguards. Immer vorausgesetzt …"

„… dass Sie nicht geträumt haben."

„Genau."

„Sonst noch etwas, an das Sie sich erinnern?"

Wieder schloss sie für einen Moment die Augen.

„Nein, es tut mir leid. Das ist alles. Ich bin Ihnen keine große Hilfe, nicht wahr?"

Es war nicht viel. Die Beschreibung traf auf so ziemlich jeden Muckibudenfanatiker zu, von denen es in Minden bestimmt Hunderte gab. Wenn Sanna Muskelmänner gesehen hatte – immer vorausgesetzt, dass sie nicht geträumt hatte -, dann waren sie, unter der Annahme der Chance einer Möglichkeit, ein Hinweis auf eine Person im Hintergrund. Auf jemanden, der sich Bodyguards leisten konnte. Und das wiederum passte zu Isabells Kundschaft.

Zum Abschied legte ich meine Hand auf Sannas Arm und sagte: „Doch, Sie haben mir sogar sehr geholfen."

Der Abend war noch jung, als ich mit der Blumenstraße fertig war, und ich hatte noch keine Lust, nach Hause zu fahren. Wenn ich schon in Minden war, konnte ich mir genauso gut auch hier einen schönen Abend machen. Ich fuhr also in die Innenstadt, parkte meinen Wagen auf dem Martinikirchhof und spazierte durch Scharn und Bäckerstraße. Die vielen leerstehenden Geschäfte deprimierten mich allerdings schon nach kurzer Zeit. Also schwenkte ich um in die Altstadt, trank in einer der wenigen Kneipen einen billigen Whisky, überprüfte meine Notizen, trank noch einen Whisky und ließ dann Isabell Isabell sein.

Als ich wieder im Auto saß, war es neun. Doch irgendwie trieb es mich immer noch nicht nach Hause. Ich war schon einige Tage nicht mehr bei Ali gewesen, meinem Boxstudio in der Hafenstraße. War also vielleicht keine schlechte Idee, dort mal wieder vorbeizusehen. Ali - eigentlich Mehmet Erdogan, aber Ali klang mehr nach Boxer – war für gewöhnlich gut informiert, was die Szene in Minden anbelangte. Er freute sich zwar, mich zu sehen und vergaß auch nicht, mich, auf seinem Stumpen kauend, zu ermahnen, regelmäßig zum Training zu kommen, doch in Sachen Isabell wusste er genauso wenig wie ich. Ich blieb trotzdem noch eine halbe Stunde in der Hoffnung, dass DJ oder Charlie auftauchten. Doch offenbar hatten beide heute Abend etwas Besseres vor.

Die Fahrt nach Hause über war ich schlecht gelaunt. Der heutige Abend hatte mich nicht wirklich weitergebracht.

4

Der Fall Isabelle LaCour war beendet, bevor er begonnen hatte. Ich wusste es, als ich am nächsten Morgen die Zeitung aufschlug. Es stand auf der ersten Seite. Ein kleiner Artikel, gequetscht zwischen die großen Schlagzeilen, als wäre er in letzter Sekunde eingefügt worden.

Tod in der Schachtschleuse

In der noch im Bau befindlichen neuen Schleuse wurde in der Nacht die Leiche einer unbekannten Frau gefunden. Noch sei unklar, ob es sich um einen Unfall oder um Selbstmord handele, so ein Sprecher der Kreispolizeibehörde. Die Leiche lag im neuen Schleusenbecken unter einem Gerüst und wies zahlreiche Verletzungen auf. Möglicherweise sei die Frau vom Gerüst gefallen. Was sie dort in der Nacht gesucht habe, sei ein Rätsel.
Eine Bilderstrecke sowie laufende Aktualisierungen zur Entwicklung finden Sie auf unserer Homepage.

Ich ließ das Frühstück stehen und rannte zum PC. Der Bericht war noch nicht aktualisiert, und die Bilder zeigten nichts außer Polizisten und Rettungskräfte bei der Arbeit. Ein Foto zeigte einen mit einem weißen Laken bedeckten Körper. Die Konturen ließen unschwer erkennen, dass es sich um eine Frau handelte.
Ihr Name war nicht genannt worden, doch mein Instinkt sagte mir, dass es sich um Isabelle handelte. Ich hatte es geahnt, schon in den ersten Minuten, die ich mit Lolita verbracht hatte.
Ich nahm das Telefon. Zum Glück nahm Bremer selbst ab.
„Guten Morgen, Vinnie. Na, muss dir dein Ex von der Polizei wieder mal weiter helfen?"
„Horst …", begann ich.
„Sag nichts. Ich wette, du rufst an, um mir mitzuteilen, dass du die Schachtschleusenleiche kennst."

„Irrtum. Ich habe sie ja gar nicht gesehen. Ich habe nur eine Vermutung. Kannst du mir den Namen nennen?"

Mein unterwürfiger Tonfall, in den ich noch eine Prise Verzweiflung und Hilflosigkeit mischte, musste ihn überredet haben, gegen die Vorschriften zu verstoßen. Seine Stimme war leise, als er antwortete. „Unter dem Mantel der Verschwiegenheit, aber das weißt du ja. Sie heißt Isabell Kramer."

„Auch bekannt als Isabelle LaCour."

„Woher weißt du das?"

„Ich habe meine Quellen."

Bremers Ton wurde drängender. „Vinnie, was weißt du?"

Mein Berufskodex verbot mir, Horst von meinem Auftrag zu erzählen. Aber Scheiß drauf, er hatte auch gegen die Dienstanweisung verstoßen und mir mehr gesagt als er durfte. Also erzählte ich ihm die Geschichte.

„Glückwunsch", sagte er kurz angebunden, als ich fertig war. „Du hast sie gefunden."

„Ja. Schätze, das wird wieder eine Nullrunde für mich."

„Erinnert mich an die Wortmann-Sache. Da hast du doch auch nicht viel verdient, weil dir alle Beteiligten unter der Nase weggestorben sind."

„Danke für dein Mitgefühl." Ich legte angepisst auf. Ich hasse es, wenn man mich an meine Misserfolge erinnert. Und ich hasse meine Impulsivität. Mir war etwas eigefallen. Zerknirscht rief ich Horst noch einmal an und fragte kleinlaut: „Kann ich die Leiche sehen?"

„Warum?"

„Zur Identifizierung. Ich möchte sie meiner Auftraggeberin zeigen."

„Das halte ich für keine gute Idee. Im Übrigen ist die Tote schon identifiziert."

„Bitte, Horst."

Er zögerte. Dann: „Na gut. Ich werde sehen, was sich machen lässt. Ich ruf dich wieder an."

Ich war ihm dankbar, dass er nicht hinzufügte „Um der alten Zeiten willen". Die alten Zeiten … Horst und ich bei der Polizei, ein Paar im Dienst und im Privatleben. Es funktionierte eine Zeit ganz gut. Doch als mein Bruch mit der Polizei kam, kam auch der Bruch mit Horst. Bis heute hatte er mir nicht verziehen, dass ich die Truppe verließ. Nun ja, man sollte die Leichen ruhen lassen. Alle, bis auf Isabelle …

Horsts Rückruf erwischte mich unter der Dusche. Ich fluchte. Nass und frierend lief ich zum Telefon. Er gab mir einen Termin und die Erlaubnis, Lolita mitzubringen.

Es war gar nicht mal so kalt in dem Raum, in den sie Isabelle gebracht hatten. Trotzdem fror ich, was vielleicht an der Atmosphäre lag. Krankenhauskellerräume waren nicht jedermanns Sache, zumal ich die Räumlichkeiten des Wesling-Klinikums bereits kannte. Fröstelnd stellte ich meinen Jackenkragen auf und steckte meine Hände in die Hosentaschen. Lolita wartete auf dem Gang, nachdem sie die Leiche identifiziert hatte. Ein Psychologe war bei ihr und leistete ihr seelische Erste Hilfe.

Isabelle sah furchtbar aus. Ihr Körper wies alle möglichen Farben auf, von Grün über Rot und Dunkelblau bis Leichengrau. Folge der zahlreichen Knochenbrüche und Blutergüsse. Wie es schien, hatte sie den

Aufprall zunächst überlebt. Ihre letzten Stunden mussten qualvoll gewesen sein. Gestorben war sie letzten Endes an äußeren und inneren Blutungen, obwohl die Schädelfraktur allein früher oder später ebenfalls zum Tod geführt hätte. Als man sie fand, war sie bereits mehrere Stunden tot.

Der Mediziner sprach seinen Bericht auf Band. Bevor er die Leiche mit einem Tuch abdeckte, warf ich einen letzten Blick auf Isabelle LaCour. Zu Lebzeiten musste sie ein hübsches Mädchen gewesen sein. Obwohl ihr kaltes Gesicht nunmehr blass und deformiert war, strahlte es immer noch einen gewissen Reiz aus. Ich hatte sie nicht gekannt. Dennoch konnte ich die aufkommenden Tränen kaum unterdrücken. Nie wieder würde ihr einst begnadet schöner Körper Männer beglücken. Oder Lolita.

Im Grunde war mein Auftrag nun abgeschlossen. Isabelle war gefunden worden, das zweite Kapitel wurde durch die Polizei geschrieben. Aber ich konnte noch keinen Schlussstrich ziehen. Ich konnte Lolita nicht mit Isabelles Tod allein lassen. Moralische Unterstützung war das wenigste, was ich ihr schuldig war.

Ich setzte sie zu Hause ab. Sie wohnte in einer Dreizimmerwohnung in Kuhlenkamp. Sie bat mich auf einen Drink mit hinauf und ich tat ihr den Gefallen. Während sie den Single Malt einschenkte, nahm ich ihre Wohnung in Augenschein. Die Größe war unbedeutend, meine eigene Wohnung wies eine höhere Quadratmeterzahl auf. Aber die Einrichtung hatte Klasse. Ich erkannte Designermöbel von Rolf Benz, und die Bilder an den Wänden waren auch keine Reproduktionen. Ihr Gewerbe musste ganz gut was abwerfen.

Sie setzte sich mir gegenüber und schob mit traurigem Gesichtsausdruck meinen Whisky über die gläserne Tischplatte. „Wie geht es jetzt weiter?"

Vor dieser Frage hatte ich mich gefürchtet. Ich konnte ihr nur die offizielle Antwort geben. „Die Mordkommission übernimmt nun die weiteren Ermittlungen, bis feststeht, ob es sich um Selbstmord oder um einen Unfall handelt."

Ihr Gesichtsausdruck veränderte sich nicht. Aber ich spürte den Schmerz, als sie mir in die Augen sah und fragte: „Und wenn es sich nicht um einen Unfall handelt? Oder Selbstmord? An Selbstmord glaube ich sowieso nicht. Warum sollte Isabelle sich umbringen? Es ging ihr gut. Das Leben machte ihr Spaß, sie war gesund. Und Unfall? Warum sollte sie nachts in der Schleuse spazieren gehen?"

Ich schluckte und stellte den Whisky ab. „Hören Sie, Lolita.

Die Polizei ist jetzt am Zug. Sie werden die Todesursache herausfinden."

„Werden sie das? Na ja, es spielt wohl keine Rolle mehr. Isabelle ist tot. Selbst wenn die Ursache aufgeklärt wird, bringt mir das Isabelle nicht zurück."

Ich stand auf und setzte mich an ihre Seite. Zuerst nahm ich ihre Hand, dann nahm ich sie in die Arme. „Nein, Lolita, Isabelle zurückbringen wird das nicht. Sie werden lernen müssen, mit dem Verlust zu leben. Wenn Sie es allein nicht schaffen: Es gibt fachmännische Hilfe."

„Sie meinen, so Psychoheinis."

„Oder die Kirche."

„Die Kirche?" Sie lachte bitter. „Ich war nie besonders gläubig."

Es war Zeit zu gehen. Es zerriss mir das Herz, aber Lolita musste jetzt allein zurechtkommen. Viel konnte ich ihr ohnehin nicht mehr bieten. „Ich möchte mich jetzt verabschieden, Lolita. Wenn es etwas gibt, das ich für Sie tun kann …"

Kopfschüttelnd gab sie mir ihre Hand. „Danke, aber Sie haben Recht. Ich muss allein damit fertig werden."

Ich nickte mitfühlend. „Trotzdem, wenn Sie Hilfe brauchen, oder auch nur eine Freundin in der Not, rufen Sie mich an."

Es war keine Floskel, ich meinte es ehrlich. Lolita nickte und brachte mich zur Tür. Bevor sie öffnete, hielt sie inne, als wäre ihr noch etwas Wichtiges eingefallen. „Sie haben mir noch nicht gesagt, was ich Ihnen schuldig bin."

Ich blieb stehen und sah ihr ins Gesicht. Die Frage überraschte mich. Ich dachte nach. Was hatte ich für sie getan? Zwei Stunden eine Wohnung durchsucht, eine Stunde aufgeräumt, zwei Stunden Nachbarn befragt. Und wofür? Hatte ich einen Erfolg vorzuweisen? Isabelle war tot, und es war nicht ich, die sie gefunden hatte.

„Nichts", sagte ich, gab ihr noch einmal die Hand und ging.

Auf der Straße blieb ich stehen, nahm einen tiefen Atemzug und schaute den Autos nach, die durch die Ortschaft rollten, ihre Fahrer mit Gedanken erfüllt, die meinen und Lolitas wahrscheinlich nicht einmal nahe kamen. Es war kurz vor Mittag und mein Magen meldete sich. Ich fuhr in die Stadt. In einer Pizzeria aß ich einen Happen und gönnte mir einen billigen Whisky. Er schmeckte so scheußlich wie ich vermutete. Aber ein scheußlicher Whisky war besser als gar kein Whisky. Und irgendetwas brauchte ich, um meine

Sorgen zu ertränken. Nach dem dritten Glas hörte ich allerdings auf. Danach hielt ich es für besser, etwas Alkohol abzubauen, bevor ich mich wieder ans Steuer setzte. Und so verbrachte ich die nächsten Stunden mit sinnlosen Einkäufen: Blusen, Schuhe, Parfum; nichts, was ich nicht schon hatte. Aber das Kaufen beruhigte meine Seele und brachte mich auf andere Gedanken. Als ich Stunden später ins Auto stieg, war ich müde, aber nüchtern. Ich begann, Lolita LeGuin zu vergessen.

Ich ahnte nicht, dass ich ihr unter dramatischen Umständen noch einmal begegnen würde.

5

Es gibt Dinge, die kleben an einem wie Teer und Federn. Schon zwei Tage später wurde ich an Isabelle LaCour erinnert.

Ich arbeitete an einem neuen Fall. Eine Versicherungsagentur hatte mich beauftragt, in einem mutmaßlichen Betrugsfall zu ermitteln. Die Mutmaßung stand kurz davor, Beweis zu werden. Das letzte Indiz fehlte noch, aber ich wusste, wo ich es bekam.

Das Wetter war umgeschlagen. Die Sonne schien und brachte Temperaturen im zweistelligen Bereich. Zu warm für November, aber jeder genoss die unerwartete Wärme. Die Regenschirme waren verschwunden und überall sah man Menschen in leichter Kleidung. Ein paar hormongesteuerte Teenager liefen sogar im T-Shirt herum. Es hätte mich nicht gewundert, wenn im Hiller Moor oder im Mindener Glacis die Liebenden die einschlägigen Plätze aufsuchten. Kurz, es war eine Zeit, in der das Leben Spaß machte und die meine Arbeit auf kreative Art förderte.

So waren meine Recherchen in der Kreispolizeibehörde auch schnell erledigt. Der Beweis war erbracht, der Fall abgeschlossen. Beschwingten Schrittes war ich auf dem Weg zum Ausgang, als ich mit jemandem zusammenstieß. Ein Aktenordner fiel zu Boden, ein Handy wurde vom Ohr genommen und Horst Bremer starrte mich an. Und ich starrte Horst an. Der ursprüngliche Zorn über die Ungeschicklichkeit des anderen wandelte sich rasch in Wiedersehensfreude.

„Vinnie." Dann, ins Handy: „Ich ruf dich zurück, Dieter." Das Telefon verschwand in der Jackentasche. „Vinnie", sagte er noch einmal und bückte sich nach seinem Ordner. Er grinste. „Ich habe dich nicht gesehen. Das Telefonat mit meinem Kollegen ..."

„Ja, wir sind gar nicht so verschieden, du und ich", sagte ich, ohne zuzugeben, dass meine Gedanken auch nicht auf dem Flur der Behörde gewesen waren.

„Was machst du hier?"

„Recherchen."

„Und? Erfolg gehabt?"

„Jap. Fall abgeschlossen."

„Gratuliere."

„Danke." Ich freute mich. Ich bekam selten ein Lob von ihm.

Er sah beiläufig auf seine Uhr. „Fast Mittag. Hast du vielleicht Lust, mit mir essen zu gehen?"

Ich hatte. Und wie wir auf der Fahrt zum Restaurant feststellten, hatten wir nicht nur Lust auf Essen. Außenstehende mussten unser Verhältnis für schizophren halten. Zwei Soziopathen, deren Beziehung gescheitert war, was sie aber nicht davon abhielt, in mehr oder weniger regelmäßigen Abständen Sex miteinander zu haben. Die Kritiker hatten Recht, es war schräg. Aber es machte auch Spaß. Spaß ohne Verpflichtungen. Auf gewisse Weise schweißte uns das fester zusammen als unsere gescheiterte eheähnliche Gemeinschaft.

Ich hatte es im Glacis noch nie bei Tage getrieben. Es gab kein Vorspiel, keine Kuscheleien. Tatsächlich war es mehr ein Quickie. Wir waren beide ausgehungert, und alles, was wir wollten, war wilder, hemmungsloser Sex. Der Thrill, von Fremden mit heruntergelassenen Hosen erwischt zu werden, gab uns einen zusätzlichen Kick. Aber es ging gut. Anschließend fühlten wir uns frei und beschwingt und lachten, was wir schon lange nicht mehr zusammen getan hatten.

Wir entschieden uns für Chinesisch. Einen Platz zu bekommen, war kein Problem, der Mittagsansturm der Büroleute hatte noch nicht begonnen. Wir bedienten uns am Büffet und plauderten über belanglose Dinge. So erfuhr ich auch von einigen Umbesetzungen bei der Polizei, doch die Namen, die Horst erwähnte, sagten mir nichts. Acht Jahre sind eine lange Zeit. Auch wenn ich mich manchmal dabei erwischte, mit Wehmut an die alten Tage bei der Polizei zurückzudenken – das Schlimme hatte am Schluss das Gute überwogen. Ich bereute meine Entscheidung für ein anderes Leben nicht.

„Isabelle LaCour."

Ich zuckte zusammen und beamte mich in die Gegenwart zurück.

„Was?"

„Isabelle LaCour", wiederholte er. Nichts weiter. Nur den Namen.

Früher hatte mich seine Art, ständig Cliffhanger zu produzieren, indem er ein einziges Wort in den Raum warf und auf meine Reaktion wartete, zur Weißglut gebracht. Mit den Jahren war ich ruhiger geworden. Trotzdem musste ich mich zusammenreißen, als er mir jetzt mit der alten Masche kam.

Er grinste. Ich konterte. „Und?"

„Ich dachte mir, es könnte dich interessieren, wie unsere Ermittlungen ausgegangen sind."

Pause. Cliffhanger Nummer zwei. Es folgte mein Und? Nummer zwei.

„Also, um es vorwegzunehmen, es war ein Unfall."

Ich runzelte die Stirn.

„Zwar können wir Selbstmord nicht ausschließen, aber da kein Abschiedsbrief gefunden wurde, gehen wir von einem Unfall aus."

„Was macht euch da so sicher?"

„Dass es ein Unfall war? Ich weiß, du hättest lieber einen Mord. Aber die Obduktion hat ein Fremdverschulden zu hundert Prozent ausgeschlossen. Isabelles Körper weist keine Hinweise auf Fremdeinwirkung auf. Sie ist da runtergefallen, und das war's."

„Runtergefallen und das war's?"

„Wir gehen davon aus, dass sie sich in jener Nacht auf dem Gelände der Schachtschleuse herumgetrieben hat."

„Herumgetrieben? Eine Frau wie Isabelle treibt sich nicht herum."

„Die Umstände", fuhr er fort, ohne auf meinen Einwand zu reagieren, „deuten darauf hin, dass sie allein war. Jedenfalls hat die KTU keine Spuren gefunden, die auf die Anwesenheit einer weiteren Person schließen. Allerdings hat es geregnet."

„Was eventuelle Spuren vernichtet haben könnte."

„Jedenfalls läuft Isabelle da herum. Es ist nicht unvernünftig anzunehmen, dass sie auf dem schlüpfrigen

Boden ausgerutscht ist. Die Schleuse ist eine riesige Baustelle, überall liegt etwas herum. Schlamm, Sand, Betonrückstände. Sie hält sich also verbotenerweise auf der Baustelle auf und der nasse schmierige Boden wird ihr zum Verhängnis. Sie stürzt, verliert den Halt, fällt in das Becken. Knochenbrüche, innere Blutungen, Exitus."

„Was sollte sie zu nachtschlafender Zeit allein an der Schachtschleuse gemacht haben? Shopping?"

„Ein Freier?"

Touché. Die Annahme war nicht von der Hand zu weisen. Der Treffpunkt war zwar ungewöhnlich, aber Isabelles Gewerbe war auch nicht alltäglich. Die Frage blieb, warum der hypothetische Freier nicht die Polizei gerufen hatte, als er Isabelle am Boden des Schleusenbeckens sah. Ich stellte die Frage Horst.

„Wer sagt denn, dass er sie gesehen hat? Es war Nacht. Er hat sie auf dem Gelände erwartet, nicht am Boden des Schachtes. Und als sie nicht auftauchte, ist er unverrichteter Dinge gegangen. Er ist ohnehin nur eine Hypothese. Vergiss nicht, dass es keine Spuren gibt, die auf eine zweite anwesende Person deuten."

Es klang plausibel. Aber es war mir zu einfach. Die Fragezeichen blieben. „Und Isabelles Wohnung?"

Als ich jetzt Fragezeichen auf Horsts Stirn erblickte, fiel mir ein, dass die Polizei von dem Einbruch keine Kenntnis hatte. Ich überlegte, ob ich es ihm erzählen sollte, und entschied mich schließlich dafür. Vielleicht würde er den Sturz dann unter einem anderen Aspekt betrachten.

Er war taktvoll genug, seinen Ärger über Lolitas und meine Entscheidung nicht zu äußern. Er fragte nur: „Es wurde nichts gestohlen?"

Ich schüttelte den Kopf. „Bis auf das geheimnisvolle Tagebuch. Von dem wir aber nicht sicher wissen, ob es überhaupt existiert und ob es in ihrer Wohnung war."

Horst lehnte sich zurück und ließ den Blick schweifen. Das Restaurant hatte sich mittlerweile zur Hälfte gefüllt. Dann kam es, und sein Einwurf überraschte mich nicht. „Der Einbruch muss nichts mit ihrem Tod zu tun haben."

„Und der Papst ist evangelisch."

Er beugte sich vor und nahm meine Hand. Obwohl ich in diesem Augenblick mal wieder wütend auf ihn war, tat die Berührung gut. Er wusste, wie er mich besänftigen konnte.

„Lavinia, du interpretierst zu viel in die Sache hinein. Ich gebe zu, der Einbruch ist atypisch, und wenn man ihn in Beziehung setzt zu Isabelles Tod, kann man durchaus etwas Böses dabei denken. Aber der Fall ist abgeschlossen. In der Akte steht Unfalltod. Und die Kollegen sind keine Anfänger."

So schwer es mir fiel, er hatte Recht. Es gab keinen Beweis, nicht einmal ein Indiz, für einen Mord. Vielleicht sollte ich das endlich akzeptieren.

Eine halbe Stunde später saß ich im Wagen und versuchte, Isabelle ein zweites Mal zu vergessen.

6

Der nächste Morgen brachte Muskelkater an Körperstellen, die dafür nicht vorgesehen waren. Das Glacis - jetzt musste ich den Preis dafür zahlen. Aber er war es wert, und abgesehen davon war ich frisch und ausgeruht. Die Sonne schien ins Zimmer und kündigte einen wundervollen Tag an. Der Wecker zeigte eine Minute vor halb sieben. Ich war dem Klingelton um eine Minute zuvorgekommen.

Nach der Morgentoilette schlüpfte ich in Shorts, T-Shirt und Laufschuhe und trat vor die Tür. Es war angenehm warm. Der Morgen roch nach würziger Landschaft, genau wie ich es mochte. Im Hintergrund bellte ein Köter, genau wie ich es nicht mochte.

Meine Laufstrecke führte mich durchs Moor, dem unberührten Laufparadies direkt vor meiner Haustür. Auf dem Weg dorthin kam ich an einer Rotte Windräder vorbei, der Nemesis der Landbevölkerung. Wie riesige Spargel stachen sie in die Luft und verschandelten mit ihrer Größe und Hässlichkeit die Landschaft – Folge einer unüberlegten Umweltpolitik hirnloser Politiker. Ich wusste nicht, wo unser Wirtschaftsminister wohnte, wünschte ihm aber einen Windpark direkt vor der Haustür – weil der Standort alternativlos war.

Ich lief eine halbe Stunde, dann kehrte ich zurück, nahm eine Dusche und frühstückte mit frischen Brötchen, die ich mir unterwegs in Frotheim besorgt hatte. Die Zeitung brachte keinen weiteren Artikel über Isabelle – Unfälle von gestern interessierten heute nicht mehr.

Nach dem Frühstück tat ich das, was ich seit gestern vor mir herschob. Ich rief Lolita an, um sie über die Ermittlungen der Polizei zu informieren, doch sie ging nicht ans Telefon. Ich ließ es zehn Mal klingeln. Beim elften Tuten gab ich auf. Ich zuckte die Achseln. Wahrscheinlich war sie unterwegs.

Um neun war ich in dem dunklen Loch, das ich mein Büro nannte. Es war kalt, selbst im Sommer. Hatte ich erwähnt, dass die Lage gut war? Südhemmern, Mindener Straße, gut zu finden für Ortsunkundige. Ich hätte auch zu Haus arbeiten können. Aber ein Detektiv braucht ein Büro, die Leute erwarten das. Also zahlte ich brav meine zweihundert Euro Miete und saß meine tägliche Sprechstunde ab in der Hoffnung auf Klienten, die den Weg zu mir fanden. Was Gott sei Dank nicht mehr so selten war wie am Anfang, als ich täglich vom Hungertod bedroht war. Wenn die Leute einen Privatdetektiv suchen, schauen sie in die Gelben Seiten. Ein Name wie Lavinia Borowski sticht natürlich hervor. Auch ich würde wahrscheinlich eher zu Lavinia Borowski gehen als zu einem Karl-Heinz Meyer oder einer Lydia Schmidt. Lavinia zu heißen, hat auch Vorteile.

Ich begann mein Morgenritual. Die Heizung wurde aufgedreht, die Kaffeemaschine aktiviert, der Rechner gestartet. Doch als ich den Bericht über den LaCour-Fall schreiben wollte, streikten meine Finger. Was sollte ich schreiben? Im Grunde hatte es keinen Fall gegeben, und auch Honorar war nicht geflossen.

Das Zischen der Kaffeemaschine riss mich aus meinen Gedanken. Nach der ersten Tasse schloss ich den Fall Isabelle LaCour ab, indem ich ihn gar nicht erst eröffnete. Stattdessen wandte ich mich meinem Versicherungsfall zu. Meine Ermittlungen waren abgeschlossen. Ich hatte nachgewiesen, dass der Autounfall, um den es ging, vom Geschädigten fingiert war. Ein klassischer Fall von Versicherungsbetrug. Nur dass hier eine kriminelle Komponente hinzukam. Denn nach der notdürftigen Reparatur, die einen Bruchteil der Versicherungsleistung gekostet hatte, verursachte er den nächsten Unfall, um bei einer weiteren Versicherung abzuziehen. Dank meiner Ermittlungen würde er nun statt Geld das Gefängnis sehen.

Um zehn Uhr ging das Telefon. Horst.

„Hallo, Vinnie. Wollte mich nur nach deinem Wohlergehen erkundigen."

Ich sprach meinen Muskelkater an.

„Dito", sagte er. „Wenn der Kater abgeklungen ist, sollten wir das wiederholen."

„Einverstanden. Ich fürchte nur, wenn wir das regelmäßig machen, werden wir nicht alt."

„Wäre das nicht einen frühen Tod wert?"

Wir verabschiedeten uns und legten auf. Ich holte mir einen neuen Kaffee und stellte mich ans Fenster. Die leerstehende Kneipe gegenüber bot denselben trostlosen Anblick wie jeden Tag. Seit Jahren gammelte das Gebäude vor sich hin, Unkraut wuchs auf dem Hof und am Straßenrand. Niemand kümmerte sich.

Verfall. Tod. Und schon waren meine Gedanken wieder bei Isabelle. Warum konnte ich diese Frau nicht loslassen? Ich hatte sie doch gar nicht gekannt. War es der Frust, dass ich den Fall nicht gelöst hatte? Oder konnte mein Verstand einfach nicht akzeptieren, dass sie bei einem schnöden Unfall ums Leben gekommen war? Horst hatte ja Recht, die Fakten sprachen für einen Unfall. Was zweifelsohne eine bessere Option als Mord war – Lolita würde besser leben können in dem Bewusstsein, dass ihre Freundin nicht Opfer eines Anschlags geworden war. Aber für mich blieben die Zweifel.

Beim Gedanken an Lolita erinnerte ich mich, dass ich sie noch nicht erreicht hatte. Ich ging zum Telefon und wählte ihre Nummer. Sie ging wieder nicht ran. Ich seufzte und legte auf.

Kaum lag der Hörer auf der Gabel, klingelte es. Ich zuckte zusammen, wie man es in solchen Situationen tut - weil man nicht darauf vorbereitet ist.

„Lavinia, ich bin's, Charlie. Hast du Zeit? Ich habe vielleicht einen Auftrag für dich."

7

Das Hermanns ist das Café/Restaurant im Obergeschoss des Kaufhauses Hagemeyer und beliebt bei Einkäufern. Halb zwölf war eine kritische Zeit. Es wurde allmählich voll, weil die Leute mit ihren Einkäufen fertig waren und Hunger bekamen. Nach Essen war mir noch nicht, ich begnügte mich mit einem Kaffee. Charlie gönnte sich ein Eis.

Charlotte Missalla, 22, schlank, kurzes brünettes Haar, Boxerin, KFZ-Lehrling. Und lesbisch. Dass sie lesbisch war, hatte ich erst spät herausgefunden. Die Tatsache an sich störte mich nicht. Das Problem war, dass sie in mich verliebt war. Und dass sie hin und wieder vergaß, dass ich der anderen Fraktion angehörte. Ich tröstete sie in der Regel mit dem Hinweis, dass sie meine erste Wahl wäre, sollte ich jemals andersrum werden.

Auch jetzt, als sie an ihrem Eis knabberte, sah sie mich wieder mit verliebten Augen an. Es gelang mir, ein unverfängliches Gespräch zu beginnen, in dessen Verlauf sie mir beiläufig berichtete, dass sie Probleme mit ihrem Vermieter hatte und ausgezogen war. Auf intensives Nachfragen stellte sich heraus, dass sie rausgeflogen war, weil sie die Miete nicht gezahlt hatte. In ihrer naiven Unschuld erzählte sie, dass sie vorübergehend bei Ali im Boxstudio wohnte.

„Bei Ali?" Meine Brauen zuckten in die Höhe.

„Ja. Ist ein bisschen peinlich, ich weiß. Ali hat mir einen Abstellraum hergerichtet. Ist zwar keine Wohnung, aber ich habe ein Dach über dem Kopf und ich habe die Duschen. Es gibt einen Aufenthaltsraum, wo ich essen und abhängen kann."

„Und Ali? Lässt er die Finger von dir?"

Sie lachte. „Ali ist süß. Er lässt gern einen Spruch los, aber er wird nie griffig."

Ich glaubte ihr. Auch wenn ich nicht wusste, wie weit Alis Verbindungen in die Unterwelt reichten – an seiner Integrität hatte ich nicht die geringsten Zweifel. Ich wusste es aus eigener Erfahrung. Ali hatte auch mich schon unzählige Male ohne Kleider gesehen. Er war nie zudringlich geworden. Vielleicht lag es daran, dass er schon jenseits der siebzig war.

„Hast du ein Bett?"

„Eine Matratze."

Meine Gedanken rotierten. Alis Boxstudio war gewiss sauber und ordentlich, und ein bisschen Privatsphäre war in dem verwinkelten Laden wahrscheinlich auch möglich. Aber ein Boxstudio war kein geeigneter Aufenthaltsort für ein junges Mädchen. Ehe ich die Konsequenzen überlegt hatte, hatte ich es herausgehauen. „Was hältst du davon, wenn du zu mir ziehst?"

Für Charlie war Weihnachten. Ich sah es an ihren Augen. „Meinst du das ernst?"

„Ja", sagte ich und hoffte, dass sie es nicht als Angebot auffasste, eine Beziehung zu beginnen. „Wir können nachher dein Zeug holen. Aber lass uns jetzt von was anderem reden. Du sprachst von einem Auftrag …"

Ihre Augen leuchteten immer noch. Was malte sie sich in ihrem Geist wohl gerade aus? Ich wollte lieber nicht daran denken. Aber schließlich hatte sie sich gesammelt und war in der Lage, mir zu antworten.

„Hör zu, Lavinia, das ist eine echt abgefahrene Kiste, absolut endgeil. Vielleicht willst du dich damit gar nicht befassen. Ich hab's selbst nicht für voll genommen, als ich es hörte. Es ist – wie soll ich sagen -, also, es ist schon durchgeknallt."

„Charlie, spann mich nicht auf die Folter. Worum geht es?"

„Also, hör zu. Gestern Abend, als ich beim Training bin, taucht so ein Typ bei Ali auf. Ein Neuer. Will hier boxen, weil sein altes Studio dichtgemacht hat. Ich steh am Sack und mach 'n paar Kombinationen. Dabei krieg ich mit, wie er sich mit Ali unterhält. Ali macht ein Interview, du weißt schon: Hat er schon mal geboxt, welche Vorkenntnisse, welche Ziele? Na, das geht so 'ne Weile. Und wie sie so im Gespräch vertieft sind, erzählt er auch was über sich selbst. Er kommt aus Tonnenheide, das ist ein Stadtteil von Rahden. Sein Dad ist da Ortsvorsteher. Und so beiläufig fragt er Ali, ob er 'n guten Detektiv kennt. Da wäre nämlich so 'ne Sache … Ali sieht mich an, ich sehe Ali an. Junger Mann, denke ich, dein Problem ist gelöst. Ich unterbrech mein Training und geh hin zu dem Typen. Du brauchst 'n Detektiv, frage ich. Kennst du einen, fragt er. Jep, sage ich, zufällig ist meine beste Freundin Detektiv. Was hast du denn auf dem Herzen? Und dann legt er los. Also, da in Tonnenheide, da gibt's so 'n Moor. Da ist eigentlich nie was los. Doch in letzter Zeit … Er druckst 'ne Weile rum. Scheint ihm echt peinlich zu sein. Schließlich überwindet er sich und haut es raus. Meine erste Reaktion:

Ich lach mich tot. Auch Ali fällt der Stumpen aus der Kauleiste. Der Typ sieht uns nur an und sagt: Ich habe es gewusst. Er macht uns keinen Vorwurf. Er sieht uns nur traurig an, wie einer blickt, der sich mit seinem Schicksal abgefunden hat. Und das war der Moment, wo ich begriffen hab, er meint es absolut ernst."
„Charlie, nun sag schon. Was ist sein Geheimnis?"
„Halt dich gut fest, Lavinia. Das wird dich umhauen. Also, dieses Moor da in Tonnenheide …" Sie machte eine spannungssteigernde Pause.
Ich dachte an Horsts Cliffhanger und überlegte, ob ich sie dafür hassen sollte. „Was ist mit dem Moor?"
„Da spukt es."

8

Die Stiftstraße und die Stiftsallee sind die erste Wahl, wenn man von Minden nach Rahden will. Natürlich kann man auch über Hille fahren, aber aus der City geht es so schneller. Man kommt durch Stemmer und Friedewalde, zwei malerische Dörfer mit Landcharakter, vorbei an Äckern und Feldern, die im November allerdings schon abgeerntet waren. Wenn dann auch noch die Sonne scheint – wie sie es heute tat -, dann fühlt man sich fast wie im Paradies. Aber eben nur fast.
Ich spürte die Anspannung im Nacken, als wir über die Landstraße fuhren. Charlie hingegen war ganz entspannt und drehte am Radio. Hoffentlich bereute ich nicht, sie mitgenommen zu haben. Aber ich konnte sie schlecht zurücklassen, schließlich hatte sie mir den Auftrag besorgt. Falls es einen Auftrag geben würde.

Ich hatte da leise Zweifel. Eine Spukgeschichte. Das war nun wirklich nicht das, was man in der wirklichen Welt erwartete. Ich tippte auf einen Lausbubenstreich und würde mich wahrscheinlich bis auf die Knochen blamieren. Aber einerseits war Halloween schon vorbei, und andererseits musste ich an meine Miete denken.

Wir brauchten eine halbe Stunde. Es war kurz vor eins, als ich auf den Parkplatz des Gasthauses bog. Zwei Autos standen bereits dort. Buschmann-Dreisörner – ein seltsamer Name. Aber er passte zur ländlichen Gegend, die an Stemmer und Friedewalde erinnerte. Komischerweise kannte ich die Kneipe. Ich war nie drin gewesen, aber wenn man von Minden nach Rahden fährt, kommt man zwangsläufig daran vorbei, und so hatte ich sie schon oft gesehen, ohne dass es mir bewusst geworden war. Es war ein großes weißes Gebäude mit gelben Butzenfenstern. Im linken Teil gab es einen Bäckerladen. Gegenüber lagen ein Elektrogeschäft und eine Versicherungsagentur, etwas abseits ein Landmaschinenhandel und Richtung Rahden ein Frisörladen.

Ich hatte mit dem Gestank von Gülle gerechnet, musste aber erkennen, dass das ein Vorurteil war. Frische, angenehm würzige Landluft empfing uns, als wir ausstiegen. Drinnen hingegen roch es weder ländlich noch städtisch, sondern schlicht nach kaltem Zigarettenrauch und schalem Bier.

Die Zeit schien stehengeblieben zu sein bei Buschmann-Dreisörner. Abgeriebener Linoleumboden, Holzstühle mit geflochtenen Sitzflächen, klobige Tische aus Massivholz, eine Theke aus dunklem Holz, die wahrscheinlich schon den 2. Weltkrieg mitgemacht hatte. Alt alles, aber doch auf seine Art stilvoll.

Genau wie Klein-Vinnie sich eine Dorfkneipe vorstellte.

Hinter der Theke stand der Wirt, ein Mittfünfziger mit Bauch und Bart. Seine Augen blickten misstrauisch, was ich ihm nicht übelnahm. Ich würde zwei jungen, attraktiven Frauen, die sich in eine Dorfkneipe verirren, auch nicht trauen. Auf Barhockern vor der Theke saßen zwei Männer. Der eine in Jeans und schwarzem T-Shirt, ziemlicher Bauchansatz, jenseits der fünfzig, möglicherweise Frührentner. Der andere war bestimmt schon über sechzig, im Gegensatz zu seinem Trinkpartner aber eher schlank. Er trug einen braunen Anzug ohne Krawatte. Seine Augen waren wach und neugierig und drückten Integrität, Autorität und Durchsetzungswillen aus. Ich zweifelte nicht, dass das unser Mann war. Ich war mir sicher, als er sich erhob und auf uns zukam.

„Frau Borowski? Ich bin Hermann Franke. Wir haben telefoniert. Es freut mich, dass Sie den Weg zu uns gefunden haben." Er gab uns die Hand.

Ich stellte Charlie vor. Dann bat Franke uns an einen Tisch und winkte dem Wirt. „Günter, machst du uns noch eine Runde?" Er sah uns an. „Sie trinken doch ein Bier mit?"

Charlie nickte sofort. Ich nickte auch, ein Bier war wohl drin. Während wir auf das Bier warteten, erzählte Franke von sich und seiner Gemeinde. Er war pensionierter Finanzbeamter, Mitglied im Stadtrat und im Schützenverein und hatte sein ganzes Leben in Tonnenheide verbracht.

„Ich hänge an dem Ort. Ich kann mir nicht vorstellen, jemals woanders leben zu wollen. Für Fremde ist es hier vielleicht etwas gewöhnungsbedürftig. Irgendein Scherzbold hat mal gesagt, der Tonnenheider wird mit einem Fußball und einer Schützenmütze geboren. Außerdem hat jeder irgendwie etwas mit Landwirtschaft zu tun."

Das Bier kam. Richtig gutes, kühles Fassbier, wie ich es schon lange nicht mehr getrunken hatte. Wir blieben noch eine Viertelstunde und erfuhren einiges über Landwirtschaft und das Schützenwesen. Franke war ein eloquenter Erzähler, der sich auskannte in dem, was er berichtete. Fast hätte er es geschafft, Charlie und mich als Mitglieder für den Schützenverein zu gewinnen. Er gab noch eine weitere Runde aus, dann brachen wir auf.

Franke fuhr. Zuerst ging es Richtung Lavelsloh. An der Kirche bogen wir links ab, Richtung Wehe. Dann ging es in die Tucht und ich verlor die Orientierung. Wir schienen am Ende der Welt zu sein. Felder, Wälder, Wiesen, Büsche. Es war nicht schwer, sich vorzustellen, dass sich hier tatsächlich Fuchs und Hase gute Nacht sagten. Einzeln stehende Häuser in der Ferne deuteten den Hauch von Zivilisation an. Irgendwann kam sogar eine kleine Siedlung, an der wir allerdings schnell vorbei waren. Dann wieder Tucht. Mitten in der Botanik stellte Franke seinen Wagen ab und stieg aus. Charlie und ich sahen uns an, hofften auf Frankes Integrität und stiegen ebenfalls aus.

Franke streckte den Arm aus und deutete auf die Landschaft, aus der sich sanfte Hügel erhoben wie der Busen einer liegenden Frau. „Das Wiemelkenmoor. Der Ort des Geschehens."

Charlie begann zu lachen. „Wiemelkenmoor. Heißt das wirklich so?"

Franke verzog keine Miene. „Wiemelken ist die plattdeutsche Bezeichnung für die Sumpfheidelbeere. Die Bezeichnung Moor ist im Grunde nicht zutreffend. In früheren Zeiten war die ganze Gegend hier zwar Moor, und nicht nur hier, der ganze Bereich um die Weser herum. Heute ist jedoch alles trockengelegt und für die Landwirtschaft aufbereitet, genau wie das etwas weiter östlich gelegene Weiße Moor, dessen Ausläufer das Wiemelkenmoor ist. Sehen Sie die beiden Hügel dort vorne?"

Unsere Blicke wanderten über Laub, Farn, Büsche und Bäume, aber mehr als zwei unauffällige Erhebungen, die nicht in die flache Landschaft passten, fiel uns nicht auf.

„Das sind die Hügelgräber", fuhr Franke fort.

„Hügelgräber?", fragte Charlie. „Ist ja richtig spannend bei euch."

„Ich fürchte, ich muss Sie enttäuschen. Die Hügelgräber stammen aus der Bronzezeit und waren einst kreisförmige Hügel, die bis zu einem Meter hoch aufgeschüttet wurden. In ihrem Inneren befinden sich Urnengräber. Die Dinger waren ganz schön groß und konnten schon mal einen Durchmesser von zwanzig Metern haben. Ursprünglich gab es dreizehn davon. Elf wurden allerdings in den Zwanzigerjahren plattgemacht, um die Gegend für die Landwirtschaft urbar zu machen."

Ich räusperte mich. Es wurde Zeit, zur Sache zu kommen. „Ich gehe davon aus, dass wir hier am – ich sage mal - Tatort sind. Vielleicht erzählen Sie mal, was genau eigentlich geschehen ist. Was ich bisher hörte, klingt wie eine alberne Gespenstergeschichte."

Franke sah mich ernst an. Er sprach jetzt leise, konzentriert, akzentuiert, wie zu einem unbelehrbaren Kind. Ich spürte, wie ich errötete.

„Frau Borowski. Ich bin hier der Ortsvorsteher. Die Leute kommen wegen aller möglichen Sachen zu mir:

Wenn ihre Kuh stirbt, wenn Windräder gebaut werden, wenn die Hochzeitsmühle kaputt ist. Nicht alles, was an mich herangetragen wird, ist wirklich wichtig. Aber die Leute erwarten, dass ich mich darum kümmere. Und ich kümmere mich. Auch in diesem Fall. Ich muss zugeben, das Ganze hört sich an wie die wilde Fantasterei eines Besoffenen, und auch ich bin äußerst skeptisch, was den Wahrheitsgehalt dieses Gerüchts anbelangt. Aber ich bin wiederholt angesprochen worden, und man erwartet eine Lösung. Zur Polizei kann ich verständlicherweise nicht gehen. Und hier kommen Sie ins Spiel."

„Also gut. Ich weiß nur, dass es hier spuken soll. So jedenfalls berichtete Ihr Sohn. Wie äußert sich dieser Spuk?"

„Es wurden Geräusche gehört und Gestalten gesehen."

„Was für Geräusche? Was für Gestalten?"

„Die Anwohner dort drüben in der Meisterstraße hören in letzter Zeit nachts des Öfteren Flüstern, Poltern, Schaben."

„Ein Poltergeist?", fragte Charlie. Ihre Hände zitterten vor Aufregung.

Franke zuckte die Achseln. „Ich kenne mich nicht aus mit so etwas."

„Es gibt da einen geilen Horrorfilm aus den Achtzigern …"

„Charlie." Ich warf ihr einen bösen Blick zu. „Das war ein Film. Wir sind hier in der Realität. Herr Franke, können die Anwohner etwas zu den Gestalten sagen?"

„Na ja, auch da gibt es nichts Konkretes. Nachts schlafen die Leute für gewöhnlich. Es gibt genau genommen nur eine Zeugenaussage. Der Mann ist allerdings nicht ganz richtig im Kopf." Er legte den Zeigefinger an die Stirn. „Alkoholiker. Fragen Sie mich nicht, was er nachts im Moor macht. Jedenfalls, er will dort diese Gestalten gesehen haben. Sie sollen ausgesehen haben wie Menschen, und offenbar gibt es zwei Sorten. Die eine normal und menschenähnlich. Die andere eigentlich auch. Allerdings sprach unser Zeuge von einer göttlichen Aura, in die sie gehüllt waren, ein heller unirdischer Schein. Ich habe mich selbst eines Nachts auf die Lauer gelegt, aber mir haben sie sich nicht offenbart."

„Und was taten diese Gestalten?"

„Nichts. Sie waren einfach da und liefen herum."

„Wie viele?"

„Etwa ein Dutzend."

„Seit wann gibt es diese Erscheinungen?"

„Es begann in den Sommerferien."

„Sie sind aber nicht jede Nacht da?"

„Nein, zumindest nicht in jener, als ich auf der Lauer lag. Auch die Anwohner sprechen nicht von dauernder Ruhestörung."

„Von Ihrem einzigen Zeugen abgesehen, hat niemand sonst Beobachtungen gemacht?"

„Nein. Nachts geht niemand ins Moor. Und tagsüber ist nichts zu sehen und zu hören."

„Wie heißt Ihr Zeuge? Und wo finde ich ihn?"

„Karl-Heinz Schneckenberger. Die Leute nennen ihn Schnecki. Wenn wir Glück haben, sitzt er noch bei Günter in der Kneipe."

„Der Typ, der mit Ihnen an der Theke saß?"

Franke nickte.

Ich machte mir Notizen. Anschließend lief ich durch die Botanik und sah mich ein bisschen um. Ein Schild wies auf die Hügelgräber hin. In der näheren Umgebung der beiden Aufschüttungen war niedergetrampeltes Gras. Dort, wo kein Gras wuchs, war die Erde aufgewühlt. Mit etwas Fantasie waren Fußabdrücke zu erkennen, Hunderte, wild durcheinander, gerade so wahrnehmbar. Zu wenig für eine kriminaltechnische Untersuchung. Aber zu viel für Geister. Zumindest also waren unsere Spukgestalten körperlich. Ich schoss ein paar Fotos.

„Und?", fragte Franke, als ich wiederkam.

„Jemand war hier, ohne Zweifel. Aber wir sind ja auch hier, nicht wahr? Die Spuren im Gras und in der Erde beweisen gar nichts. Sie sagten selbst, dass die Leute nur nachts nicht ins Moor gehen. Tagsüber werden hier wahrscheinlich alle möglichen Personen herumlaufen: Jogger, Spaziergänger ..."

„Sie meinen also, da ist nichts."

„Das habe ich nicht gesagt. Ich schlage vor, wir befragen jetzt erst einmal Schnecki."

9

Schnecki saß noch an seinem Platz, allerdings um ein Promille reicher. Franke spendierte eine Lokalrunde – für mich dieses Mal Wasser, ich musste ja noch fahren. Wir setzten uns wieder an unseren Tisch, und Franke bat Schnecki dazu. Schwerfällig erhob sich der Betrunkene von seinem Platz, doch sein Gang war erstaunlich stabil, als er zu uns herüberkam. Sein Körper kam mit den Promillen also gut zurecht. Franke stellte uns vor. Schnecki nickte beiläufig.

„Wird auch Zeit, dass sich jemand darum kümmert", sagte er, nachdem Franke erklärt hatte, weshalb wir hier waren. Schneckis Zunge war schon recht schwer, doch er gab sich wirklich Mühe, klar und verständlich zu sprechen, auch wenn seine Artikulation eher an Herbert Grönemeyer als an Jan-Josef Liefers erinnerte.

„Herr Schneckenberger", begann ich.

„Kannst ruhig Schnecki sagen." Er grinste und tätschelte meine Hand, als wäre ich eine alte Freundin. „Tun alle."

„Also Schnecki. Herr Franke sagte mir, du hättest die Gespenster im Wiemelkenmoor leibhaftig gesehen."

„Und die im Weißen Moor."

„Verstehe. Sie pendeln also zwischen den beiden Mooren hin und her?"

„Wieso pendeln? Nee, Süße, jede Sorte bleibt brav an ihrer Stelle."

„Jede Sorte?"

„Die Schwarzen sind im Wiemelkenmoor und die Weißen im Weißen Moor. Heißt deswegen ja wohl auch Weißes Moor."

Franke räusperte sich, sagte aber nichts.

„Du hast also beide Gruppen schon gesehen?"

„Leibhaftig. So wahr, wie ich hier sitze."

„Kannst du sie beschreiben?"

„Die einen sind schwarz und die andern …"

„… sind weiß. Ich weiß. Geht es auch etwas genauer? Waren sie groß oder klein? Schwebten sie über dem Boden? Machten sie magische Dinge?"

„Magische Dinge?"

Die Frage kam von Charlie. Ich sah sie an und kam mir blöd vor. Was machte ich hier eigentlich? Der Gedanke, diese skurrile Welt zu verlassen und einfach nach Hause zu fahren, war dabei, zu einem Herzens-

wunsch zu werden. Ich riss mich zusammen und beantwortete tapfer Charlies Frage.

„Na ja, so Zauberkram eben. Haben sie Gegenstände
mit Geisteskraft bewegt? Oder in Gedanken mit dir
gesprochen, Schnecki? So Sachen eben, die man im
Film sieht?"

„Poltergeist. Ich sag's ja." Charlie lehnte sich zufrieden grinsend zurück. Ich warf ihr einen bösen Blick
zu.

Natürlich war das alles Blödsinn, aber Schnecki überlegte trotzdem. Und schüttelte den Kopf. „Nee."

„Sondern?"

„Die hocken da einfach rum. Die Schwarzen jedenfalls. Die Weißen bewegen sich. Anmutig, wie ein
Tanz. Sieht recht hübsch aus. Und sie strahlen. Sind
von so 'ner Art Heiligenschein umgeben."

„Wie Engel?"

„Genau, wie Engel."

„Aber sie fliegen nicht?"

„Nee, tun 'se nich'. Laufen bloß auf 'm Boden rum.
Aber anmutig wie Engel. Bloß ohne Flügel."

„Und die Schwarzen?"

„Oh, die Schwarzen." Schneckis Gesicht umwölkte
sich. Er kniff die Augen zusammen und trank einen
großen Schluck Bier. „Die sind widerwärtig. Hässliche kleine Gnome. Bösartig. Sie sagen böse Sachen.
Sie fauchen und kratzen und beißen. Und sie mögen
mich nich'. Immer vertreiben sie mich."

„Haben sie dich angefasst?"

„Ja. Sie schubsen mich. Und dann haue ich ab."

„Sie wissen also, dass du weißt, dass es sie gibt?"

„Ja, sicher. Aber wir sind keine Freunde. Sie wollen
mich immer nur loswerden. Die Weißen sind angenehmer. Aber mit denen hatte ich auch noch keinen

Kontakt. Die haben mich noch nicht bemerkt. Ich beobachte sie immer heimlich."

„Hast du sie schon mal fotografiert?"

„Geht nich', hab keinen Fotoapparat."

„Mit dem Smartphone vielleicht?"

„Was is'n Smartiesfon?"

„Ein Handy mit Kamerafunktion."

„Hab ich auch nich'. So 'n neumodischen Kram brauch ich nich'."

Aber ich. Also musste ich selbst ran. Ich machte mir ein paar Notizen. Gnome und Engel … Dann sah ich Schnecki ins Gesicht, und diesmal war ich es, die die Hand auf seine legte.

„Jetzt mal ehrlich, Schnecki. Wenn du nachts im Moor warst, dann hast du doch vorher schon ein paar Bierchen gekippt."

Der Blick eines kleinen Kindes hätte nicht unschuldiger sein können. „Klar, Mann. Ich nehme mir jeden Tag meine Ration. Aber ich war nich' besoffen. Nich' mehr als jetzt."

Ich sinnierte, ab wieviel Promille die Glaubwürdigkeit eines Zeugen in Zweifel gezogen werden durfte, und sah Franke an. „Gibt es weitere Zeugen?"

Der Ortsvorsteher grinste und schüttelte den Kopf. „Nein."

Hatte ich ernsthaft eine andere Antwort erwartet?

„Also gut, Schnecki. Noch eine Frage. Ist es nicht eher ungewöhnlich, nachts im Moor herumzulaufen?"

„Wieso? Die Gespenster sind doch auch da."

Genau, gleiches Recht für alle. „Und warum gehst du da hin?"

„Ich kann manchmal nachts nich' schlafen. Dann überkommt mich so 'n Wandertrieb und ich muss raus."

Frankes Runde kam. Während wir tranken, redeten wir belangloses Zeug, Themen, die uns wieder auf die Erde zurückholten. Franke erzählte über Tonnenheide: über den Schützenverein, über die Landwirtschaft, über einen riesigen Eiszeitfindling, den sie alle den Großen Stein nannten und der ein beliebtes Ausflugsziel war.

Und dann fing Schnecki wieder an. „Die Schwarzen sind bestimmt auch an der Seuche schuld."

Der menschliche Körper ist ein Phänomen. Eben noch ruhig und entspannt, vielleicht ein bisschen gelangweilt, begann meiner von einer Sekunde zur anderen zu kribbeln. Gänsehaut. Auch Charlie schien zu spüren, dass Schneckis unschuldige Aussage neue Dimensionen öffnete. Ihre Hände zitterten, als sie ihr Glas an die Lippen setzte. Nur die Männer blieben ruhig. Alle drei.

Ich starrte Franke an. „Die Seuche?"

Franke trank in aller Ruhe sein Bier aus. Mit geschlossenen Augen. Es war offensichtlich, dass er nachdachte. Es schien, als hätte Schnecki ihn in Verlegenheit gebracht. Warum? Hatte er etwas zu verbergen? Wusste er mehr als er uns zu erzählen beabsichtigt hatte? Dann stellte er das Glas ab und sah mir in die Augen.

„Es gibt keine Seuche. Hören Sie nicht auf Schnecki. Der redet viel, wenn der Tag lang ist."

„Und ob es eine Seuche ist." Schnecki wurde lauter. „Das hast du selbst gesagt."

„Hören Sie", sagte ich, an Franke gewandt. „Vielleicht hat diese Seuche aus Ihrer Sicht nichts zu bedeuten. Vielleicht hat sie mit den Geistern nichts zu tun. Vielleicht aber doch. Im Moment müssen wir jeder Spur nachgehen. Also, sagen Sie's einfach. Was für eine Seuche?"

Aus dem Augenwinkel nahm ich wahr, wie der Wirt sich neugierig über die Theke lehnte. Auch Schnecki war gespannt, wie Franke sich aus der Affäre zog.

„Nun ja." Franke räusperte sich verlegen. Ich sah ihm an, dass er darauf bedacht war, nichts Falsches zu sagen. „Das Gesundheitsamt war vor ein paar Wochen hier und hat Untersuchungen angestellt. Nichts Ernstes." Er hob abwehrend die Hände. „Na ja, für die Betroffenen ist es schon eine unangenehme Sache. Aber wir versuchen, den Ball flach zu halten. Da das Amt nichts publik gemacht hat, halten wir uns natürlich auch bedeckt. Sehen Sie, mir liegt dieser Ort sehr am Herzen. Schnell ist aus einer Mücke ein Elefant gemacht, und wenn die Presse erst Wind kriegt …"

Ich fühlte mich genötigt, ihn zu besänftigen. „Keine Sorge, ich bin zur Verschwiegenheit verpflichtet. Also, worum handelt es sich bei dieser Seuche?"

Franke zuckte die Achseln. „So genau weiß das keiner. Wie gesagt, es ist eigentlich keine Seuche, wir nennen es nur so. Die Anwohner klagen über allgemeines Unwohlsein. Nichts Schlimmes eigentlich. Bauchschmerzen, Kopfschmerzen, Erbrechen, Durchfall. Es ist nur auffallend, dass es so viele getroffen hat."

„Wen meinen Sie mit Anwohner?"

„Die Leute, die um das Moor herum wohnen."

„Wann traten die ersten Symptome auf?"

„Vor einem Jahr etwa. Mittlerweile ist ganz Tonnenheide betroffen, aber in erster Linie traf es die Nachbarn zum Moor. Und dann sind da noch die Krebserkrankungen."

„Krebs?" Die Gänsehaut war wieder da.

„Ja. Vielleicht ist das normal. Die Behörden wiegeln wie üblich ab, keine signifikanten Veränderungen. Aber ich sage Ihnen, die Anzahl der Erkrankungen ist unnatürlich. Man spürt so etwas einfach. Und es trifft vor allem die jungen Leute."

Warum ging die verdammte Gänsehaut nicht weg?

„Die jungen Leute? Kinderkrebs?"

„Nein, eher die Jugendlichen. Aber vielleicht ist das normal heutzutage. Immer öfter stehen junge Leute auf der letzten Zeitungsseite."

„Es gab Tote?"

„Gott sei Dank nicht. Jedenfalls keine Krebstoten. Aber das Ausmaß der Erkrankungen macht mir Angst."

Mir auch. Warum sah das Gesundheitsamt keinen Grund zur Sorge? Weil Beamte an Statistiken glaubten und die Statistiken keine Auffälligkeiten zeigten? Das war aus meiner Sicht ein bisschen dünn. Auch wenn ich immer noch nicht an Geister glaubte – das Verhalten der Behörden hielt ich für verantwortungslos. Ich glaubte Franke. Wenn man vor Ort war und tagtäglich mit den Leuten zu tun hatte, spürte man, wenn etwas nicht stimmte.

Dann meldete Schnecki sich wieder zu Wort. Nervös zupfte er an Frankes Ärmel. „Erzähl ihnen von Kai."

Franke schob Schneckis Arm beiseite und lehnte sich zurück. Erneut zeigte sich Widerwillen in seinem Gesicht. Er schien zu hoffen, dass ich nicht darauf ansprach, was ich aber tat.

„Wer ist Kai?"

Franke nahm sein Glas, trank den Rest Bier in einem Schluck und beugte sich wieder vor. „Kai Rohlfing. Ein junger Bursche aus dem Ort. Er wird seit ein paar Tagen vermisst."

Gespenster, eine Seuche. Und jetzt noch ein Vermisster. Was ging hier vor?

„Ein Jugendlicher", fuhr Franke fort. „Er gehört zu einer Bande von dunkel gekleideten Typen. Wie sagt man – Gruftis? Sie wissen schon: bleiche Haut, dunkle Klamotten, Piercings, Tätowierungen …"

Etwas klingelte in meinem Gehirn. Der Hauch eines Gedankens, der es nicht schaffte, sich endgültig zu entfalten. Genauso schnell, wie er gekommen war, war er wieder weg.

„Ein Nichtsnutz, wenn Sie mich fragen. Nicht böse, aber – nun ja – unsympathisch. Ist weder im Schützenverein noch im Sportverein. Ein Eigenbrötler. Hängt in seiner Freizeit nur mit diesen Typen ab."

„Diese Gruftis, sind die schon mal in negativer Form in Erscheinung getreten?"

„Ob sie Randale gemacht haben oder so? Nein, das nicht. Aber sie lungern an allen möglichen Stellen herum und schrecken die Leute ab."

Wie Polizisten, dachte ich kurz. „Und dieser Kai ist nun verschwunden?"

„Ja. Seit einigen Tagen hat niemand etwas von ihm gehört. Die Eltern haben Vermisstenanzeige erstattet."

„Hat die Polizei schon eine Spur?"

„Nein. Ich glaube, sie verfolgen die Sache auch nicht ernst genug. Gruftis, Sie wissen schon. Und Jugendliche hauen sowieso ständig von zu Hause ab, nicht wahr?"

„Haben Sie eine Vermutung, warum er verschwunden sein könnte?"

Franke zuckte die Achseln. „Ich habe natürlich mit den Rohlfings gesprochen. Aber sie sagen, da war nichts. Es gab keinen Streit, keinen Ärger in der Schule. Das einzige, was ihnen auffiel, war, dass Kai in den letzten Tagen aufgekratzt wirkte. Es schien, als hätte er auf etwas gewartet, das ihm viel bedeutete."

Mehr wusste er nicht. Und das war dann auch das Ende des Gesprächs. Ich machte mir noch ein paar Notizen, Charlie ging aufs Klo. Der Abschied war kurz, aber herzlich. Wir tauschten unsere Telefonnummern aus. Franke brachte uns noch zum Auto, und nach kurzem Winken fuhren wir.

Doch ich fuhr nicht auf direktem Weg nach Haus. Ich wollte mir das Moor noch einmal ansehen. Geister, Kranke, ein Vermisster. Es konnte Zufall sein, und wahrscheinlich hatten die Vorfälle nichts miteinander zu tun. Aber irgendwie hatte ich das Gefühl, dass alle drei durch ein unsichtbares Band miteinander verknüpft waren.

10

Ich fand die Stelle, an der wir mit Franke geparkt hatten, ohne Schwierigkeiten wieder. Wir stiegen aus und ließen die Natur auf uns wirken. Wenn man die Häuser ringsum ausblendete, konnte man glauben, in ein anderes Jahrhundert versetzt worden zu sein. Das Terrain war zeitlos. Trotzdem - so wie es heute aussah, hatte es vor Tausenden von Jahren nicht ausgesehen. Wiesen, blauer Himmel, Erde, Moos. Aber Moor. Und Steine. Ich stellte mir die Hügelgräber bei Nacht vor und konnte mich eines leichten Unbehagens nicht erwehren.

Das Wiemelkenmoor war ein Ausläufer des Weißen Moores, hatte Franke gesagt. Also konnte das Weiße Moor nicht weit entfernt sein. Wir machten uns zu

Fuß auf den Weg. Es gab einen Wanderweg, der um das Moor herumführte. Da wir uns Zeit ließen, um die Umgebung ausgiebig zu betrachten und Fotos zu machen, brauchten wir zwei Stunden für den Spaziergang. Damit hatte ich nicht gerechnet. Das Areal war größer als es aussah. Heide, Eichen, Birken, Büsche und Hecken säumten unseren Weg. Dazwischen wahrscheinlich jede Menge geschütztes Viehzeug, das sich vor uns versteckte. Mitten im Moor – Franke hatte Recht, im Grunde war es kein Moor; wir brauchten uns also keine Sorgen zu machen, im Boden zu versinken – äste eine Rehfamilie, die uns argwöhnisch beobachtete und flüchtete, als wir näher kamen. Im Sommer, wenn die Heide blühte, musste der Anblick malerisch sein. Jetzt, im November, war das Moor eher ein Ort der Stille und der Depressionen, so schien es mir. Wie geschaffen für Verbrechen. Oder für Gespenster. Vor meinem geistigen Auge erschienen Hexen, die um ein Feuer hüpften und satanische Tänze veranstalteten.

Unterwegs hielt ich immer wieder Ausschau nach Spuren, die bewiesen, dass das Moor des Nachts zu einem Versammlungsort durchgeknallter Zeitgenossen wurde – an Gespenster wollte ich immer noch nicht glauben. Natürlich fand ich nichts. Aber das Areal war ohnehin zu groß, um es komplett abzusuchen.

Am Ende unseres Spaziergangs meldete sich meine Blase. Die nächste Toilette war kilometerweit entfernt. So blieb mir nichts weiter übrig, als eine pragmatische Lösung zu suchen. Zum Glück boten die Eichen, Lärchen, Hecken und was sonst noch so wuchs hier einigermaßen Sichtschutz, und so hockte ich mich einfach in die Botanik. Charlie hatte anscheinend das gleiche Problem, und so waren es schließlich zwei nackte Hintern, die das Moor düngten. Wir lachten über unsere Verwegenheit, und obwohl der Wind kalt über unsere bloßen Stellen fegte, fühlten wir uns frei. Vagabunden, die durch das Land pilgerten und ihre Unabhängigkeit genossen.

Die Anspannung war auf einmal fort. Auf dem Weg zum Auto lachten wir und erzählten uns schmutzige Witze. Es war erstaunlich, wie viele Charlie auf Lager hatte.

Die Befragung der Anwohner war ein mühsames Unterfangen. Da wir nicht alle Häuser abklappern konnten – und ohnehin nicht mit großem Erfolg zu rechnen war, laut Franke war Schnecki der einzige Zeuge -, entschieden wir uns für eine Stichprobe von zehn Häusern. Fünf für Charlie und fünf für mich. Wir fuhren mit dem Auto in die Meisterstraße und trennten uns.

Meine fünf Häuser waren schnell abgeklappert. Erstaunlicherweise war überall jemand zu Hause, doch die Gespenster hatte niemand gesehen. Nur gehört hatten sie etwas. Unheimliche Geräusche. Fauchen und Dröhnen, das entfernt an einen Automotor erinnerte, nur gruseliger.

Ein Anwohner, ein etwa vierzigjähriger Mann in der Meisterstraße, wurde konkreter und bestätigte Schneckis Aussage. Als er in einer Vollmondnacht von einer Feier nach Haus gekommen war, hatte er im Moor unheimliche Gestalten gesehen, war jedoch wegen seines Alkoholpegels nicht sicher, ob sie Wirklichkeit waren. Was er wahrgenommen hatte, deckte sich allerdings mit dem, was auch Schnecki gesehen hatte:

weiße engelsgleiche Geschöpfe, die über das Moor zu schweben schienen.

Auf dem Weg zum Focus machte ich mir Gedanken. Was hatte ich Konkretes? Aufgewühlte Erde im Moor und Fußspuren, die auf gewöhnliche Menschen deuteten. Ohrenzeugen, die Geräusche hörten, die ohne weiteres natürlichen Ursprungs sein konnten. Und die Aussagen zweier Betrunkener. Nicht gerade gerichtsverwertbares Material.

Allerdings waren die Aussagen der beiden Männer identisch. Und das war das wirklich Unheimliche. Unabhängig voneinander hatten sie das gleiche gesehen: weiße Gestalten, die wie Engel durch das Weiße Moor tanzten. So lächerlich es klang – es musste etwas dran sein an dieser Spukgeschichte. Auf jeden Fall so viel, dass ich wieder Gänsehaut bekam.

Als ich zum Wagen kam, war Charlie noch nicht da. Ich war gerade im Begriff einzusteigen, hatte den Türgriff schon in der Hand, als mir der Gedanke kam, ein weiteres Haus aufzusuchen. War es Instinkt? War es die Vorsehung? Jedenfalls sollte diese Entscheidung zu einem kleinen Erfolg führen.

Das sechste Haus war ein Siedlungshaus in der Meisterstraße. Auf mein Klingeln öffnete ein etwa fünfzehnjähriges Mädchen, dessen bevorzugte Farbe schwarz zu ein schien. Schwarzer Rock, schwarze Strumpfhose, schwarzes T-Shirt. Selbst ihr Makeup war schwarz wie die Nacht. Schwarzer Kajal ließ ihre Augen wie dunkle Höhlen erscheinen. Das Unheimlichste waren jedoch ihre Ohranhänger: silbern glänzende, auf dem Kopf stehende Kreuze, das Symbol der Satanisten. Kein Zweifel, ich hatte einen reinrassigen Grufti vor mir. Mir fiel der verschollene Junge ein. Wie war noch sein Name? Kai Rohlfing. Ob das

Mädchen etwas wusste? Ich beschloss, die Frage auf die Tagesordnung zu setzen.

Ich stellte mich vor. „Hallo, mein Name ist Lavinia Borowski. Ich bin Privatdetektivin. Ortsvorsteher Franke hat mich engagiert, um die unheimlichen Vorgänge im Moor zu untersuchen."

Das Mädchen sagte nichts. Entspannt wie ein zusammengefallener Sack hing sie im Türrahmen und offenbarte ungeniert ihr Desinteresse.

„Du hast nicht zufällig etwas gesehen oder gehört?", fragte ich.

Die Antwort bestand aus einem Verschränken der Arme.

„Sind deine Eltern da?"

Ich war nicht sicher, ob ich mir den Hauch der Andeutung eines Kopfschüttelns nicht einfach nur einbildete. Da ich aus dem Haus keine Geräusche vernahm, die auf die Anwesenheit weiterer Personen deuteten, ging ich der Einfachheit halber von einem Nein aus.

„Wie heißt du?"

„Rilana."

Ein Lebenszeichen. Es bestand also Hoffnung. Zeit für einen Schmuseangriff. „Rilana. Schöner Name. Ich heiße Lavinia. Kannst ruhig Du sagen."

Sie schien aufzutauen. Jedenfalls meinte ich wahrzunehmen, dass sich ihre starre Haltung lockerte. „Du bist wirklich Privatdetektivin?"

„Willst du meine Lizenz sehen?" Ich öffnete meine Handtasche.

„Nein, lass mal. Ich finde es nur aufregend, mit einer richtigen Detektivin zu sprechen. Wusste gar nicht, dass es so etwas in Deutschland gibt."

„Doch, die gibt's. Wir laufen nur nicht mit Knarren rum wie die amerikanischen Fernsehdetektive." Ich gab ihr meine Karte. „Hier, wenn du mal Hilfe brauchst."

Nach einem kurzen Blick verschwand die Karte in ihrem Rockbündchen.

„Also, Rilana. Es heißt, in Tonnenheide spukt es. Und zwar genau hier bei euch in der Gegend. Hast du etwas davon mitbekommen?"

Sie zuckte die Achseln. „Na ja, was man so hört."

„Und was hört man so?"

„Weiße Gestalten im Weißen Moor. Engel oder so 'n Zeug. Schnecki soll sie angeblich mit eigenen Augen gesehen haben. Kennst du Schnecki?"

„Wir haben zusammen Bier getrunken. Hast du auch etwas gesehen? Oder Geräusche gehört?"

„Nee, hab 'n festen Schlaf."

„Und der Spuk im Wiemelkenmoor? Das ist doch gleich um die Ecke."

„Keinen Schimmer."

Ihre Antwort kam zu schnell. Und war wenig glaubwürdig. Gerade in der Meisterstraße, die direkt am Moor lag, musste man nächtliche Geräusche deutlich hören können. Andererseits hatte ich selbst als Teenager einen solch festen Schlaf, dass mich auch der Angriffsschrei eines Tyrannosaurus nicht geweckt hätte. Ich beließ es erst mal dabei. Ich war gespannt, was sie zum Fall des Verschollenen sagen konnte.

„Okay, Themenwechsel. Franke erzählte mir, dass seit ein paar Tagen ein Junge vermisst wird. Kai Rohlfing. Kennst du ihn?"

„Klar, er gehört zu unserer Clique."

„Was ist er für ein Typ?"

„Was willst du hören? Er gehört zu unserer Clique. Aber er ist nicht mein Freund oder so. Genau genommen, mag ich ihn nicht besonders. Er hat 'ne ziemlich große Fresse. Markiert den Boss, will immer was zu sagen haben. Solche Typen liegen mir nicht. Aber gut, er gehört nun mal dazu."

„Hatte er in letzter Zeit Stress oder Ärger? Hat er sich irgendwie verändert?"

„Was meinst du?"

„Franke sagt, Kai wirkte in den letzten Tagen nervös. Als ob er auf etwas wartete."

Rilana zuckte die Achseln. Ihre Augen gingen zu Boden. „Keinen Schimmer."

Eine Lüge. „Könnte es sein, dass er sein eigenes Süppchen kochte und an irgendwas dran war, dass er nicht mit euch teilen wollte?"

„Keinen Schimmer", wiederholte sie, ohne den Blick zu erheben.

Ich merkte, dass ich nicht weiterkam. Irgendetwas wusste sie, aber der Zwang, die Clique zu schützen, war größer als ihr Mitteilungsbedürfnis. Sei's drum, dachte ich. Kai ging mich nichts an. Es war nicht meine Aufgabe, den Jungen aufzuspüren, da war schon die Polizei am Start. Es wäre schön gewesen, mehr über ihn zu erfahren, denn irgendwie spürte ich, dass zwischen seinem Verschwinden und dem Spuk ein Zusammenhang bestand. Aber ich konnte Rilana nicht zwingen, mir zu antworten.

„Na schön", sagte ich schließlich. „Ich will dich nicht weiter aufhalten. Du hast bestimmt wichtige Dinge zu tun. Falls dir noch etwas einfällt – zu der Spukgeschichte oder auch zu Kai -, ruf mich bitte an."

Ihre Augen bewegten sich wieder, diesmal in meine Richtung. Aber ihr Gesichtsausdruck und ihre Körperhaltung blieben abweisend. „Wiedersehen" war das Letzte, was sie sagte, bevor sie die Tür schloss und mich wie einen begossenen Pudel stehen ließ.

Missmutig trottete ich zurück zum Auto, irre Hypothesen und Szenarien entwerfend, wie Kai Rohlfings Verschwinden in die Geschichte passte. Aber ohne nähere Hinweise blieb alles unnütze Theorie. Dennoch blieb Kai ein Aspekt, den ich nicht verdrängen würde.

Charlie war zwischenzeitlich eingetroffen. Sie lehnte an der Beifahrertür und sah ihre Notizen durch. Als sie mich sah, lief sie mir entgegen.

„Und?", fragte sie. „Erfolg gehabt?"

War Rilana ein Erfolg? Das Mädchen verbarg etwas, und sie kannte Kai. Etwas dünn, aber ein Misserfolg war es eigentlich nicht. Ich berichtete Charlie von meiner Begegnung.

Sie hörte aufmerksam zu und erzählte dann ihre Geschichte. Bei zwei Häusern hatte sie niemand angetroffen, zwei weitere waren Misserfolge. Und dann hatte sie einer Oma Gesellschaft leisten müssen, die sich über Besuch freute und Charlie zu Kaffee und Kuchen einlud, ohne zur Sache beitragen zu können.

Ich fröstelte, und wir stiegen ins Auto.

„Und jetzt?", fragte Charlie.

„Jetzt fahren wir zu Ali und holen deine Klamotten."

Die Dämmerung hatte eingesetzt und ich musste das Licht einschalten. Die ganze Rückfahrt über spielte Charlie Grinsekatze. Mir war immer noch nicht wohl bei dem Gedanken, sie bei mir einziehen zu lassen – eine Lesbe, die obendrein in mich verknallt war. Aber Gottverdammich, sie war nun mal meine Freundin.

Irgendwann stellte ich Radio Westfalica an. Als wir die Stadtgrenze von Minden erreichten, liefen die Nachrichten. Die üblichen Themen: Zerfall Deutschlands, Zerfall der EU, Zerfall der Welt. Bei den Lokalnachrichten drehte ich lauter. GWD hatte ein Spiel verloren, der TUS eins gewonnen. In der Schachtschleuse war eine tote Frau gefunden worden.

Ich stieg in die Eisen. Die Reifen quietschten.

Charlie sah mich entsetzt an. „Was ist los?"

Ich drehte das Radio auf volle Lautstärke und hörte fassungslos zu, wie der Sprecher sagte: „Die Leiche wurde in den frühen Morgenstunden von Bauarbeitern gefunden. Ersten Einschätzungen der Polizei zufolge, handelt es sich um Selbstmord. Die vollständig bekleidete Leiche hing an einem Seil von einer Wand der neuen Schleuse. Zur Person machte die Polizei keine Angaben. Gerüchten zufolge soll es sich um eine Prostituierte aus Minden handeln."

Den Rest hörte ich nicht mehr. Betäubt starrte ich nach draußen, ohne etwas zu sehen. Eine Prostituierte aus Minden. Es gab keinen Zweifel, wer diese Frau war.

11

Draußen dröhnte der Überholverkehr. Einige hupten über das Hindernis, das der Focus darstellte. Aber irgendwie nahm ich das alles nicht so richtig wahr. Mit zitternden Fingern startete ich den abgewürgten Motor. Fünf Minuten später war ich in der Marienstraße. Ich parkte im Halteverbot, aber das war mir egal.

„Was hast du vor?", fragte Charlie, die die letzten Minuten respektvollerweise geschwiegen hatte.

„Ich muss zu Horst."

„Die Selbstmörderin? Du kennst sie …"

„Wahrscheinlich", antwortete ich mit kratziger Stimme.

„Aber es wurde kein Name genannt."

„Das ist nicht nötig. Ich weiß trotzdem, wer sie ist."

Ich verließ den Wagen, ohne abzuschließen und mich um Charlie zu kümmern. Als ich das Polizeipräsidium betrat, stand sie allerdings neben mir. Ich hetzte die Treppen hinauf, stieß mit einigen Leuten zusammen, entschuldigte mich kurz angebunden und lief weiter, Charlie im Schlepptau. Als ich vor Horsts Tür stand, pochte mein Herz. Ich gönnte mir drei Sekunden, um herunterzufahren, klopfte und trat ein, ohne auf ein Herein zu warten. Ich hatte Glück, Horst war da und er war allein.

Er blickte auf, sah zwei abgehetzte Frauen, schob seinen Stuhl zurück und kam auf uns zu. „Vinnie, was machst du denn hier? Ist etwas passiert? Du siehst aus, als hättest du Gespenster gesehen."

Wie sinnig, dachte ich kurz. Ich kam gleich zur Sache. „Die Frau."

„Welche Frau?"

„Die Frau aus der Schachtschleuse."

„Welche?"

Verdammt, mussten wir sie tatsächlich schon nummerieren? „Die von heute Morgen. Wie heißt sie?"

Bremers Blick verdüsterte sich. Er ließ einige Sekunden verstreichen, bis er in den Raum deutete. „Setz dich. Charlie, du auch."

Es gab nur zwei Stühle. Horst blieb stehen. „Also?"

Ich kannte das Also. Das Nette verschwand, das Verhör begann.

„Was ist das jetzt wieder für eine Geschichte?"

„Der Name, Horst. Wie heißt die Frau?"

Er sah mich in aller Seelenruhe an, während ich zu kochen begann. Spürten Männer denn gar nicht, wenn einer Frau etwas auf den Nägeln brannte?

„Horst."

Er ließ mich schmoren. Nach gefühlt einer Stunde bequemte er sich endlich zu einer Antwort. „Der Fall ist noch vertraulich. Warum willst du den Namen wissen?"

Ich hielt es nicht mehr aus. „Ihr Name ist Sarah Kottkamp, richtig? Auch bekannt als Lolita LeGuin."

Bremers Stirn umwölkte sich weiter, seine Augen feuerten mir heftige Blitze entgegen. „Vinnie, was weißt du?"

„Sag es. Ist sie es?"

Ich musste geschrien haben, denn sowohl Horst als auch Charlie sahen mich entsetzt an. Aber endlich schien er zu begreifen, wie wichtig mir die Antwort war. Vorsichtig nickte er.

„Also gut. Ja, es handelt sich um Sarah Kottkamp. Hättest du jetzt vielleicht die Güte mir mitzuteilen, was du mit Sarah Kottkamp zu tun hast?"

Die Anspannung löste sich, die Schleusen öffneten sich. Ohne dass ich es verhindern konnte, begann ich zu heulen. Charlie sprang auf und nahm mich tröstend in den Arm.

Ich verfluchte mich selbst. Warum? Die ewige Frage. Warum war Lolita gestorben? An Selbstmord glaubte ich nicht eine Sekunde. Aber ob Selbstmord oder nicht – Tatsache war, sie war tot. Wieder war mir eine Klientin unter den Händen weggestorben, ohne dass ich ihr hatte helfen können. Ich dachte an die letzten Tage. Erst Isabelle, jetzt Lolita. Und dann die Geschichte in Rahden letzten Winter. Auch da waren alle gestorben, mit denen ich zu tun gehabt hatte. Leichen pflasterten meinen Weg. Offenbar war mein Beruf für meine Mitmenschen gefährlicher als für mich selbst. Ich verfluchte mich ein weiteres Mal. Vielleicht konnte ich den Menschen besser helfen, wenn ich den Beruf aufgab.

Horst reichte mir ein Taschentuch. Das war der Auslöser. Ich beruhigte mich und setzte mich wieder. Einen Moment später war ich soweit. Mit gefasster Stimme erzählte ich die Geschichte von Lolita und Isabelle. Horst und Charlie hörten zu, ohne mich zu unterbrechen. Als ich fertig war, stellte ich Horst die Kardinalfrage.

„Glaubst du immer noch, dass es Selbstmord war?"

Sein Blick wurde sanfter. Er legte seine Hand auf meinen Arm; eine Geste, die mir guttat. Doch als ich ihm in die Augen sah, erkannte ich den bekannten sturen Blick, und ich wusste genau, was er dachte: Vinnie, ich kann dich verstehen, aber …

„Ich kann dich verstehen, Vinnie. Nach all den Vorfällen musst du ja förmlich glauben, dass es Mord war. Aber ich kann dir versichern, dass die Indizien auf Selbstmord deuten."

„Warum?" Auch ich konnte stur sein.

„Nun, zunächst einmal war sie völlig bekleidet, was typisch ist für Selbstmörder, weil die wenigsten nackt aufgefunden werden wollen."

„Horst, ich bitte dich. Niemand zieht sich aus, bevor er sich aufknüpft. Und auch ein Mörder würde das nicht tun."

„Zweitens", fuhr er ungerührt fort, „die Obduktion. Es gibt keinerlei Hinweis auf Fremdeinwirkung. Keine Spuren von Gewalt. Sperma wurde gefunden, ja, aber bei ihrem Beruf wohl nichts Außergewöhnliches."

Er konnte mich nicht überzeugen.

„Drittens, der Abschiedsbrief."

Ich sprang auf. „Sie hat einen Abschiedsbrief hinterlassen? Habt ihr ihn auf Spuren untersucht? Habt ihr die Schrift analysiert? Bestimmt wurde sie gezwungen, ihn zu schreiben."

Horst sah mich an, Mitleid in seinem Blick. Mitleid, das man einem Ungläubigen entgegenbringt, der die Wahrheit nicht hören will.

„Es ist ihre Handschrift. Wir haben sie mit anderen Schriftstücken aus ihrer Wohnung verglichen. Der Brief ist sauber geschrieben, kein Hinweis, dass sie unter Stress stand. Der Graphologe hält ihn für authentisch."

„Kann ich ihn sehen?"

„Den Graphologen?"

„Horst!"

Er seufzte, fummelte aber an seinem Computer herum. Ich umrundete den Schreibtisch und blickte auf den Bildschirm. Er zeigte eine JPEG-Datei. Lolitas Brief. Die auf wenige Bits und Bytes reduzierte Botschaft einer Leiche. Die Quintessenz eines Menschen, der nicht mehr weiter wusste. Ich verglich die Schrift mit den Notizzetteln, auf denen Lolita mir die Namen ihrer Kunden aufgeschrieben hatte. Sie stimmten überein. Horst hatte Recht, Lolita hatte den Brief selbst geschrieben. Mit traurigen Augen las ich ihren Abschied. Sie hatte es kurz gemacht; so kurz, wie wir uns gekannt hatten.

Ich habe Isabelle verloren. Ohne sie will ich auch nicht mehr leben. Alles ist sinnlos ohne sie.

Ich las die wenigen Zeilen ein zweites Mal und schüttelte fassungslos den Kopf. Ich konnte es einfach nicht glauben. War Lolita über Isabelles Tod wirklich so verzweifelt gewesen, dass sie den Tod als einzigen Ausweg sah? Natürlich hörte man immer wieder solche Geschichten, besonders von Seiten der Boulevardpresse. Natürlich war es möglich, dass Menschen solche Verzweiflungstaten begangen. Aber Lolita? Ich hatte sie als eine starke Frau kennengelernt. Eine Frau, die ihre Stellung im Leben gefunden hatte und wusste, wo es langging. Beging eine solche Persönlichkeit Selbstmord?

Einen letzten Versuch wollte ich unternehmen, bevor ich das Unfassbare akzeptierte. „Ich nehme an, die KTU hat den Tatort untersucht?"

„Den Fundort. Ja, hat sie. Von Millionen Fußspuren abgesehen – erinnere dich, es handelt sich um eine der größten Baustellen des Landes -, gibt es keinerlei Hinweis auf Fremdeinwirkung, wie ich schon sagte. Nimm es einfach hin. Lolita ist freiwillig aus dem Leben geschieden. Kein Mord."

Ich nahm es hin. Und ahnte nicht, dass Ereignisse eintreten würden, die meinen Argwohn bestätigen sollten.

Die Fahrt zu Alis Boxstudio dauerte länger als geplant, weil wir in den Feierabendverkehr gerieten. In der Hafenstraße selbst war es dann ruhiger.

Ali sah zweien seiner Zöglinge im Sparring zu, als wir kamen. Es war einige Tage her, seit ich das letzte Mal hier gewesen war. Früher hatte ich regelmäßig geboxt, doch seitdem ich selbständig war, hatte ich nicht mehr so viel Zeit. Das schlug sich natürlich auf meine Kondition und meine Fertigkeiten nieder.

Ali kaute wie üblich an einem Stumpen. Als er uns bemerkte, begann er zu grinsen und kam sogleich auf uns zu. „Die Frau Privatdetektiv. Sag nicht, du kommst zum Training."

Ich schüttelte den Kopf. „Tut mir leid, keine Zeit. Wir holen nur Charlies Sachen. Sie zieht bei mir ein."

Alis Brauen gingen in die Höhe, das Grinsen blieb. „Aha. Ihr glaubt aber nicht, dass ich Charlie hier wohnen lasse, um ihr an die Wäsche zu gehen."

„Au contraire, mon ami", sagte Charlie. „Ich ziehe aus, weil du mir nicht an die Wäsche gegangen bist. Da lebt ein junges attraktives Mädchen unter deinem Dach, und du behandelst sie wie deine eigene Tochter."

„Wie meine Enkeltochter. Denk an mein Alter."

Wir feixten noch eine Weile herum, dann machten wir uns an die Arbeit. Charlies Zeug war schnell zusammengepackt, ihr Besitz passte in zwei mittelgroße Reisetaschen. Ali begleitete uns zum Auto und kehrte dann an den Sparring zurück. Alles in allem hatte unser Aufenthalt keine halbe Stunde gedauert.

Meine Wohnung hatte kein Gästezimmer. Wir rollten Charlies

Luftmatratze neben meinem Bett aus und verstauten ihre Sachen in meinem Kleiderschrank, nachdem ich eine Einlegeplatte freigeräumt und meine eigenen Klamotten umverteilt hatte. Das Schlafzimmer war jetzt ein bisschen eng, aber für eine Weile würde es gehen.

Später am Abend machten wir uns belegte Brote und setzten uns in Unterwäsche vor den Fernseher. Im Ersten lief eine romantische Komödie. Wir tranken Wein dazu und futterten eine Tüte Kartoffelchips. Mädels Abend. Wir lachten und tranken noch mehr Wein. Und irgendwann raffte mich das Zeug dahin.

12

Wenn die Dänen einen über den Durst getrunken und einen Kater haben, sagen sie, sie hätten einen Zimmermann im Kopf. Ich hatte eine ganze Firma davon, als ich am nächsten Morgen aufwachte. Stöhnend versuchte ich, mich nicht zu bewegen. Selbst das Öffnen der Augen schmerzte, als hätte jemand sie durch aufgeblasene Luftballons ersetzt, die meinen Schädel sprengen wollten. Ich schloss sie gleich wieder, weil die Sonne in mein Gehirn eindrang und die Zimmerleute zum Akkord anstachelte. Ich tastete nach dem Wecker und wiederholte den Augenöffnungsvorgang vorsichtig mit einem Auge. Sieben Uhr. Respekt, ich hatte nicht verschlafen. Ein zweifelhaftes Verdienst, denn Schlafen war das einzige, was ich im Moment wollte. Ich stellte den Wecker zurück, schloss das Auge, lag einfach da und wartete, dass die Zimmerleute Feierabend machten. Aber sieben Uhr morgens war nicht die Zeit für Feierabend.

Als mein Verstand klarer wurde – Jahre später, wie mir schien -, sagte er mir, dass ich fror. Ich tastete nach der Bettdecke, konnte sie aber nirgends finden. Was ich ertastete, war nur nackte Haut. Ich nahm alle Kraft zusammen und öffnete erneut die Augen. Die Haut war ich. Verblüfft fragte ich mich, warum ich nackt war, denn normalerweise schlafe ich im Pyjama oder wenigstens im T-Shirt. Nichts von beidem war zu sehen. Stattdessen fand ich nur die Bettdecke, zurückgestrampelt und zusammengeknüllt am Fußende meines Bettes. Und noch etwas fand ich im Bett. Charlie. Auch sie splitternackt.

Ich fuhr in die Höhe. Die Zimmerleute machten jetzt doch vorgezogenen Feierabend, als sie mit Massen von Adrenalin konfrontiert wurden. Meine Gedanken überschlugen sich. Charlie nackt, ich nackt, und wir beide in meinem Bett. Charlies Luftmatratze lag unberührt auf dem Boden. Mir wurde übel. Hatten wir etwa …?

Verzweifelt versuchte ich mich zu erinnern. Nichts kam. Filmriss. Und das mir. Was war passiert? Wir hatten doch nur eine oder zwei Flaschen Wein getrunken. Ich ignorierte den Pinkelreiz, quälte mich aus dem Bett und torkelte ins Wohnzimmer. Das erste, was ich sah, waren Kartoffelchips überall: auf dem Boden, auf dem Tisch, auf der Couch. Unter dem Tisch fand ich den Grund für meine Gedächtnislücke. Sechs leere Weinflaschen. Wir hatten meinen gesamten Vorrat versoffen.

Der Moment der Erkenntnis währte nicht lange. Aus dem Schlafzimmer ertönte ein Stöhnen. Ich war klar genug, um zu erkennen, dass das Stöhnen nicht von mir kam. Ich lief zurück, gerade rechtzeitig, um Charlie beim Aufwachen zuzusehen. Während sie damit beschäftigt war, suchte ich nach meinen Sachen. Ich fand sie unter dem Bett, die Boxershorts und das T-Shirt, die ich am Vorabend vor dem Fernseher getragen hatte, bevor der folgenschwere Blackout einsetzte. Schnell schlüpfte ich hinein. Als ich fertig war, war Charlie wach. Ihr schien das Saufen nichts ausgemacht zu haben. Freudig strahlte sie mich an, sodass ich mich fragte, ob der größte Anteil des Weines in meinem Bauch gelandet war. Dem Druck auf meine Blase nach zu urteilen, bestand dafür eine nicht geringe Wahrscheinlichkeit.

„Guten Morgen." Das typische Charlie-Strahlen. Jung, glücklich, verliebt. Verliebt in mich!

Ich sagte nichts, die Sache überließ ich meinen Augen.

Charlie verzog das Gesicht und sah mich fragend an.

„Was ist? Habe ich etwas falsch gemacht?"

Ich räusperte mich, trotzdem klang meine Stimme wie eine tote Trompete. „Charlie, du liegst nackt in meinem Bett."

Sie sah an sich herunter und schien erst jetzt festzustellen, dass sie unbekleidet war. „Oh, tut mir leid. Ich ziehe mir gleich etwas an, wenn es dich stört."

„Warum liegst du in meinem Bett?"

„Du hast mich doch eingeladen."

„Ich habe was?" Mir fehlten die Worte.

„Ja. Wir hatten den Kanal ganz schön voll gestern Abend. Wir hatten keine Energie mehr, meine Luftmatratze herzurichten. Da hast du gesagt: Komm einfach in mein Bett."

Ich war fassungslos. Hatte ich das wirklich gesagt, obwohl ich wusste, dass Charlie vom anderen Ufer war? Mir fiel allerdings kein Grund ein, ihr zu misstrauen. Sie war meine Freundin. Ich musste wohl kleine Brötchen backen. Eine Sache musste ich dennoch klären.

„Charlie, du bist nackt. Ich habe auch nackt geschlafen. Haben wir ...?"

Jetzt fiel Charlie die Fassung aus dem Gesicht. Und dann begann sie laut zu lachen. „Du meinst, du und ich? Ob wir Sex hatten?"

Ich nickte unsicher.

Charlies Lachen wurde noch lauter. „Lavinia, du bist meine beste Freundin. Natürlich würde ich dich gern vernaschen. Aber niemals ohne dein Einverständnis. Ich weiß doch, dass du hetero bist. Und die Erklärung für unsere Nacktheit ist ganz einfach: Wir haben es noch geschafft uns auszuziehen, aber bevor wir deinen Schlafanzug fanden, bist du eingeschlafen. Und als ich dich zurechtlegte und die Bettdecke über dich zog, muss es mich auch erwischt haben."

Gott sei Dank. Ich lachte. Charlie lachte auch. Aber nur für einen Moment, dann sah sie mich ernst an und sagte: „Lavinia, hör zu, es tut mir leid, dass ich dich in Verlegenheit gebracht habe. Das wird nie mehr passieren, das verspreche ich. Gleich sofort packe ich meine Sachen und suche mir eine neue Bleibe."

„Nein", sagte ich laut und bestimmt. „Du bleibst. Es war mein Fehler. Ich habe dir nicht vertraut und die Situation falsch interpretiert. Dafür muss ich mich bei dir entschuldigen. Es tut mir leid."

Wir fielen uns in die Arme und waren wieder beste Freundinnen. Nachdem das geklärt war, bekam ich es eilig. Charlie hätte längst in der Autowerkstatt sein müssen, in der sie ihre Ausbildung absolvierte. Als ich ihr das mitteilte, lachte sie und sagte: „Heute ist Samstag." Verdammt, dachte ich und machte mir eine innere Aktennotiz, nie wieder so viel Wein zu trinken. Aber da ich schon einmal auf war, konnte ich auch gleich ins Büro fahren, um einige liegengebliebene Dinge zu erledigen. Ich duschte, räumte auf und lüftete die Wohnung. Nach dem Frühstück hatte ich auch die Zimmerleute dauerhaft im Griff. Um neun war ich im Büro.

Nach dem üblichen Ritual – Heizung aktivieren, Kaffee kochen, PC hochfahren – setzte ich mich an den Schreibtisch und arbeitete die Post vom Vortag durch. Um zehn hatte ich zwei Tassen Kaffee getrunken, alle Briefe durch und die Rechnungen per Onlinebanking bezahlt. Bis elf hatte ich den Bericht für die Versiche-

rungsgesellschaft fertig, für die ich einen Haftpflicht-
betrug aufgedeckt hatte.

Irgendwann danach verlangte mein Körper nach frischer Luft. Dabei erinnerte ich mich daran, dass da ja
noch die Gespenster in Tonnenheide waren. Ich setzte
mich also leichtsinnigerweise ins Auto und fuhr nach
Rahden. Zuerst besuchte ich die Hügelgräber. Doch
wie schon am Tag zuvor waren außer Fußabdrücken,
die anscheinend halb Tonnenheide hinterlassen hatte,
keine Spuren zu entdecken. Ich hatte auch nichts erwartet, doch manchmal ist es so, dass man bei erneu-
ter Betrachtung Dinge mit anderen Augen sieht und
doch noch die eine oder andere Entdeckung macht.
Aber hier: Fehlanzeige.

Nach einiger Zeit wurde mir kalt. Ich zog die Jacke
enger und begann zu wandern. Im Wiemelkenmoor
rekapitulierte ich, was ich wusste. Hier waren dunkle
Gestalten gesehen und unheimliche Geräusche gehört
worden. Wieder tauchte eine Assoziation in meinem
Gehirn auf, und wieder war sie fort, bevor sie greifbar
wurde.

Mein Spaziergang führte mich zum Weißen Moor,
dem mit den weißen Gespenstern, die friedlich wie
Engel über den Boden schweben sollten. Ich folgte
dem Rundweg, was trotz der Kälte ein angenehmer
Spaziergang war, mir aber keine neuen Erkenntnisse
brachte. Ich bestieg sogar die Aussichtsplattform im
Nordosten des Moores, aber auch der Gesamtüber-
blick half mir nicht weiter. Der Ausblick war entspan-
nend, aber auch ernüchternd. Vierzig Hektar Moor
waren zu viel, um sie in annehmbarer Zeit gründlich
zu durchkämmen. Also blieb nur der direkte Weg:
Observierung.

Ich holte mein Handy hervor und rief Franke, den Ortsvorsteher, an. „Sagen Sie, die Gespenstersichtungen – wann fanden die statt?"

„Sie meinen, wann Schnecki seine Halluzinationen hatte? Nun, wenn Sie seinen Aussagen trauen wollen, hat er die Geister zwei Mal bei Vollmond gesehen."

„Bei Vollmond …" Ich tippte auf dem Smartphone herum, bis ich eine passende Website gefunden hatte. War das denn die Möglichkeit? Der nächste Vollmond war heute Nacht. Wenn es etwas herauszufinden gab, dann in der kommenden Nacht. Ich teilte Franke meinen Plan mit.

„Soll ich Ihnen Gesellschaft leisten?"

„Danke, das wird nicht nötig sein."

„Also gut, ich wünsche Ihnen Hals- und Beinbruch, oder wie immer das bei euch Detektiven heißt."

„Ich melde mich morgen bei Ihnen."

Wir verabschiedeten uns und ich fuhr in die Stadt, wo ich einige Dinge kaufte, die ich für meine nächtliche Observierung benötigen würde – Verpflegung, Batterien, Speicherchips und vor allem Koffeintabletten.

Ich saß kaum wieder im Wagen, als das Telefon klingelte. Ich sah auf das Display – unbekannter Anrufer. Also meldete ich mich förmlich. „Privatdetektei Lavinia Borowski."

Schweigen am anderen Ende. Ich seufzte innerlich. Dieses Phänomen kannte ich zur Genüge. Das Zögern vieler Leute, wenn sie das erste Mal die Dienstleistungen einer Detektei in Anspruch nahmen, als hätten sie Angst, den Schritt tatsächlich zu vollziehen. Mein Anrufer schien von dieser Sorte zu sein. Mit sanfter Stimme sprach ich auf ihn ein. Meistens half das.

„Bitte sprechen Sie. Ich bin gern für Sie da und werde Ihnen sicher helfen können."

Vorsichtiges Räuspern am anderen Ende. „Ich hocke hier vor Ihrem Büro und warte auf Sie."

Eine Frauenstimme. Eine sehr junge. Eher ein Mädchen.

„Wie ist Ihr Name?", fragte ich.

„Das sage ich Ihnen, wenn Sie hier sind."

Darauf wusste ich zunächst einmal nichts zu erwidern. So etwas war mir noch nie passiert.

„Ich möchte nicht am Telefon sprechen", sagte das Mädchen. „Bitte beeilen Sie sich."

„Ich bin in Rahden. Es wird ein paar Minuten dauern, bis ich da bin."

„Also bis gleich."

Es knackte. Aufgelegt. Sprachlos starrte ich mein Handy an. Was war hier gerade passiert? Ein Mädchen, das ich nicht kannte, hatte mich in mein eigenes Büro bestellt. Gut, dachte ich, sie würde ihre Gründe dafür haben. Und dann dachte ich weiter und kam darauf, dass einer dieser Gründe Angst sein könnte. Je länger ich darüber nachdachte, desto sicherer wurde ich mir. Das vorsichtige Herantasten, die leise Stimme, die Geheimhaltung des Namens, die Eile. Angst. Pure, nackte Angst. Wovor?

Die Eile des Mädchens hatte mich angesteckt. Ich startete den Motor und fuhr los. Zu schnell und mit zu viel Restalkohol im Blut. Eine Begegnung mit einem Streifenwagen würde nicht gut ausgehen. Aber der liebe Gott war auf meiner Seite. Unbehelligt kam ich fünfzehn Minuten später in Südhemmern an. Ich sah sie schon von weitem.

Mit angezogenen Knien, die Arme darüber gewickelt, saß sie auf der Schwelle und wartete. Als sie mich kommen sah, sprang sie auf. Ihr langes Haar, das ihr fast bis auf die Hüften reichte, wehte in blonden Wellen um ihren schmächtigen Körper. Kleine dunkle Augen starrten mich aus einem zarten Gesicht traurig an. Traurig und weise. Zu weise für ein Mädchen von dreizehn oder vierzehn Jahren.

Ich ging ihr mit offenen Armen und einem freundlichen Lächeln entgegen. „Hallo, ich bin Lavinia."

Vorsichtig gab sie mir die Hand, ein zartes, kaum wahrnehmbares Streicheln der Epidermis. „Anna Lena."

„Okay, Anna Lena, wir gehen jetzt da rein, und dann kannst du mir erzählen, was dir auf den Magen drückt."

Drinnen drapierte ich sie auf dem Besucherstuhl und entschuldigte mich. So sehr ich auf ihre Geschichte gespannt war, zuallererst musste ich meine Blase entleeren. Als ich zurückkam, saß Anna Lena noch genauso wie ich sie zurückgelassen hatte.

„Magst du vielleicht einen Kakao oder einen Kaffee?", fragte ich sie.

Sie schüttelte den Kopf, was wieder hübsche Wellen in ihr wunderschönes Haar zauberte.

Ich setzte mich ihr gegenüber und nahm ihre kalte Hand in meine. Sie ließ es sich widerstandslos gefallen. „Also, was kann ich für dich tun?"

Sie sah mich nicht an. Ihr Blick streifte den Boden, als sie antwortete. „Ich habe gehört, dass Sie für Lolita LeGuin gearbeitet haben."

Eine eiskalte Hand griff nach meinem Herzen.

„Ich glaube nicht, dass sie Selbstmord begangen hat."

Ich konnte nichts sagen und hörte einfach zu.

„Ich habe mit der Polizei gesprochen. Aber die sind blind. Die Beweise seien eindeutig, sagen sie. Es bestünde kein Grund, in anderer Richtung zu ermitteln.

Aber es war Mord. Und ich will, dass Sie den Mörder finden."

Ich starrte sie an. „Warum glaubst du, dass Lolita ermordet wurde?"

„Ganz einfach. Sie kann keinen Selbstmord begangen haben."

„Warum nicht?"

„Meinetwegen. Ich bin ihre Tochter."

13

Ich bekam Schnappatmung. Der Sabber lief mir fast aus dem offenen Mund. Meine Knie zuckten unkontrolliert. *Ich bin ihre Tochter.*

„Wie ist das möglich?", lautete meine wenig geistreiche Frage. „Ich meine … Lolita hatte eine Beziehung zu einer Frau."

„Ich weiß", antwortete das Mädchen mit leiser Stimme. „Aber nur die letzten Jahre. Lolita war einmal verheiratet."

„Davon hat sie mir nichts erzählt."

„Weil es in ihrem Leben keine Rolle spielte. Die Ehe hielt nur wenige Wochen. Eine Jugendsünde, eine Universitätsliebelei, deren Endprodukt ich bin."

Ich sagte nichts.

Anna Lena fuhr fort. „Ich bin ein Unfallkind, wie man so sagt. Und Grund für die Ehe und für die Scheidung. Erst wollte das Arschloch den Anstand wahren und hat Mama zum Standesamt geschleppt." Sie betonte Mama auf der zweiten Silbe. „Aber als ihr Bauch immer dicker wurde, hat er kalte Füße bekommen ist mit einer anderen abgehauen. Lolita hat ihn nie wieder gesehen."

„Aber der Unterhalt."

„Mama hat drauf gepfiffen. Sie wollte mit dem Typen nichts mehr zu tun haben. Ich kam zu den Großeltern, damit Mama Geld verdienen konnte."

„Du weißt, womit sie ihr Geld verdiente?"

„Sie hat nie ein Geheimnis daraus gemacht. Daraus nicht, aber aus mir. Ich habe es erst verstanden, als ich älter wurde. Meine Existenz wäre geschäftsschädigend gewesen. Ich kam zu den Großeltern. Sie starben, als ich zehn war. Danach kam ich ins Internat. Mama konnte es sich jetzt leisten. Sie besuchte mich, so oft es ging."

„Wo?"

„Schweiz. St. Gallen."

Respekt. Lolita musste wirklich gut verdient haben. Ich hoffte, sie hatte Anna Lena ein ordentliches Erbe vermacht, sodass das Mädchen die Schule beenden konnte.

„Gestern bin ich losgefahren. Ich habe mich gleich in den Zug gesetzt, nachdem die Polizei mich informiert hatte."

Ihre Stimme stockte, und ihre großen dunklen Augen wurden nass. Ich gab ihr ein Taschentuch und eine Minute zur Beruhigung.

„Okay, Anna Lena. Ich danke dir für die Informationen, die du mir gegeben hast. Ich denke, das reicht aus, damit die Polizei die Ermittlungen wieder aufnimmt."

„Die Polizei macht gar nichts."

Meine Brauen zuckten in die Höhe. „Du warst schon da?"

Sie nickte. „Natürlich. Aber das war naiv. Die haben keinen Bock."

„Den haben sie im ersten Anlauf nie", sagte ich und dachte daran, wie oft ich selbst abgeblitzt war.

„Dann bin ich zu Ihnen gekommen."

„Gut, ich werde mit der Polizei reden."

„Nein."

Ich starrte sie an. „Nein?"

„Nein." Sie verzog keine Miene. „Ich traue der Polizei nicht. Ich möchte Sie engagieren, Frau Borowski. Finden Sie den Mörder meiner Mutter."

Dann geschah etwas Unerwartetes. Sie griff in die Taschen ihrer Jacke und holte etwas hervor, was sich nicht in den Taschen eines Kindes befinden sollte: ein dickes Geldbündel, frische saubere Scheine mit einer Banderole der Europäischen Zentralbank. Ohne jede Gefühlsregung legte sie das Geld auf den Tisch.

„Das sind tausend Euro", sagte sie. „Es ist alles, was ich habe. Finden Sie den Mörder."

Ich starrte das Geld an. Es war verlockend, doch ich dachte nicht eine Sekunde daran, es anzunehmen. *Finden Sie den Mörder.* Genau das war, was ich gewollt hatte, bevor ich mich von der Polizei hatte einlullen lassen, um den Fall zu den Akten legen zu können. Und dann kam Anna Lena. *Ich bin ihre Tochter.* Ein Satz nur, und die Selbstmordtheorie brach zusammen wie eine Strohhütte im Sturm. Anna Lena hatte Recht. Eine Mutter würde niemals ein minderjähriges Kind zurücklassen.

Ich legte meine Hand auf ihren Arm und sagte:" In Ordnung, ich mach es."

Wieder überraschte sie mich mit einer unerwarteten Reaktion. Sie sprang auf und nahm mich in den Arm.

„Oh, Frau Borowski, ich bin Ihnen so dankbar."

Ich drückte sie, während ihre Tränen meinen Pullover fluteten. Ihre kleinen Hände tapsten unbeholfen über meinen Rücken. Ihr Gesicht drückte meine Brust, und ich spürte die Zuckungen ihres weinenden Körpers. Und plötzlich war da dieses Verantwortungsgefühl. Plötzlich hatte ich eine kleine Schwester, um die ich mich kümmern musste. Und eine tote Freundin, der ich schwor, ihren Mörder zu finden.

Wenige Minuten später setzte ich den Vertrag auf und ließ Anna Lena unterschreiben, wohl wissend, dass der Vertrag nicht rechtswirksam war mit der Unterschrift einer Minderjährigen. Deshalb konnte ich von ihr auch kein Geld verlangen. Ich steckte es trotzdem ein – ich wollte sie nicht brüskieren; später würde ich es ihr zurückgeben.

„So", sagte ich anschließend, „jetzt fahre ich dich nach Hause. Und übrigens, du kannst Du sagen. Ich heiße Lavinia."

Sie nickte und lächelte.

„Wo wohnst du?"

„Nirgends."

„Nirgends?" Wieder hatte sie es geschafft, mich in Erstaunen zu versetzen. „Was soll das heißen?"

„Ich habe mich noch nicht darum gekümmert. Nach meiner Ankunft hier bin ich gleich zur Polizei gegangen, und danach, weil die mir nicht helfen wollten, zu dir."

„Wo hast du denn letzte Nacht geschlafen?"

„Ich habe nicht geschlafen."

Das wurde ja immer besser. „Hast du Verwandte in der Gegend?"

„Soviel ich weiß, nicht."

Okay, das reichte. Ich traf einen meiner einsamen Entschlüsse, ohne über Konsequenzen nachzudenken.

„Also gut, dann kommst du erst mal zu mir. Das wird zwar etwas eng, weil seit gestern eine Freundin bei mir wohnt, aber wir werden uns schon zusammenraufen. Du wirst Charlie mögen. Ihr beide seid euch sehr ähnlich."

Ich sah auf die Uhr. Drei Uhr nachmittags. „Aber zuerst fahren wir nach Minden. Ein Freund von mir arbeitet bei der Kripo. Er wird uns sicher helfen."

Leider sah Horst Bremer das anders. Als wir bei ihm eintrafen, räumte er gerade seinen Schreibtisch auf, um Feierabend zu machen. Und er freute sich auch nicht, mich zu sehen. Im Gegenteil, ich hatte den Eindruck, dass er mit mir nichts zu tun haben wollte. Deutlich ließ er mich spüren, dass ich störte.

„Vinnie, was willst du? Schlimm genug, dass ich Wochenendwache habe. Ich habe keine Zeit für dich. Ich habe es eilig."

Das war offenkundig. Gott sei Dank war er allein im Zimmer. Aber ich hatte Anna Lena dabei. Was auch geschehen würde - ich spürte, dass es peinlich für mich werden würde. Ich verspürte leichten Ärger und sagte, nur um ihn zurückzuärgern: „Ich will dich nicht lange von deinem Rendezvous abhalten."

Er hielt inne. Und errötete. Ich war verblüfft. Und als ich verstand, errötete ich ebenfalls. Großer Gott, was hatte ich gesagt? Es war als Scherz gemeint, aber offensichtlich war er tatsächlich auf dem Sprung zu einer Verabredung. Als nächstes verspürte ich eine verdammte Eifersucht. Und einen noch größeren Ärger auf mich selbst, weil er immer noch solche Gefühle in mir hervorrufen konnte. Ich wusste, dass ich kein Anrecht auf ihn hatte. Wir waren mal zusammen gewesen und wir hatten uns wieder getrennt. Und auch wenn wir immer noch - hin und wieder - miteinander ins Bett stiegen, hieß das nicht, dass ich ein Monopol auf ihn hatte. Aber seltsamerweise hatte ich mich nie mit dem Gedanken beschäftigt, dass er auch andere poppen könnte. Oder vielleicht sogar eine Freundin hatte.

Ich schluckte alles hinunter und konzentrierte mich tapfer auf mein Anliegen. „Horst, gib mir eine Minute. Bitte."

Er seufzte und sah mir in die Augen. „Also, was willst du? Wenn es um Lolita LeGuin geht …"

Ich räusperte mich und zeigte auf Anna Lena. „Horst, darf ich dir Anna Lena Kottkamp vorstellen?"

„Wen?" Er schaltete noch nicht.

„Lolitas Tochter."

Er starrte Anna Lena an wie einen Geist. Mein Gehirn spielte den Triumphmarsch ab. Dann spielte ich meinen Joker aus.

„Kannst du dir vorstellen, dass jemand, der eine minderjährige Tochter hat, Selbstmord begeht?"

Meine Rechnung ging nicht auf. Horst hatte sich schneller gefangen als gedacht. „Oh, Vinnie, komm mir nicht schon wieder mit deiner Mordtheorie. Ich dachte, das Thema hatten wir durch."

Allmählich war ich genervt. Ich trat ganz dicht an ihn heran und umklammerte seine Arme. „Horst, wach auf. Wir haben hier ein minderjähriges Mädchen, das ganz allein in der Schweiz lebt und von ihrer Mutter abhängig ist. Einer Mutter, die sie nie im Stich lassen würde. Und wir haben einen ungeklärten Einbruch bei der besten Freundin der verstorbenen Mutter, die zufälligerweise ebenfalls Opfer eines Selbstmordes wurde."

„Oder eines Unfalls."

„Blödsinn. Was muss denn noch passieren, bis die Polizei aus dem Schnarchmodus erwacht? Deutlicher geht es doch gar nicht."

„Lavinia. Du verrennst dich da in etwas."

Es wurde Zeit für die große Keule. Ich packte seinen Kopf und drehte ihn in Richtung des Mädchens. „Stell dir vor, Anna Lena wäre deine Tochter. Sie ist dein einziges Kind. Du liebst sie. Du hast sie in einem Schweizer Internat untergebracht, weil du die beste Ausbildung für sie willst. Du weißt, dass sie hundertprozentig von dir abhängig ist, finanziell, familiär - du bist alleinerziehend. Kannst du dir eine Situation vorstellen, die so schlimm ist, dass du nur mit Selbstmord aus ihr rauskommst? Oder würdest du an deine Tochter denken und dir sagen, dass sie allein zurückzulassen und ihr Leben zu zerstören eine noch schlechtere Alternative wäre?"

„Vinnie, ich ..."

„Sieh sie dir an. Sie ist jetzt ganz allein. Sie hat keine Familie mehr. Niemanden, bei dem sie unterkommt. Ich nehme sie zu mir, damit sie wenigstens ein Dach über dem Kopf hat, solange sie in Deutschland ist. Horst, ich flehe dich an."

Er wandte sich ab und schloss seinen Schreibtisch ab. Nachdem er einen Blick in den Terminkalender geworfen hatte. „Sieht so aus, als stünde morgen nicht allzu viel auf dem Programm. Vielleicht könnte ich eine Stunde abzwacken."

Anna Lena strahlte. Klein Vinnie strahlte. Nur Horst sah jämmerlich unglücklich aus. Ich gab ihm einen Kuss auf die Wange. „Danke."

„Aber ich kann euch nichts versprechen. Und wenn etwas Dringendes dazwischenkommt, seid ihr raus."

Doch das Eis war gebrochen, und ich wusste, dass er auf jeden Fall ermitteln würde, als auch Anna Lena ihm einen Kuss gab. Wir verabschiedeten uns schnell, bevor er es sich wieder anders überlegte.

Au dem Flur fragte Anna Lena: „Warum lässt du die Polizei ermitteln? Schaffst du das nicht allein?"

„Die Polizei hat viel mehr Möglichkeiten als ich. Natürlich werde auch ich ermitteln, aber wenn der Polizeiapparat eingeschaltet ist, geht vieles besser und schneller. Und außerdem – was die ermitteln, musst du nicht bezahlen."

Im Auto fiel mir noch eine Sache ein. „Wo hast du eigentlich deine Klamotten? Oder bist du ohne Gepäck aus St. Gallen gekommen?"

„Ich habe meinen Koffer im Bahnhofsschließfach gelassen."

Bevor ich nach Hause fuhr, machte ich also einen Umweg über den Mindener Bahnhof. Ihr Koffer war nicht besonders groß und war im Nu eingeladen. Keine halbe Stunde später waren wir zu Hause.

Charlie lag auf der Couch und las ein Buch. Ich stellte die beiden einander vor. Sie waren sofort ein Herz und eine Seele, was mich zwar zufrieden stellte, aber die bange Frage offen ließ, wie es sein würde, wenn ich meine bescheidene Wohnung mit zwei Personen teilte. Für einen winzigen Augenblick fragte ich mich auch, ob Charlie etwas mit Anna Lena anfangen würde. Aber die Frage war absurd. Der Altersunterschied zwischen den beiden war zwar nicht so groß wie zwischen Charlie und mir, aber Anna Lena war minderjährig. Genau deshalb würde Charlie nichts unternehmen. Und im Übrigen konnte ich mich auf ihr Versprechen verlassen, mich nicht mehr in Verlegenheit zu bringen.

Zum Abendessen bestellten wir Pizza. Auf Wein verzichteten wir. Nach dem Essen warf ich eine Koffeintablette ein. Charlie sah es und fragte: „Hast du noch was vor?"

Ich nickte. „Ich fahre nach Tonnenheide."

„Gespenster beobachten?"

„Gespenster?", fragte Anna Lena mit erstaunt aufgerissenen Augen.

Ehe ich antworten konnte, erzählte Charlie ihr schon die ganze Geschichte. Ungefiltert. Anna Lena war ganz aufgeregt. „Darf ich mit?"

Ich wurde gerade. „Auf keinen Fall. Du wirst gleich schön ins Bett gehen, junge Frau."

Damit stand ich auf und machte die Couch zurecht. Ich wollte nicht noch einen Schläfer in meinem Schlafzimmer haben. Danach sahen wir uns gemeinsam einen Film im Fernsehen an. Ich blieb bis zehn. Als ich mich zum Aufbruch bereit machte, stand Charlie auf und nahm ihre Jacke.

„Was hast du vor?", fragte ich.

„Wir fahren doch jetzt nach Tonnenheide."

„Ich fahre nach Tonnenheide. Du bleibst bei Anna Lena."

„Aber …"

„Kein Aber. Ich krieg das schon allein hin."

Bevor weitere Proteste kamen, verließ ich das Haus.

14

Die Nacht war wie geschaffen für ein herausragendes Ereignis: kalt, windstill, und der volle Mond verzauberte die Landschaft. Das Moor war in einen silbrigen

Schleier gehüllt. Die Hügelgräber lagen wie nackte graue Riesen vor mir. Unheimlich. Ich verstand, warum niemand freiwillig bei Nacht hierher kam.

Hinter der größeren der beiden Grabanlagen bezog ich Stellung. Ich breitete eine Decke über das feuchte Laub und legte mich auf die Lauer, Fernglas und Kamera griffbereit neben mir, Gesicht und Hände mit dunkler Tarnfarbe bemalt. Der schwarze Kampfanzug, ein ausgemustertes Stück einer SEK-Einheit, an den ich dank meiner guten Beziehungen zur Polizei gekommen war, vervollkommnete meine Tarnung.

Keine Wolke am Himmel, die Zeichen deuteten auf Frost. Na toll, dachte ich, das musste ja so kommen. Im Mondlicht waren deutlich die Häuser der Meisterstraße zu sehen. Alles war ruhig, Tonnenheide schlief. In der Ferne fuhr ein Auto, dessen Motor nach kurzer Zeit erstarb. Ein Nachtschwärmer auf dem Weg nach Haus? Ab und zu hörte ich den Schrei einer Eule. Ihr Schrei, die Einsamkeit und die Kälte trieben mir Schauer über den Rücken.

Plötzlich war etwas über mir. Ich zuckte zusammen. Doch bevor meine Augen es fassen konnten, war es schon fort. Ich musste nicht lange warten, bis der Schatten wieder da war, ein huschendes flatterndes Ding, nicht größer als eine Männerfaust, das lautlos über mich hinwegglitt. Eine Fledermaus. Ich atmete auf und dankte meinem Darm und meiner Blase, dass sie mich nicht im Stich gelassen hatten. Beruhigt drehte ich mich wieder auf den Bauch. So lag ich da und starrte lustlos in die Nacht. Trotz der Koffeintablette begann ich müde zu werden. Ich sah auf die Uhr. Mitternacht. Wenn etwas passieren sollte, wäre jetzt der beste Zeitpunkt dafür. Als kleines Kind hatte ich wahnsinnige Angst vor der Zeit zwischen Mitternacht und ein Uhr morgens – Geisterstunde. Meine Schwester und ich hatten uns immer Gespenstergeschichten erzählt, wenn wir nicht schlafen konnten. Es war ein Spiel. Wir schaukelten uns hoch, und wer zuerst die Nerven verlor und die Bettdecke über den Kopf zog, hatte verloren. Meist war ich es. Heute hatte ich keine Bettdecke, unter der ich mich verkriechen konnte. Aber heute hatte ich auch keine Angst mehr vor Geistern, auch wenn der Tonnenheider Mond und das mitternächtliche Moor mich zum Frösteln brachten.

Aber – es geschah nichts. Das Wiemelkenmoor war wie ausgestorben. Die Bäume und Büsche bewegten sich sanft im Wind. Die Fauna sang ihr Nachtlied. Aber von Gespenstern keine Spur. Ich wartete bis halb eins. Dann stand fest, dass ich umsonst gefroren hatte. Das Wiemelkenmoor war und blieb leer. Der einzige Mensch war ich. Zumindest dieser Vollmond schien Tonnenheide in Ruhe zu lassen.

Als meine Blase sich meldete, verließ ich meinen Platz, an dem ich zwei Stunden gefroren hatte, hockte mich hinter einen Busch und erleichterte mich. Während ich da saß und das Wasser aus meinem Körper ließ, meinte ich plötzlich über das Plätschern des Strahles hinweg ein anderes Geräusch zu hören. Weit entfernt. Es klang wie Lachen oder Schreien. Auf jeden Fall menschlich.

Ich beeilte mich fertig zu werden, doch als ich aufstand, war das Gejaule verschwunden und alles, was ich hörte, war das Rauschen des Windes in den Bäumen. Als ich an mein Lager kam, glaubte ich schon beinahe an Einbildung. Doch dann hörte ich es wieder. Schwach wegen der Entfernung, aber eindeutig menschlich. Lachen und Singen. Dieses Mal war ich mir sicher. Ich nahm das Fernglas und drehte mich im Kreis. Nichts. Ich drehte mich ein zweites Mal. Wieder nichts. Verdammt, irgendwo musste doch etwas sein.

Fünf Minuten starrte ich auf diese Weise in die Nacht. Dann fasste ich einen Entschluss. Wenn ich auch nicht wusste, was ich gehört hatte – gehört hatte ich etwas. Es mussten die Bäume sein, die die Sicht auf den Ursprung des Gesangs verhinderten. Ich musste meinen Standort ändern. Das Weiße Moor.

Ich packte mein Zeug zusammen, schnallte meinen Rucksack um und lief los, in der Hand die Stablampe. Dabei brauchte ich die Lampe weniger zum Leuchten – der Mond schien hell genug, um mir den Weg zu weisen –, sondern vielmehr als Waffe. Man wusste ja nie.

Je näher ich meinem Ziel kam, desto sicherer wurde ich, was die unheimlichen Laute anbelangte. Denn diese wurden mehr. Und deutlicher. Irgendwann gab es keinen Zweifel mehr, dass es Stimmen waren. Menschliche Stimmen. Frauen. Nein, Mädchen. Ja, das war es. Was ich hörte, war das Getuschel und Gekicher junger Mädchen. Ich konnte sie nur noch nicht sehen.

Ich folgte dem Rundweg, bis mein Instinkt mir sagte, den offiziellen Weg zu verlassen. Und so bog ich einfach rechts ab. Ich hoffte, dass Franke Recht hatte und das Moor nur Moor hieß und ich nicht in Sumpf und Morast versank. Doch alles ging gut, ich konnte mich ungefährdet bewegen. Nach kurzer Zeit gelangte ich an eine Lichtung, die von Birken und Büschen umgeben und vom Rundweg aus nicht zu sehen war. Und dort, im Schutz der Nacht, in aller Deutlichkeit und dennoch unbeobachtet vom Rest der Welt, war die Lösung des Rätsels.

Ich ließ mich hinter einem Busch auf den Boden fallen, um nicht gesehen zu werden. Von dort aus konnte ich selbst allerdings hervorragend beobachten. Ich brauchte weder Fernglas noch Lampe, um die unwirkliche Szene zu erkennen, die sich vor meinen Augen abspielte. Ich ließ auch meine Kamera im Rucksack. Was ich sah, konnte nicht fotografiert werden. Aus einem bestimmten Grund.

Auf der Lichtung tanzten zwölf junge Mädchen, kein einziges älter als Anna Lena. Sie hatten einen Kreis gebildet und bewegten sich hin und her, als spielten sie Ringelreihen. Dabei summten sie eine seltsame Melodie, unheimliche Mollakkorde, die so wenig zu den unschuldigen jungen Dingern passten wie Rockmusik zum Gottesdienst. Am bemerkenswertesten allerdings war die Tatsache, dass alle zwölf splitternackt waren. Nicht der Hauch eines Textils bedeckte die zarten Körper, die der Mond in eine silberweiße Aura hüllte. Engel.

Ich lag einfach nur da und starrte. War die Lösung wirklich so einfach? Waren die Gespenster einfach nur eine Gruppe von Mädchen, die sich heimlich trafen, um ihre pubertären Gelüste zu befriedigen?

Der Ringelpietz währte nicht lange. Knapp zwei Minuten nach meiner Ankunft legten die Mädchen sich auf den Boden, immer zwei nebeneinander, und begannen sich gegenseitig abzutasten und ihre kindlichen Körper zu erforschen. Deutlich sah ich ihre kleinen Finger alle möglichen Körperstellen berühren und überall eindringen, wo es bei Mädchen möglich war. Kein Zweifel, hier waren Teenager auf pubertärer Entdeckungsreise. Ich konnte mir nicht helfen – so unwirklich die Szene wirkte, ich fühlte plötzlich einen Hauch von Romantik und erinnerte mich an Filme von David Hamilton.

Doch die Pettingstunde war so schnell vorbei wie sie begonnen hatte. Wie auf Kommando standen die Mädchen wieder auf und setzten ihren Tanz fort. Das war das Zeichen für mich, einzugreifen. Ich rappelte mich auf, streckte mich, um meine eingeschlafenen Glieder zu wecken, und trat hinter meinem Busch hervor.

„Guten Abend, die Damen."

Die Wirkung dieser Worte war verblüffend. Ein allgemeines Gekreische setzte ein. Die Hälfte der Mädchen suchte ihr Heil in der Flucht, während die anderen in Schockstarre verfielen. Von denen, die blieben, war wiederum die Hälfte in der Lage, die allgemeine Frauenschutzhaltung bei Nacktheit einzunehmen: Hände vor Brust und Scham. Drei der Mädchen allerdings waren vor Angst so gelähmt, dass ihnen nicht einmal mehr diese Bewegung gelang.

Ich hob beide Arme und näherte mich dem Haufen.

„Ihr braucht keine Angst zu haben. Ich bin Lavinia."

Doch sie hatten Angst. Obwohl auch die Kälte schuld sein konnte am Zittern ihrer knabenhaften Körper.

„Wisst ihr, wer ich bin?", fragte ich.

Zaghaftes Kopfschütteln bei zwei der Mädchen.

„Aber ihr wisst, dass der Ortsvorsteher einen Detektiv engagiert hat, weil es hier angeblich spukt?"

Wieder nur Kopfschütteln, aber die Lage schien sich zu entspannen. Das Zittern wurde weniger, nachdem die Mädchen zu der Ansicht gekommen zu sein schienen, dass ich ihnen nichts Böses wollte.

„Nun, der Detektiv bin ich. Und der Spuk seid ihr."

Flüstern unter den Mädchen. Ein leichtes Gekicher.

Der Zeitpunkt schien gut, meinen Monolog zu beenden. „Darf ich mit euch reden?"

Vorsichtiges Nicken, zwei zögernde Jas.

„Also gut, ich schlage vor, ihr zieht euch jetzt erst mal an, und dann setzen wir uns hierhin und klären die Situation."

„Und wenn wir einfach abhauen?" Die Sprecherin war eines der größeren Mädchen, das bisher mit verschränkten Armen dagestanden hatte, nun aber die Arme fallen ließ und mir ihren blanken, für ihr Alter aber üppigen Busen angriffslustig entgegenstreckte.

Ich zuckte nur die Achseln. Es war im Grunde egal, der Fall war gelöst.

„Also gut", sagte die Freche und verschwand hinter den Büschen. Die anderen folgten ihr im Nu. Für einen Moment dachte ich, sie wären wirklich geflüchtet. Doch dann teilte sich das Buschwerk und sechs angezogene Teenager traten daraus hervor. Wir setzen uns im Kreis auf den nackten Boden.

„Danke, dass ihr geblieben seid", sagte ich und lächelte mein entwaffnendes Offensivlächeln. Es funktionierte, einige lächelten zurück.

„Fangen wir noch mal von vorn an. Mein Name ist Lavinia Borowski und ich bin Privatdetektivin. Euer Ortsvorsteher hat mich engagiert, weil ich einen Fall lösen soll. Die Anwohner hier sprechen von Spukerscheinungen im Moor. Und jetzt muss ich sehen, dass es gar keine Gespenster gibt, sondern nur eine Gruppe bezaubernder junger Mädchen, die sich nachts versammeln, um religiöse Rituale zu zelebrieren."

„Zelebrieren?", fragte eins der Mädchen.

„Feiern, du dumme Nuss", antwortete ihr das Mädchen, das mir vorhin provozierend den Busen entgegengestreckt hatte.

Die anderen kicherten und tuschelten. Anscheinend machten sie sich über den Begriff *religiöse Rituale* lustig.

„Hören Sie", sagte die Sprecherin. „Sie und ich, wir beide wissen doch, dass es sich nicht um Religion handelt."

Ich nickte. „Ich wollte nicht mit der Tür ins Haus fallen. Bist du die Anführerin?"

„Ich?" Sie lachte, aber es klang nicht wie das Lachen nach einem Witz. „Nein. Chantal, die feige Zippe, ist mit den anderen getürmt."

„Und wie heißt du?"

„Wozu müssen Sie das wissen?"

„Muss ich nicht. Aber es erleichtert die Kommunikation, wenn ich nicht immer eh du sagen muss."

Sie schien zu überlegen, welche Konsequenzen die Nennung ihres Namens haben konnte – sie schien also nicht ganz dumm zu sein. Dann Schulterzucken. Die Entscheidung fiel zu meinen Gunsten aus. „Cheyenne."

Ich stöhnte innerlich. Die Vergabe schwachsinniger Namen machte selbst vor der Provinz nicht halt.

„Also, Cheyenne, nachdem nun geklärt ist, dass ihr nicht der Mondgöttin huldigt – was macht ihr hier?"

Die Antwort kam nicht sofort. Cheyenne flüsterte mit den anderen. Das ging etwa zwei Minuten so. Zwischendurch konnte ich immer wieder das Wort Sex hören. Mir war schon klar, warum pubertierende Jungfrauen sich bei Vollmond auf einer Lichtung im Wald trafen. Aber ich wollte es aus ihrem Mund hören.

Nach gefühlt einer Stunde wandte Cheyenne sich wieder mir zu. „Frau Borowski …"

„Lavinia. Ihr könnt Du sagen." Das brach normalerweise das Eis. Die Leute redeten eher, wenn sie das Gefühl hatten, mit einem Freund zu sprechen. Doch bei Cheyenne schien meine Strategie nicht aufzugehen. Sie zögerte. Anscheinend schloss sie nicht schnell Freundschaften. Ich nickte ihr ein weiteres Mal aufmunternd zu. Und dann kam es.

„Ich sage nichts ohne meinen Anwalt."

Einen Augenblick sah ich sie verdutzt an, und dann lachte ich los. Ich konnte nicht anders. Zu einer Zeit und an einem Ort, wo kein Lachen hingehörte, brach es aus mir heraus. Als hätte ich einen wahnsinnig guten Witz gehört, lachte ich, krümmte ich mich vor Lachen, bis die Tränen kommen. Einige der Mädchen fielen mit ein. Nur Cheyenne nicht. Die abgegriffene Metapher vom begossenen Pudel fiel mir ein – platt, aber genauso wirkte Cheyenne in diesen Sekunden auf mich.

„Was ist daran so witzig?" Sie verschränkte die Arme und zog einen Flunsch.

Es dauerte bestimmt eine Minute, bis mein Zwerchfell zur Ruhe kam. „Entschuldige", sagte ich, „aber dieser Satz: Ich sage nichts ohne meinen Anwalt. Aus dem Mund eines unschuldigen Mädchens, an diesem Ort, zu dieser Zeit." An dieser Stelle wollte mein Körper eine zweite Lachattacke starten, aber es gelang mir, ihn unter Kontrolle zu halten.

Ich legte meine Hand auf Cheyennes Arm. Sie zuckte zurück, aber ich ließ sie nicht los. „Du brauchst keinen Anwalt. Hier steht niemand unter Anklage. Was ihr gemacht habt, ist nicht verboten. Es ist nur – wie soll ich sagen – unschicklich. Habt ihr schon mal darüber nachgedacht, was passieren könnte, wenn irgend so ein notgeiler Spacken euch sieht?"

Man konnte sehen, wie es in Cheyenne arbeitete. Ihre verkrampfte Haltung löste sich, und dann auch ihre Zunge. „Wir wollten doch nur Spaß haben. Wie die Mädchen in diesem Video."

„Was für ein Video?"

„YouTube. Ein Video aus Schweden. Mit Nymphen. Du weißt schon, nackte Mädchen eben. Sie tanzen bei Vollmond um ein Lagerfeuer und singen Lieder. Sie tanzen nur und fassen sich an den Händen. Es ist so schön. Zuerst waren wir nur zu dritt, doch dann wurden es immer mehr, bis wir zwölf waren – alle aus einer Klasse. Bei zwölf war Schluss. Wir hielten das für eine magische Zahl."

„Ihr trefft euch, um dieses Video nachzumachen?"

„Ja." Ihr Blick wanderte zum Boden, ihre Stimme war wenig mehr als ein Flüstern. Offensichtlich schämte sie sich. „Beim ersten Vollmond hat es geregnet. Wir waren enttäuscht und wollten schon nach Hause, bis Chantal auf die Idee kam, es trotzdem zu tun. Wir froren wie die Schneider, aber trotzdem war es irgendwie erregend. Ich meine, hast du schon mal nackt im Regen gelegen und bewusst darauf geachtet, wie die Tropfen deinen Körper treffen? Wie sie auf deinen Busen fallen oder in deinen Schoß? Es ist wie eine zärtliche Berührung."

Die Vorstellung trieb mir Schauer über den Rücken. Als ich in die Wirklichkeit zurückfand, blickte ich in Cheyennes Gesicht. Ihre Augen sahen mich jetzt direkt an. Deutlich war im Mondlicht ein feuchter Schimmer zu erkennen.

„Beim zweiten Mal regnete es nicht. Da fingen wir an, uns selbst zu berühren. Und stellten fest, dass es mit unseren Fingern noch schöner war als mit den Regentropfen."

Mein Räuspern unterbrach ihre plastische Schilderung. Es wurde Zeit, zur Sachlichkeit zurückzukehren.

„Wie oft habt ihr euch getroffen?"

„Heute war erst das dritte Mal, ich schwöre."

„Und immer bei Vollmond?"

„Ja."

„Hattet ihr keine Angst, beobachtet zu werden?"

„Na ja, schon. Aber, um ehrlich zu sein, das machte die ganze Sache nur noch aufregender. Aber es ist gutgegangen. Jedenfalls haben wir nicht mitgekriegt, dass Spanner uns beobachtet hätten. Du bist die erste."

„Spannerin?"

„Nein. Beobachterin natürlich."

„Na schön. Trotzdem muss jemand mitbekommen haben, dass sich hier etwas tut. Denn es gibt einen Augenzeugen."

„Oh Gott." Cheyennes Hand fuhr zu ihrem Mund. Die anderen stöhnten erschreckt.

„Keine Sorge, der Typ ist nicht sehr glaubwürdig. Ein Säufer, der hin und wieder nachts durch die Gegend stromert, weil er nicht schlafen kann. Er sagt, er hätte engelsgleiche Gespenster gesehen. Oder Feen."

„Schnecki."

Sieh an, sieh an. Schnecki war sogar bei den Jugendlichen bekannt. Was mich aber nicht sehr wunderte. Das alte Klischee vom Dorf, in dem jeder jeden kannte, passte also auch in Tonnenheide. Trotzdem äußerte ich mich nicht zu dem Namen, ich musste ja nicht meinen Kronzeugen – und einzigen Zeugen – verraten.

„Wer auch immer, auch andere Leute scheinen zu ahnen, dass sich hier etwas tut. Und es muss sie so gestört haben, dass sie den Ortsvorsteher eingeschaltet haben."

„Der dich engagiert hat, um den Fall zu lösen. Was du ja nunmehr getan hast. Wie geht es jetzt weiter? Was wirst du tun?" Cheyennes Züge verhärteten sich, aber hinter der ablehnenden Maske spürte ich Angst.

„Nichts. Ich meine, ich werde Franke schon sagen müssen, was hier ablief. Aber ich werde keine Namen nennen."

„Wirst du dann dein Honorar bekommen? Ich meine, du hast ja keine Beweise."

Nein, die hatte ich nicht. Weil ich keine Beweise sammeln konnte, ohne die Mädchen zu verraten. Mein Wort würde genügen müssen. Ich zuckte die Achseln.

„Und wenn schon. Franke wird einen Bericht erhalten, das wird schon ausreichen. Eines müsst ihr mir allerdings versprechen, Cheyenne."

„Ich weiß schon. Dass wir uns hier nicht mehr treffen."

Kluges Mädchen. „Genau. Das Moor ist ab jetzt tabu für euch."

Meine Knochen knackten, als ich mich in die Senkrechte bemühte. Dies schienen die Mädchen als Aufforderung zu verstehen, denn sie erhoben sich ebenfalls – ohne Knochenknacken.

„Tja, dann will ich mich mal auf den Weg machen, damit ich ausgeruht bin, wenn ich Franke morgen meinen Bericht vorlege. Hat mich gefreut, euch kennenzulernen." Ich winkte ihnen zu und schickte mich an zu gehen.

„Lavinia." Cheyenne kam angerannt, und ehe ich mich versah, hatte sie mich in den Arm genommen. „Danke."

Verlegen legte ich meine Arme um sie. „Schon gut."

Plötzlich waren auch die anderen Mädchen heran. Jede wollte mich umarmen. Ich war gerührt. Es war lange her, dass mir jemand so heftig seine Dankbarkeit gezeigt hatte (na ja, abgesehen von Charlie).

Im Auto bekam ich einen Moralischen. Was hatten die Mädchen denn getan? Sie hatten etwas Aufregendes erleben wollen und dabei ein bisschen Erfahrung mit Sexualität gesammelt. Ja und? Besser als Doktorspiele mit Jungs. Ich hatte ihnen diesen Spaß genommen, und sie waren der Zerstörerin ihres Glücks auch noch dankbar.

Ich startete den Motor, bevor meine Tränendrüsen sich aktivierten. Als ich nach Hause kam, war es halb zwei. Die Koffeintablette hatte ihre Tätigkeit endgültig eingestellt; ich konnte mich vor Müdigkeit kaum aufrecht halten. Obwohl ich mich bemühte, so leise wie möglich zu sein und das Licht aus ließ, wurde Anna Lena, die im Wohnzimmer auf der Couch schlief, wach. Sie blinzelte und fragte mit müder Stimme: „Und? Wie war's?"

„Fall gelöst", flüsterte ich. „Schlaf weiter. Ich erzähl es dir morgen."

Charlie wurde nicht wach. Sie lag friedlich schlafend auf ihrer Luftmatratze, wofür ich ihr dankbar war. Mein Bett gehörte wieder mir allein. Ich schaffte es noch, mich auszuziehen und mein Nacht-T-Shirt überzuwerfen. Kaum unter der Decke, war ich auch schon eingeschlafen.

Ich wurde wach, als Charlie aufstand. Es war acht. Meine übliche Aufstehzeit am Sonntag. Obwohl ich nur sechseinhalb Stunden geschlafen hatte, fühlte ich mich frisch und ausgeruht. Während Charlie das Frühstück bereitete, hüpfte ich unter die Dusche, wo ein Strahl eiskaltes Wasser das Quantum Restmüdigkeit, das geblieben war, aus meinem Körper trieb.

Als ich in die Küche kam, saßen Charlie und Anna Lena am Tisch, schmierten ihre Brötchen und sahen mich erwartungsvoll an. Ich zeigte Gnade und erzählte ihnen die Geschichte der letzten Nacht.

Charlie war enttäuscht. „Das soll alles gewesen sein? Eine Horde durchgeknallter Teenies? Keine echten Gespenster?"

Ich verhielt in der Bewegung, was bestimmt nicht gut aussah, da ich gerade im Begriff war, mich zu setzen. *Das soll alles gewesen sein?* Charlies Bemerkung rührte eine Saite in mir. Da war irgendwas. Irgendwo in meinem Innern. Ein Gedanke, den ich früher schon gehabt hatte, den ich aber nicht in seinem Versteck finden konnte. *Das soll alles gewesen sein?* Hatte ich etwas übersehen? Charlie hatte Recht, ich hatte nicht gerade viel. Konnten die Mädchen wirklich die Lösung des Rätsels sein? Wo war nur dieser verdammte Gedankensplitter?

Während des Frühstücks entspannte ich mich. Ich warf den Laptop an. Die Onlineausgabe des Tageblatts lenkte mich von meinen Gedanken ab. Ich kam bis zum dritten Artikel, als mir die Tasse aus der Hand fiel.

„Was ist?", fragten Anna Lena und Charlie gleichzeitig. Ihre Stimmen klangen besorgt.

Wortlos reichte ich Anna Lena den Laptop, und als sie den Artikel las, begann sie zu zittern.

15

Ich versuchte, in Anna Lenas Gesicht zu lesen. Ein Ding der Unmöglichkeit. Es blieb ausdruckslos wie das Gesicht eines Fisches im Aquarium. Doch das Zittern ihrer Hände, das allmählich auf den Rest ihres Körpers überging, sprach Bände. Sanft nahm ich ihr den Laptop aus der Hand, als sie zu Ende gelesen hatte, und las den Artikel noch einmal, bevor ich ihn Charlie gab.

Eigentlich hätte ich mich freuen müssen. Anna Lenas Fragen waren beantwortet, der Fall Lolita LeGuin endgültig abgeschlossen. Doch meine verdammte innere Stimme sagte mir, dass die Sache nicht koscher war. Es war zu schnell gegangen und zu glatt.

Ich nahm mir den Artikel ein drittes Mal vor. Was da mit großen Lettern übertitelt war, war nichts weniger als die Meldung, dass der Mörder der Edelprostituierten Lolita L. gefasst worden war. Es folgten ein paar Zeilen, die an Lolitas angeblichen Selbstmord erinnerten, und ein Lob auf die heimische Polizei, die dennoch weiter ermittelt hatte und zu der neuen Erkenntnis gelangt war, dass Lolita entgegen erster Einschätzung das Opfer eines Verbrechens geworden war. Bla bla blubb.

Plötzlich war es doch Mord? Nachdem ich mir tagelang den Mund fusselig geredet hatte, kam die Polizei endlich zu der Erkenntnis, dass Lolita doch ermordet worden war? Warum? War mein Flehen erhört worden und Horst hatte die richtigen Schritte eingeleitet? Irgendwie konnte ich das nicht glauben. Ich hatte einfach ein ungutes Gefühl. Natürlich konnte ich das Anna Lena gegenüber nicht zeigen. Ich stand auf und nahm sie in den Arm. „Siehst du, wir waren erfolgreich. Horst hat es geschafft."

Anna Lena sah mich an, und plötzlich öffneten ihre Tränendrüsen die Schleusen. Sanft presste ich ihren

Kopf an meine Brust und streichelte ihr das Haar. „He, was ist denn?"

„Es ist also wahr." Ihre Stimme stockte, durch trauriges Schniefen unterbrochen. „Mama wurde umgebracht."

Ich begriff. Solange ein Mörder nicht gefasst war, blieb die Möglichkeit, dass Lolitas Tod Selbstmord war. Suizid war schrecklich genug für ein Kind, aber es bedeutete zumindest, dass der Selbstmörder aus freien Stücken aus dem Leben geschieden war. Ein Mord hingegen ... Ein Mörder hatte ein Motiv. Mord bedeutete, dass es jemanden gab, der das Opfer kannte und aus bestimmten Gründen befand, dass der Tod die beste Option war.

Wer hasste Lolita? Was war sein Motiv? War Lolita in schlimme Dinge verwickelt gewesen? Das waren die Fragen, die Anna Lena durch den Kopf gehen mussten. Genauso, wie sie mir durch den Kopf gingen. Fragen, die ich nicht beantworten konnte. Nicht in diesem Augenblick. Aber ich schwor mir, den Fall nicht eher zu den Akten zu legen, bis er restlos aufgeklärt war.

Damit sie in Ruhe trauern und das Erfahrene verarbeiten konnte, ließ ich das Mädchen allein. Aber das war nicht der einzige Grund, warum ich ins Schlafzimmer ging. Dort lag mein Handy. Sorgfältig schloss ich die Tür, damit Anna Lena mich nicht hören konnte, und wählte Horsts Nummer. Ich hatte Glück, er war im Büro.

„Gratuliere, Horst. Scheint, dass meine Intervention euch auf die richtige Spur gebracht hat."

„Was? Redest du von Lolitas Mörder?"

„Nein, ich rede davon, dass Klein Fritzchens Oma an einer Verstopfung gestorben ist. Natürlich spreche ich von dem Mord. Ohne meinen Besuch bei dir hättet ihr wohl nicht weiter ermittelt und den Mörder gefunden."

„Ich muss dich enttäuschen, Vinnie. Wir sind gar nicht zu weiteren Ermittlungen gekommen."

„Was soll das heißen?"

„Wir haben einen Tipp bekommen."

„Einen Tipp? Du sprichst von einem anonymen Anrufer? So 'ne zwielichtige Gestalt wie in Hollywoodfilmen?"

„Ob zwielichtig oder nicht, der Tipp war jedenfalls richtig und führte direkt vor die Tür des Mörders."

„Also schön, jemand ist mir zuvorgekommen. Schwamm drüber. Hauptsache, ihr habt den Mörder. Und? Wer ist es?"

„Das ist noch nicht offiziell. Du weißt, dass ich dir den Namen nicht nennen darf."

„Komm schon, Horst. Früher oder später erfahre ich ihn doch."

„Mir ist später lieber."

„Horst …", säuselte ich und legte meinen ganzen Charme in dieses Wort. Doch die Leitung blieb still. Ich fürchtete schon, Bremer hätte das Gespräch beendet. Aber ich hatte kein Knacken gehört. Also musste die Verbindung noch aktiv sein. „Horst?"

Die Antwort kam nach einer Minute, seltsamerweise als kaum wahrnehmbares Flüstern. Offenbar war jemand in seiner Nähe und er konnte nicht frei sprechen. „Vinnie, hör zu. Ich bin heute Mittag in Hille. Lass uns bei Filiz eine Pizza essen."

„Lädst du mich ein?"

„Treib es nicht auf die Spitze."

„Also heute Mittag bei Filiz. Übrigens, wie war dein Date?"

Ich hörte ein dumpfes Stöhnen. „Frag nicht."

„So erfolgreich?" Ich konnte die Schadenfreude nicht unterdrücken; manchmal war ich Schwein. „Bis nachher."

Da ich das Telefon schon in der Hand hatte, beschloss ich, einen weiteren Anruf zu tätigen. Ortsvorsteher Franke nahm ab, und ich kam sofort zur Sache. Noch während meiner Schilderung der pikanten Ereignisse fing er an zu lachen.

„Das war's, Frau Borowski? Die Lösung ist so einfach? Da hätten wir ja auch von allein drauf kommen können. Sie müssen Tonnenheide ja jetzt für das letzte Bauerndorf halten."

„Durchaus nicht. Bedenken Sie, die Mädchen haben sich im Grunde nur drei Mal getroffen. Wäre Schnecki, der einzige Zeuge, nicht so benebelt gewesen, wäre das Geheimnis schon viel eher gelöst worden. Es war sozusagen eine Verkettung unglücklicher Umstände."

„Ja. Manchmal ist es einfach besser, wenn ein unbeteiligter Dritter einen Blick wirft."

„Herr Franke, eine Bitte. Ich habe den Mädchen Diskretion versprochen. Die Angelegenheit war ihnen peinlich genug. Ich werde keine Namen nennen, und versuchen Sie bitte nicht herauszufinden, wer dazugehörte. Sie werden es ohnehin nie wieder tun."

"Ich gebe Ihnen mein Wort. Tja, das war's dann wohl. Schicken Sie die Rechnung an mich."

„Sie bekommen auch einen ausführlichen Bericht. Hat mich gefreut, Ihre Bekanntschaft zu machen. Wenn Sie wieder mal einen Detektiv brauchen, wissen Sie ja, wo Sie mich finden."

„Wiedersehen, Frau Borowski."

Als ich die Ende-Taste drückte, war ich richtig stolz auf mich. Ich hatte zwei Fälle gelöst. Einen leichten und einen schwierigen. Und das innerhalb kurzer Zeit. Was ich zu diesem Zeitpunkt nicht ahnte, war, dass in Wahrheit keiner der beiden Fälle gelöst war.

Um Anna Lena aufzumuntern, packte ich sie nach dem Frühstück in mein Auto und fuhr mit ihr und Charlie nach Minden. Wir tingelten durch die Kneipen, gönnten uns Cocktails und genossen den Morgen. Die gute Stimmung in den Kneipen peitschte uns so auf, dass wir fast die Zeit vergaßen. Um zwölf erinnerte ich mich plötzlich an die Verabredung mit Bremer. Nun bekam ich es eilig. Wir tranken unsere Cocktails aus und hetzten zum Auto. Ich setzte Anna Lena und Charlie zu Hause ab und fuhr zu Filiz. Es war nicht allzu viel los. Horst war noch nicht da. Ich bestellte ein alkoholfreies Bier und widmete meine Gedanken Lolita LeGuin.

Mein Instinkt hatte mich nicht getrogen. Lolita hatte keinen Suizid begangen. Wer sie ermordet hatte, würde Horst mir gleich hoffentlich sagen. Über das Motiv des Mörders konnte ich nur spekulieren. Am wahrscheinlichsten schien mir, dass Isabelles Mörder herausgefunden hatte, dass Lolita Isabelles beste Freundin war. Und da Freundinnen sich in der Regel alles zu erzählen pflegen, war der Mörder wohl davon ausgegangen, dass Isabelle sich Lolita anvertraut und sie damit zur Mitwisserin gemacht hatte. Zur Mitwisserin von was auch immer. Soweit ich wusste, hatte Lolita aber nichts gewusst. Sie war also völlig umsonst gestorben. Und das machte mich wütend. Und deshalb wollte ich wissen, wer der Mörder war. Ich malte mir aus, wie ich ihn nackt an seinen Eiern aufhängte, den

Mistkerl. Wie er hilflos an seinem Seil zappelte, während Anna Lena, Charlie und ich ihn steinigten.

Bevor meine Gedanken eskalierten, kam Horst. Er machte einen gehetzten Eindruck, seine Krawatte hing locker und verrutscht um den Hals. „Hei, Vinnie", war alles, was er zur Begrüßung sagte, bevor er sich an den Tisch setzte und die Karte nahm. „Hast du schon bestellt?"

„Ich habe auf dich gewartet."

Wir gaben unsere Bestellung auf. Horst ließ sich vorab ein alkoholfreies Bier kommen, das er in einem Zug austrank. Ich sagte nichts und sah ihm dabei zu. Als er Zeit für mich hatte, setzte ich mein betörendes Frauenlächeln auf, mit dem ich Männer um den Finger zu wickeln pflege, wenn ich etwas von ihnen will. Er registrierte es und wurde nervös. „Was?"

„Wer ist es?"

Er seufzte. Mit fahriger Bewegung zog er ein Foto aus seiner Jackentasche. Ich schielte auf seine Hand. Das Bild sah offiziell aus, was hieß, dass es wohl vom Erkennungsdienst gemacht worden war. Es zeigte einen gepflegten Mann in den Dreißigern. Dreitagebart, wie sie zur Zeit üblich waren, wenn man dazugehören wollte – wozu auch immer -, blaue, nicht unangenehme Augen, schmales Gesicht, kurzes gepflegtes Haar. Keiner von der armen Sorte. Sein Ausdruck allerdings war verkniffen, abweisend, beinahe gewalttätig. Na ja, kein Wunder, wenn die Tschakos ihn im Griff hatten.

„Eddie Finger, ein stadtbekannter Zuhälter."

„Ein Zuhälter?"

„Nicht so laut", sagte Horst und sah sich entschuldigend grinsend nach den zwei, drei Gästen um, die nach meinem Ausruf zu uns herüberglotzten.

„Ein Zuhälter?", fragte ich noch mal leise. Und im Stillen: Ein Zuhälter? Warum ein Zuhälter? Das ergab keinen Sinn. Etwas lief hier gnadenlos schief.

„Offenbar arbeiteten Isabelle LaCour und Lolita Le-Guin nicht so, wie dieser Typ sich das vorstellte. Vielleicht haben sie sich heimlich was in die eigene Tasche gesteckt. Du weißt, wie sowas in dem Gewerbe geahndet wird."

„Womit du zugibst, dass auch Isabelle ermordet wurde."

„Es sieht so aus."

„Und dieser Finger soll der Mörder sein?"

„Unserem Informanten zufolge ja."

„Eurem Informanten zufolge? Wer ist das?"

„Wir bekamen einen Anruf."

„Lass mich raten. Anonym."

Horst nickte.

„Habt ihr seine Nummer zurückverfolgt oder sein Handy geortet?"

„Das Gespräch war zu kurz."

„Was hat er gesagt?"

„Nur dass er wüsste, dass Isabelle und Lolita nicht auf natürliche Weise gestorben wären, dass jemand nachgeholfen hätte. Und dann nannte er den Namen Eddie Finger."

„Er sagte nicht, warum er das wusste?"

„Doch. Er hätte Beweise. Fotos, die Finger bei seiner Tat zeigen würden."

„Hast du die Fotos?"

Horst griff noch einmal in seine Jackentasche. „Die wurden uns heute Morgen zugespielt."

„Ebenfalls anonym, nehme ich an."

Er nickte. Ich nahm die Bilder in die Hand. Und war schockiert. Eines zeigte Lolita, wie sie an ihrem Strick in der Schachtschleuse hing. Gott sei Dank war es zu dunkel, um Einzelheiten zu erkennen. Oben am Rand des Beckens stand eine dunkle Gestalt, die sich zu ihr hinabbeugte. Ein weiteres zeigte dieselbe Gestalt in derselben Haltung mit herangezoomtem Gesicht, das trotz der Dunkelheit deutlich zu sehen war. Der Fotograf musste gut vorbereitet gewesen sein, dachte ich. Dennoch war es eindeutig Finger. Ich war fassungslos.

„Und Isabelle?" Diesmal war ich diejenige, die kleinlaut piepste.

„Kein Foto. Wir haben nur Material zu Lolitas Ermordung."

„Habt ihr Finger schon vernommen?"

„Selbstverständlich. Er leugnet natürlich."

Ich hörte schon gar nicht mehr hin. Gerade war mein guter Glaube wie ein Kartenhaus zusammengestürzt. Lolita hatte so glaubwürdig geklungen. Und dabei hatten sie und Isabelle doch für einen Luden gearbeitet? Der Gedanke entsetzte mich so sehr, dass ich fast Horsts nächste Worte nicht mitbekommen hätte, jene Worte, die mein Gedankenkonstrukt retteten.

„Er behauptet, Isabelle und Lolita hätten nie für ihn gearbeitet und das Foto sei gefaket."

Blitzschnell setzte sich mein Kartenhaus wieder zusammen. Ich schlug mit der Faust auf den Tisch, was das Geschirr zum Klappern brachte und uns weitere verwunderte Blicke der übrigen Gäste bescherte.

„Also doch. Hör zu, Horst, da ist eine Riesenschweinerei im Gange. Lolita sagte mir, dass sie und Isabelle freiberuflich tätig waren. Sie arbeiteten weder für ein Bordell noch für einen Luden. Sie waren selbständig."

„Hast du Beweise dafür?"

„Nein, dafür hatte ich seinerzeit keine Veranlassung. Aber ich war in Isabelles Wohnung und ich war in Lolitas Wohnung. Glaub mir, der Lebensstil, den sie führten, war nicht der von gewöhnlichen Nutten. Sie verdienten gutes Geld. Und Lolita machte auch nicht den Eindruck, dass sie von jemandem abhängig war."

„Du meinst also, Finger sagt die Wahrheit."

„Genau. Die Sache stinkt. Jemand will Finger ans Messer liefern."

„Jemand? Du meinst den wahren Mörder?"

„Richtig. Den wahren Mörder, der immer noch frei herumläuft."

„Da ist nur ein Problem. Finger hat für die Tatzeit kein Alibi."

Ich zuckte die Achseln. „Na und? Hast du eins?"

„Bleib sachlich, Vinnie. Ich gebe zu, deine Argumentation hat etwas für sich. Aber sie stützt sich nur auf Vermutungen."

„Tun das nicht alle Ermittlungen bis zur Erlangung von Beweisen? Wo ist Finger jetzt?"

„Im Untersuchungsgefängnis natürlich."

„Natürlich. Kannst du mir Zutritt verschaffen? Ich würde gern mit ihm reden."

„Die Moko leitet den Fall. Wir sind nur Zuarbeiter."

„Wie üblich."

„Gut, ich werde sehen, was ich machen kann."

Und das war sicher mehr als ich konnte. Die Pizza kam. Selten hatte mir eine Pizza so gut geschmeckt. Ich war auf der richtigen Spur, und ich fühlte, dass Horst meiner Theorie nicht ganz abgeneigt war.

Als wir die leeren Teller an die Seite schoben, war es zwei Uhr. Da ich am Nachmittag nicht viel zu tun hatte, kam mir eine Idee. Mein lasziver Blick bekam einen weiteren Auftritt. „Horst? Kriegst du das hin, dass ich heute noch zu Finger kann?"

Er stöhnte. „Woher wusste ich, dass diese Frage kommt? Also gut, ich versuche es."

„Danke schön." Ich gab ihm einen Kuss auf die Wange. „Ich habe übrigens heute Abend noch nichts vor."

16

Der Anblick von Gefängnissen ist deprimierend. Meist handelt es sich um alte Backsteinbauten, die man vor dem Verfall noch einem sinnvollen Zweck zuführen wollte, oder um unpersönliche Betonbunker, die kalt und schmucklos in die Landschaft gepflanzt wurden und damit nicht nur den Häftlingen, sondern auch den Anwohnern düstere Anblicke offenbarten. Dazu hohe Mauern und Stacheldraht. Abgeschottete Welten, die der Normalbürger meidet, wenn er es kann. Leider konnte ich es nicht, auch wenn die JVA Ummeln von außen nicht so trist aussah wie ältere Gefängnisse. Eigentlich war das mehrstöckige Gebäude recht ansprechend. Angenehm war auch der Grüngürtel, in dem die Anstalt lag.

Es war nicht mein erster Besuch in Ummeln. Im Winter war ich schon einige Male hier gewesen, als ich eine Klientin befragte, die des Mordes an ihrem Ehemann beschuldigt wurde und mich beauftragt hatte, den tatsächlichen Mörder zu finden. Bis ich herausfand, dass sie selbst die Mörderin war und mich von Anfang an verschaukelt hatte. Als ich ihr Lügenkonstrukt aufgedeckt hatte, hatte sie sich ihrer Verantwortung durch Selbstmord entzogen.

Ich kannte also das Gefängnis. Und ich kannte auch das Prozedere, das ich mir als Besucherin gefallen lassen musste. Aber Bremer hatte gute Arbeit geleistet. Es war noch nicht einmal sechs, als man mich in den Besucherraum führte. Um diese Zeit war ich natürlich die einzige Besucherin. Unter Bewachung suchte ich mir aus dem üppigen Angebot einen Stuhl und wartete, dass man Finger hereinführte. Er kam zwei Minuten später in Begleitung zweier Wächter. Mein Wächter verließ daraufhin den Raum, und die beiden anderen postierten sich wie Marmorstatuen neben der Tür zum Gefängnistrakt.

Noch zu Hause hatte ich ein wenig recherchiert. Eddie war Halbasiate. Sein Vater hatte vor dreißig Jahren aus jugendlichem Leichtsinn heraus – und im Suff – aus einem Bangkokurlaub eine lebende Trophäe mit nach Hause gebracht. Das Mädchen hielt es die gesetzliche Mindestfrist zum Behalten der erworbenen deutschen Staatsbürgerschaft bei dem saufenden Nichtsnutz aus, bevor sie mit dem einzigen gemeinsamen Produkt ihrer kurzen Ehe auszog und es im waagerechten Gewerbe zu einigem Wohlstand brachte. Das Milieu hatte Eddie geprägt. Da er nichts anderes kannte, machte er es seiner Mutter nach, nur auf der anderen Seite. In wenigen Jahren hatte er sich am Markt etabliert, geriet immer wieder mit dem Gesetz in Konflikt, aber soweit ich herausfinden konnte, nie wegen etwaiger Kapitalverbrechen.

Dieser Mann also stand mir nun gegenüber. Seine Schlitzaugen waren zusammengepresst, als ob er mich so besser mustern konnte. (Es sieht übrigens sehr seltsam aus, wenn Asiaten ihre Schlitzaugen zu schmalen Schlitzen zusammenpressen.) Eine kühne schlanke Nase sah mir angriffslustig aus einem nicht unsympathischen Gesicht entgegen. Die Lippen waren wie die Augen zusammengepresst, als wollte er zeigen, dass er nichts zu sagen gewillt war. Sein glänzendes schwarzes Haar war nach hinten gelegt und begann bereits, unter der Gefängniseinwirkung seine Fönfassung zu verlieren. Eingeklemmt zwischen den beiden Wärtern wirkte seine schlanke Gestalt beinahe jämmerlich. Doch als ich aufstand, um ihm die Hand zu geben, musste ich feststellen, dass er mich um einen Kopf überragte.

Abweisend drehte er sich zur Seite. Ich zuckte die Achseln und setzte mich wieder. Eddie wurde gesetzt. Seine gefesselten Hände musste er auf die Tischplatte legen. Seine langen gepflegten Finger, die ebenso schmalen Handflächen entsprangen, trommelten nervös auf dem kalten Resopal. Eddie hatte in seinem Leben augenscheinlich nicht viel mit körperlicher Arbeit am Hut gehabt. Trotz seiner prekären Lage sah er mich herausfordernd an und wechselte den Gesichtsausdruck zu einem überheblichen Grinsen. Er bemühte sich redlich, das Klischee, das Privatdetektive von Zuhältern besaßen, zu bedienen.

Dann begann er zu sprechen, laut und deutlich, mit nicht unangenehmer glockenheller Tenorstimme. Doch sein Duktus troff vor Arroganz und Verachtung. „Und, Puppe? Suchst du 'nen Job? Leider führe ich im Moment keine Einstellungsgespräche."

„Herr Finger …", begann ich, wurde aber sofort unterbrochen.

„Herr Finger." Er lachte sich kaputt. Seltsamerweise hatte ich das Gefühl, dass er sich nicht über mich lustig machte, sondern tatsächlich etwas witzig fand. „Herr Finger. Niemand nennt mich so. Sag einfach Eddie."

„Und niemand nennt mich Puppe. Sag einfach Lavinia."

„Lavinia. Respekt." Seine Brauen zuckten nach oben. „Meistens habe ich mit Chantals, Cheyennes und Jacquelines zu tun. Aber ich hab sofort gesehen, dass du was anderes bist. Schade, dass du keinen Job brauchst. Wir hätten gut zusammengepasst. Aber diese Clowns hier", er deutete auf die Beamten, „sagten mir, du wärst Privatdetektiv."

„Diese Auskunft ist korrekt."

Wieder lachte er. „Privatdetektiv. Das ist ja nicht zu glauben. Selbst im Gefängnis stellt diese Sorte mir hinterher."

„Es ist mir völlig egal, was du angestellt hast. Ich bin nicht im Auftrag deiner Pferdchen hier."

„Da fällt mir aber ein Stein vom Herzen. Ich dachte schon, die faule Bagage hätte sich gegen mich verschworen."

„Eddie, du wirst des Mordes an zwei Prostituierten in Minden beschuldigt."

Sein Lachen erstarb von einer Sekunde zur anderen.

„Gequirlte Scheiße. Ich habe niemanden umgebracht."

„Die Polizei behauptet, sie hätten für dich gearbeitet."

„Bullshit. Die Bullerei sollte den Markt eigentlich kennen. Ich jedenfalls tue es. Und ich sage, von meinen Pferdchen hat keine ins Gras gebissen."

„Wem bist du auf die Füße getreten?"

„Was?"

„Die Polizei sagt, sie wäre durch einen Informanten auf deine Spur gekommen."

„Weißt du, wer mich verpfiffen hat?" Eine Spur Aggressivität hatte sich in seine Stimme gemischt. Nicht mir gegenüber. Es war die Aggressivität, die man einem unbekannten Gegner, den man nicht kannte und der im Verborgenen gegen einen arbeitete, entgegenbrachte.

Ich schüttelte den Kopf. „Nein. Aber das würde mich auch sehr interessieren."

„Wenn ich den Dreckskerl in die Finger bekomme, reiße ich ihm höchstpersönlich die Eier ab und stopfe sie ihm in sein Schandmaul."

„Hast du Feinde? Will dir jemand was anhängen?"
Eddie lehnte sich zurück. Er schien zu überlegen.

„Hast du jemandem was weggenommen?", fragte ich weiter. „Bist du in das Revier eines Konkurrenten eingedrungen?"

Eddie dachte immer noch nach. Es war mucksmäuschenstill im Raum, selbst die Wärter taten nicht einen Räusperer. Die Welt wartete auf Eddies Antwort. Sie kam nach ziemlich genau zwei Minuten.

„Hör zu, Pup... Lavinia. Ich habe keine Feinde. Jedenfalls gibt es niemanden, mit dem ich offen im Krieg stehe. Die Grenzen sind abgesteckt. Jeder Kollege achtet sorgfältig darauf, nicht in fremden Gefilden zu wildern. Wir sind hier nicht in Chicago. In Minden geht selbst unser Gewerbe gesittet zu. Die Antwort auf deine Frage lautet also nein. Ich habe keine Feinde. Keine, von denen ich weiß."

„Und die, von denen du nicht weißt? Freunde oder Ehemänner deiner *Angestellten*? Freier, die sich betrogen fühlen? Helfer, die ein Stück mehr abhaben wollen vom Kuchen?"

„Du machst mir Angst, weißt du das? Wenn ich das so höre, was du alles aufgezählt hast, krieg ich das Fracksausen. Sobald die Geschichte hier überstanden ist, werde ich mir Bodyguards zulegen."

„Also nochmal zum Mitschreiben. Dir ist niemand bekannt, der dich so hasst, dass er dich eines Verbrechens bezichtigt, das du nicht begangen hast?"

„Also, Lavinia, ich glaube bald, du hältst mich tatsächlich für unschuldig."

„Eddie Finger, ich sag dir jetzt mal was unter uns Chorschwestern. Ich mag Typen wie dich nicht. Kerle, die Mädchen zum Sex zwingen und ihnen die Kohle, die sie dafür kriegen, auch noch wegnehmen. Luden sind für mich Abschaum und kommen gleich nach Kinderschändern und Konzernmanagern. Bei eurem Anblick kommt mir das Kotzen. Aber noch weniger vertrage ich Unrecht. Und in deinem Fall bin ich davon überzeugt, dass dir Unrecht angetan wird. Ich kannte eins der Opfer. Sie war meine Klientin. Sie sagte mir, sie war freischaffend. Genau wie ihre Freundin. Und ich bin sicher, dass sie es war. Nichts deutet darauf hin, dass die beiden für Subjekte wie dich gearbeitet hätten. Und aus diesem Grund halte ich dich für unschuldig."

„Wie hieß deine Freundin?"

Ich überlegte. Durfte ich Eddie den Namen sagen? Lolita war tot, ihr würde es nicht mehr schaden. Und der Name Lolita L. war schon in den Medien genannt worden. „Lolita LeGuin."

„Lolita." Eddie stieß einen Pfiff aus. Die Wärter sahen aufgeschreckt herüber.

„Lolita", sagte er noch einmal. „Donnerwetter, Pilger. Da hast du dir ja die beste von allen als Klientin geangelt. Hinter Lolita waren alle her."

„Welche alle?"

„Alle von meiner Zunft. Jeder hätte sie gern in seinem Stall gehabt. Auch ich, wie ich zugeben muss. Wie oft habe ich auf sie eingeredet, zu mir zu kommen. Ich habe ihr die besten Kunden und das höchste Gehalt angeboten. Aber Pustekuchen. Sie wollte unabhängig bleiben. Ich habe ihre Unabhängigkeit akzeptiert. Aber ein anderer konnte damit vielleicht nicht leben."

„Du meinst, einer von deiner Sorte hat sie kaltgemacht?"

„Nun ja, das ist ein bisschen weit hergeholt. Ich kenne meine Kollegen. Und ich traue keinem von ihnen. Einige sind darunter, die würden ihre eigene Mutter an den Start bringen, wenn das Rendite abwirft. Aber ein Mord? Nein, das kann ich mir nicht vorstellen. Wir sind, wie gesagt, nicht in Chicago."

Nein, waren wir nicht. Trotzdem bildete mein Hirn bereits Synapsen zu der Frage, ob ich dieser Spur nachgehen sollte: ein Konkurrent Eddies als Mörder. Dann ergab zumindest die Tatsache Sinn, dass Eddie denunziert wurde.

„Die Polizei sagt, du hast kein Alibi für die Tatzeit."

„Na ja." Sein Hintern begann plötzlich, den Stuhl zu polieren. Als die Hämorrhoiden wegpoliert waren, beugte er sich zu mir herüber und flüsterte mir ins Ohr: „Ich habe jemanden vermöbelt. Einen, der meinen Babys wehtun wollte. Verbringt jetzt ein paar Wochen Urlaub bei Johannes Wesling. Aber das kann ich doch nicht der Polizei erzählen."

Nein, nicht wirklich. Jemanden krankenhausreif zu schlagen, war eindeutig kein gutes Alibi.

„He, kein Flüstern." Einer der Wärter kam näher und nahm eine bedrohliche Haltung ein.

„Schon gut." Eddie hob die gefesselten Hände und setzte sich wieder auf seinen blankpolierten Stuhl.

Ich dachte über Eddies Antwort nach. Es schien, als hätte er Vertrauen zu mir gefasst. Ich war versucht, ihm zu sagen, dass er es der Polizei ebenfalls mitteilen sollte. Immerhin war eine Anklage wegen Körperverletzung besser als eine wegen Mordes. Aber ich ließ es, weil ich wusste, dass er es ohnehin nicht tun würde.

„Du hältst es also für möglich", fragte er, „dass einer meiner honorigen Kollegen mich aus dem Rennen schmeißen will, um sich meine Pferdchen zu angeln?"

„Es wäre eine Möglichkeit. Was sagt denn dein Anwalt?"

„Der feine Pinkel war nur einmal hier. Keine Sorge, Eddie, sagte er, wir holen dich hier schon raus. Seitdem nichts. Der feine Drecksack. Wahrscheinlich befragt er jetzt meine Mädchen und lässt sich auf meine Kosten die Eier kraulen.

Hör zu, Lavinia. Ich weiß, du magst Typen wie mich nicht, das hast du eindeutig klar gemacht. Aber ich schwöre dir, bei allem Blödsinn, den ich in meinem Leben verzapft habe, ein Mord war nicht dabei. Ich mag dich. Du hast Chuzpe. Du hast Eier. Ich würde dich gern engagieren. Finde das Arschloch, dem ich das hier zu verdanken habe."

„Und dann beförderst du ihn ins Krankenhaus wie dein Alibi? Ich arbeite nicht für Typen wie dich. Außerdem habe ich schon einen Fall am Laufen. Und du hast einen Anwalt."

„Okay, schon kapiert. Versuchen wir es anders. Schließ die Augen und stell dir vor, vor dir sitzt ein Unschuldiger, dem sie die Eier abschneiden wollen. Du hast selbst gesagt, du hasst nichts so sehr wie Unrecht. Und wenn ich dich recht verstanden habe, denkst du, ich bin unschuldig. Kannst du es zulassen, dass sie einen Unschuldigen einbuchten? Wegen Mordes?"

„Deinem Anwalt traust du wohl gar nichts zu."

126

Er zuckte die Achseln. Auf seinem Gesicht erschien ein hilfloses Grinsen. Scheiße, er hatte mich. In diesem Moment hatte ich wirklich Mitleid mit ihm. Ich hasste mich dafür, aber so war es. Und so kam es, wie es kommen musste.

„Also gut, Eddie, ich mach's. Fünfhundert am Tag plus Spesen."

„Deal." Er gab mir die Hand – was wegen der Handschellen nicht ganz einfach war - und ich schlug ein. Damit war mein Job hier erledigt. Erleichtert, der bedrohlichen Atmosphäre des Gefängnisses zu entkommen, wandte ich mich zum Gehen. Ein Wärter stand auf und öffnete mir die Tür. Ich wollte gerade hindurch, als Eddie mir nachrief: „He, Lavinia."

Also drehte ich mich noch einmal um. Wie er da stand, in seiner Gefängniskluft mit den gefesselten Händen, sah er tatsächlich aus wie ein unschuldiger Schuljunge.

„Danke", sagte er leise, fast ein wenig demütig. „Es gibt nicht viele, die so etwas für mich tun."

„Du bezahlst mich ja dafür."

„Trotzdem. Ich weiß das zu schätzen. Wenn ich hier rauskomme, hast du was gut bei mir. Weißt du, in einer anderen Welt hätten wir beide … Ich meine … Wer weiß, du und ich, unter anderen Voraussetzungen … Vielleicht wäre es ja was geworden mit uns beiden."

Ich musste lachen. „Mach's gut, Eddie."

Der kleine Scheißer hatte es tatsächlich geschafft und mich für sich eingenommen. Vielleicht musste ich meine Einstellung dem horizontalen Gewerbe gegenüber ändern. Vielleicht waren Zuhälter nicht ganz so schlecht, wie ich sie mir vorstellte. Einige wenigstens. Na gut, vielleicht auch nur einer. Wie dem auch sei, ich war unerwartet guter Laune, als ich auf den Flur hinaustrat. Wo sie sich allerdings schlagartig änderte angesichts der Gestalt, die mir mit ausholenden dominanten Schritten entgegenkam.

KHK Habermann, Leiter der Bielefelder Mordkommission, war eines der widerwärtigsten Subjekte, die mir im Leben untergekommen waren. Hässlich, unsympathisch, von Ehrgeiz zerfressen. Ein Kameradenschwein. Die Begegnung der dritten Art erfolgte im letzten Winter, als ich am Rahdener Nordpunkt Opfer einer Intrige geworden war. Ich konnte ihm ja noch verzeihen, dass er mich als Mörderin verdächtigte. Die Umstände sprachen ja tatsächlich gegen mich. Aber es war unnötig, mich halbnackt, wie der wahre Täter mich zurückgelassen hatte, an Händen und Füßen gefesselt im Freien zu vernehmen, nachdem ich bereits die halbe Nacht bewusstlos in der Kälte gelegen hatte. Horst Bremer hatte mich gerettet. Doch Habermann hielt selbst nach dem Beweis meiner Unschuld an seinen unhaltbaren Anklagen fest. Seitdem waren wir die besten Feinde.

„Ach nein", sagte Habermann mit schiefem Grinsen, als hätte er auf eine Zitrone gebissen. „Wen haben wir denn da? Ist das nicht die männermordende Expolizistin aus Minden?"

„Ich freue mich auch, Sie zu sehen, Habermann."

„Oh, Sie kennen sogar noch meinen Namen. Das ist gut. Sie sollten ihn auch nie vergessen. Leider hatten Sie damals in Rahden einflussreiche Freunde, die der Welt Ihre Unschuld aufdrängten. Aber niemand ist ganz unschuldig. Irgendeinen Dreck haben Sie am Stecken. Und ich werde ihn finden, Frau Dreckowski."

„Finden Sie erst mal meinen Namen, Haarmann."

„Gut gekontert, Schwachmatowsky. Aber ich behalte Sie im Auge. Sie stehen ganz oben auf meiner Liste."

„Tatsächlich? Danke für die Blumen. Aber Sie müssen sich hinten anstellen. In Minden gibt es weitere Gangster, die es auf mich abgesehen haben."

„Vorsicht, Looserowsky, ganz dünnes Eis. Warum dürfen Sie dieses Gebäude eigentlich verlassen? Guter Anwalt? Oder waren meine Kollegen wieder zu zärtlich?"

„Ich muss Sie enttäuschen. Es ging nicht um mich. Ich habe mich mit einem Klienten unterhalten."

„Wie lange lebt er denn noch? Wie ich hörte, haben Ihre Klienten im Allgemeinen keine besonders hohe Lebenserwartung."

„Nun ja, diese Begegnung zumindest hat er überlebt. Aber sagen Sie, Labermann, brauchen Sie zufällig einen Privatdetektiv?"

Mit seinen Lippen geschah etwas, das ich beim besten Willen nicht identifizieren konnte. „Respekt, Doofowsky, der war echt gut. Sie haben Glück – ich habe es eilig. Ich hätte diese reizende Unterhaltung gern fortgeführt, aber ein Delinquent wartet auf seine Hinrichtung."

„Nun, dann wünsche ich fröhliche Verrichtung."

Schnell drehte ich ihm den Rücken zu und noch schneller entfernte ich mich.

17

Draußen atmete ich drei Mal tief ein und aus, um Habermanns Pestgeruch aus der Nase zu bekommen. Die Abenddämmerung hatte eingesetzt, aber es war immer noch warm genug, um ohne Jacke nach Hause zu fahren. Während der Fahrt musste ich ständig an Eddie denken.

Gut, ich war schwach geworden und hatte mein Vertrauen einem Subjekt geschenkt, das ich unter normalen Umständen verachtete. Aber die Umstände waren nicht normal. Natürlich konnte er mich angelogen haben, und mit tödlicher Sicherheit hatte er Dreck am Stecken. Das haben Zuhälter immer. Trotz allem war ich überzeugt, dass Mord nicht zu seinem Repertoire gehörte und er damit als Mörder von Lolita und Isabelle ausschied. Die Gründe lagen auf der Hand. Lolita war nicht der Typ, der sich mit Subjekten wie Eddie abgegeben hätte. Ich hatte sie als emanzipierte Frau kennengelernt, eine unabhängige starke Person, die sich nie in Abhängigkeit von Zuhältern begeben hätte. Nur ihre Unabhängigkeit hatte ihr Wohlstand beschert.

Ich glaubte Eddie also, wenn er sagte, dass Isabelle und Lolita nicht zu seinem Stall gehörten. Damit war er in meinen Augen unschuldig, was die Morde anbelangte. Die Frage war, ob er das in den Augen der Polizei auch war. Meine Exkollegen hatten Lolita nicht gekannt. Würde es also Sinn haben, meine Energie in den Versuch zu stecken, die Polizei von Eddies Unschuld zu überzeugen? Wahrscheinlich nicht, aber versuchen würde ich es. Ich hatte ja Bremer. Und Horst war zumindest auf einer Schiene empfänglich für mich. Nach seinem kürzlichen Misserfolg in Sachen Frauen würde er mich bestimmt nicht von der Bettkante stoßen.

Ich rief ihn vom Auto aus an. Zufälligerweise hatte er an diesem Abend frei. Und als er hörte, dass ich ihn besuchen wollte, begann er sogar sich zu freuen, obwohl er nicht unerwähnt ließ, dass ich bestimmt Hintergedanken hatte. Er kannte mich gut.

Als ich bei ihm ankam, stand die Pizza schon auf dem Tisch. Horst wohnte zur Miete in drei kleinen Zimmern in Rodenbeck, spartanisch eingerichtet, ohne jede Deko – wie Männer es eben so machen. Aber sie war stets aufgeräumt und sauber. Sie war immer so sauber, dass man direkt vom Boden essen konnte.

Zur Pizza tranken wir Rotwein. Eine ganze Flasche. Um den Nachhauseweg machte ich mir keine Gedanken. Wenn mein Plan klappte, endete mein Weg diese Nacht in Rodenbeck. Der Wein löste die Hemmungen, und wir waren richtig guter Laune, als wir eine Stunde später, als wir es wirklich nicht mehr aushielten, im Bett landeten.

Ich ließ mich von Horst mit seinen Handschellen an den Rahmen fesseln. Was folgte, war eine Explosion der Sinne. Als es vorüber war, sanken wir erschöpft zurück und machten eine kurze Pause. Wirklich nur eine kurze, dann übermannte uns erneut die Lust. Beim zweiten Mal tauschten wir die Rollen. Ich brachte Horst bis zur Ekstase, was bei Männern nicht schwierig ist, da man sie, wenn man geschickt ist, minutenlang hinhalten kann. Und ich war sehr geschickt. Danach brauchten wir eine richtige Pause.

Als wir so dalagen und ich Horsts verzücktes Gesicht betrachtete, wusste ich, dass der Boden bereitet war. Ich ließ meinen Zeigefinger auf seiner behaarten Brust kreisen, was seiner Kehle wohlige Töne entlockte.

„Horst?"

„Mhm."

„Er ist unschuldig."

„Wer?"

„Eddie Finger. Er ist unschuldig, Horst."

„Das sind sie doch alle."

„Nein. Er ist es wirklich."

„Ist er unschuldig oder glaubst du, dass er unschuldig ist?"

„Na schön, ich glaube, dass er unschuldig ist. Aber es gibt Beweise."

„Oder vielleicht auch nur Indizien?"

„Nenn es wie du willst. Du weißt, dass Lolita und Isabelle Freiberuflerinnen waren. Sie hatten keinen Zuhälter und arbeiteten für die eigene Geldbörse. Das ist sicher eine Ausnahme, aber auch Eddie bestätigte mir, dass es solche Fälle gibt. Die Luden sehen das natürlich nicht gern, und immer wieder gab es Versuche, die beiden Frauen in ein Angestelltenverhältnis zu bringen."

„Angestelltenverhältnis. Nett ausgedrückt."

„Auch Eddie hat es versucht, ist aber abgeblitzt."

„Und das reicht, um ihn als unschuldig zu betrachten?"

„Natürlich nicht. Ich gebe zu, es wäre ein Motiv, die Frauen zu beseitigen, weil sie das Gefüge störten."

„Aber?"

„Aber wir sind hier nicht in Chicago." O Gott, jetzt zitierte ich tatsächlich einen Zuhälter. „In Minden sind die Grenzen abgesteckt. Die Zuhälter tun sich untereinander nichts."

„Und damit tun sie auch Lolita und Isabelle nichts."

„Genau. Aber, wie du schon sagst, das ist reine Spekulation und kein Beweis. Aber Eddie sagte mir noch etwas. Er hat ein Alibi."

„Hast du es überprüft?"

„Noch nicht. Auf meiner Prioritätenliste stand erst noch ein Besuch in Rodenbeck." Ich zauberte ein schmutziges Grinsen in mein Gesicht.

Horst lachte. „Okay. Verrätst du mir sein Alibi?"
„Er sagt, dass er in der fraglichen Nacht in eine Schlägerei verwickelt war."
„Mir ist keine entsprechende Anzeige bekannt. Und außerdem: in welcher Nacht? Die, in der Isabelle ermordet wurde, oder die, in der Lolita den Tod fand?"
Ich erbleichte. Horst hatte Recht. Wenn Eddies Aussage richtig war, hatte er nur für eine Nacht ein Alibi. Ich war stillschweigend davon ausgegangen, dass es die Nacht war, in der Isabelle getötet worden war. Aber wenn ich meine Theorie aufrechterhalten wollte, dass auch Lolita ermordet wurde, fehlte ein Alibi für jene Nacht. Andererseits, wenn er Isabelle nicht umgebracht hatte, warum sollte er dann Lolita töten? Dennoch, der Zweifel machte mich unruhig. Ich war plötzlich hellwach und wäre am liebsten auf der Stelle noch einmal ins Gefängnis gefahren. Aber das musste bis zum Morgen warten. Es würde mich eine Menge Zeit und Benzin kosten. Aber es musste sein, diesen Punkt musste ich klären.
Horst schien zu merken, dass meine Gedanken abschweiften. Er richtete sich auf und legte seine Hand in meinen Schoß. „He, Süße, alles klar?"
Natürlich war alles klar. Nur ausgesprochen frigide Frauen würden auf eine solche Berührung nicht reagieren. Und frigide war ich nicht. Für den Rest der Nacht verschwand Eddie Finger in der Wiedervorlageschublade meines Hirnkastens.

Am nächsten Tag ging die Welt unter. Es goss in Strömen. Glücklicherweise war es zu warm für Schnee. Aber der Regen machte auch so zu schaffen und verwandelte die Straßen in Flüsse. Der Himmel war so dunkel, dass die Stadtwerke die Straßenlampen gar nicht erst abschalteten.

Ich frühstückte und duschte noch bei Horst, dann fuhr ich nach Hause, um mich umzuziehen. Auch wenn ein Minirock nicht unbedingt die passende Bekleidung für einen Besuch im Männergefängnis war – in einer nassen Hose hätte ich mich nicht wohlgefühlt. Dazu eine leichte, dunkle Bluse, die ebenfalls schnell trocknen würde. Derart ausgestattet, sollte die Fahrt einigermaßen zu ertragen sein.

Der Weg nach Bielefeld war grauenhaft. Ich geriet in den dicksten Berufsverkehr. Lastwagen und Traktoren taten ein Übriges, sodass es halb elf wurde, bis ich endlich an der JVA ankam. Weil ich schon am Morgen den Termin klargemacht hatte, ging alles schnell über die Bühne, und ruckzuck saß ich wieder im Besucherraum.

Als Eddie mich sah, pfiff er durch die Zähne. „Donnerwetter, Lavinia. Sieht ja aus, als wolltest du doch für mich arbeiten."

Ich verzichtete auf eine entsprechende Antwort und kam gleich zur Sache. „Eddie, ich muss dein Alibi überprüfen. Ich brauche Namen."

„Vergiss es."

„Warum?"

„Das habe ich dir schon gesagt. Ich will keine Anzeige wegen Körperverletzung."

„Eine wegen Mordes ist dir lieber, was?"

„Du wirst den richtigen Mörder schon finden. Dann erledigt sich alles von allein."

„Mag sein. Aber damit ich den richtigen finde, brauche ich Namen."

„Lavinia." Eddie legte seine gefesselten Hände auf die meinen. Ich zuckte zusammen. Nicht weil es mir unangenehm war – Eddie hatte weiche Hände, die Berührung war sanft und gleichzeitig fest, genauso wie Frauen es mögen. Ich war einfach überrascht über die plötzliche Zurschaustellung von Gefühlen. Der Wärter anscheinend auch. Neugierig sah er zu uns herüber.

„Lavinia", wiederholte Eddie. „Lass die Finger davon. Das ist eine wirklich üble Sache, und ich möchte nicht, dass du hineingezogen wirst."

„Ich bin volljährig, Eddie. Und ein bisschen verteidigen kann ich mich auch."

Seufzend lehnte er sich zurück. „Oh Mann, du bist wirklich hartnäckig. Also gut, was willst du wissen?"

„Den Namen des Mädchens, das du beschützt hast."

„Sie heißt Jennifer. Jennifer Rose. Ein ganz junges Ding, gerade achtzehn. Ich hab sie vor einem Jahr von der Straße aufgesammelt. Oder von der Gosse, sollte ich wohl besser sagen. Sie war fertig. Junkie. Ihr Freund, der Wichser. Macht sie erst abhängig von dem Zeug, schiebt ihr dann einen Braten in die Röhre, und als es kritisch wird, macht er sich aus dem Staub. Jenny hat keine Familie, und nachdem sie ihre Miete nicht mehr zahlen konnte, auch keine Wohnung. Sie irrte durch die Straßen, schlief unter Brücken. Und das alles mit dem Bastard in ihrem Bauch. Zuerst suchte sie Essenreste aus Mülleimern. Dann kam sie auf die Idee, ihren ausgemergelten Körper zu verkaufen. So bin ich auf sie aufmerksam geworden.

Es war eines Nachts auf der Schlagde. Ich hatte einen kleinen Zug durch die Gemeinde gemacht und war auf dem Weg zu meinem Wagen. Plötzlich trat eine Gestalt aus dem Dunkel. Ich zuckte zusammen, ging in Abwehrstellung. Lust auf einen Fick, fragte das Mädchen. Nur fünfzig Mäuse.

Ich war so perplex, dass mir die Worte fehlten. Ich meine, ich habe meinen eigenen Stall, bin in der Branche bekannt, und dann spricht mich dieses verwahrloste Mädchen an, ob ich mit ihr poppen will. Meine Neugier war geweckt. Ich drückte ihr einen Fuffi in die Hand und nahm sie mit zu mir nach Hause.

Nein, keine Angst", sagte er und hob die Hände, als er sah, dass ich die Stirn runzelte. „Ich hab sie nicht angerührt. Hab ihr zu essen und zu trinken gegeben, hab ihr die Badewanne einlaufen lassen und ihr saubere Klamotten besorgt. Und dann haben wir geredet. Als wir vertrauter wurden, erzählte sie mir ihre Geschichte. Und damit hatte sie nicht nur meine Neugier und meinen Geschäftstrieb geweckt, sondern auch mein Mitleid."

„Mitleid?" Meine Brauen zuckten in die Höhe.

„Luden sind auch nur Menschen. Nun, es kam, wie es kommen musste. Irgendwie mochte ich die Kleine. Und so beschloss ich in jener Nacht, sie unter meine Fittiche zu nehmen. Ich besorgte ihr ein Zimmer und stellte sie ein. Das Baby ließen wir wegmachen, und nach einer Entziehungskur war sie clean. Ich päppelte sie auf und brachte ihr alles bei, was sie wissen musste. Heute ist sie eine meiner rentabelsten Investitionen.

Und dann kam dieser Spacko. Plötzlich tauchte er wieder auf, ihr Exfreund. Irgendwie hatte er mitbekommen, dass es Jenny gutging und sie Geld verdiente. Von dem Kuchen wollte er was abhaben. Eines Morgens stand er in ihrem Zimmer. Jenny hat mir alles erzählt. Seine Klamotten waren alt und stanken, genauso wie seine schäbige Gestalt. Wahrscheinlich lebte er auf der Straße, so wie Jenny zuvor. Natürlich war er stramm wie eine Haubitze. Zuerst versuchte er es auf die sanfte Tour. Du weißt schon, in der ersten Phase schmachten sie dich an, lügen dir das Blaue vom Himmel und versuchen dich zurückzuholen. Als er merkte, dass Jenny nicht darauf ansprang, kam er zur Sache. Er schlug sie, riss ihr die Kleider vom Leib und vergewaltigte sie. Mit letzter Kraft gelang es ihr mich anzurufen.

Als ich eintraf, war er noch da. Jenny lag auf dem Boden, schlaff, mit geschlossenen Augen. Im ersten Moment dachte ich, sie wäre tot. Aber dann bemerkte ich, dass sie noch atmete. Der Typ lag auf ihr, ebenfalls nackt, sein Schwanz noch in Jennys Schoß. Da bin ich ausgerastet. Ich stürzte mich auf ihn, riss ihn von Jenny herunter und ballerte ihm meine Fäuste in Gesicht und Magen und in seine Eier. Er schlug zurück. In der folgenden Keilerei verlor ich den Überblick. Plötzlich sackte er zusammen. Auf seinem Bauch erschien ein roter Fleck, der rasch größer wurde. Verwirrt blickte ich mich um und sah Jenny neben mir. Mit einem Messer in der Hand. Sie hatte blaue Flecken am ganzen Körper. Blut klebte in ihrem Gesicht. Aber gebrochen war zum Glück nichts. Dennoch würde sie einige Tage nicht arbeiten können.

Wütend betrachtete ich den Kerl auf dem Boden, der schuld war, dass ich nun Einnahmeausfälle hatte. Aber noch wütender war ich, dass er der Kleinen was angetan hatte. Und dann kam es wieder über mich. Ich trat zu, obwohl er bereits hilflos und blutend am Boden lag. Immer wieder trat ich dahin, wo es weh tut: in die Eier, in die Nieren, den Solarplexus. Aber immer wieder in die Eier. Ich wollte, dass dieser Kerl nie wieder seinen Schwanz in ein Mädchen steckt. Als er kaum noch japsen konnte, haben wir ihn gepackt und in meinen Wagen geschleppt. Im Hiller Moor haben wir ihn abgelegt. Seitdem haben wir nichts mehr von ihm gehört. Aber da keine Leiche im Moor gefunden wurde, gehe ich davon aus, dass er es geschafft hat, die miese Ratte."

Ich versuchte mich zu erinnern, ob etwas in den Zeitungen gestanden hatte. Doch wenn meine Synapsen mich nicht im Stich ließen, waren aus dem Moor nur Meldungen über Moorbegehungen und das neue Moorhus gekommen. An einen Bericht über eine Leiche oder einen betrunkenen Exhibitionisten hätte ich mich gewiss erinnert. Also hatte Eddie wohl Recht, der Schwachkopf war davongekommen. Hoffentlich mit irreparablem Schaden im Gemächt.

„Jenny brachte ich ins Krankenhaus", fuhr Eddie fort. „Sie hat nur Prellungen, aber die Hämatome werden sie noch einige Tage am Arbeiten hindern. Ja, so war's." Seine Stimme wurde wieder lauter, aber der Wärter blieb neutral; wahrscheinlich hatte er von Eddies Vortrag wenig mitbekommen. „Das geschah in jener Nacht, als Isabelle ums Leben kam. Glaubst du mir, dass ich nicht der Mörder bin?"

Es klang plausibel. Eddie war die ganze Nacht beschäftigt gewesen. Ein lupenreines Alibi. Sofern er nicht gelogen hatte. Aber das glaubte ich nicht. Mein Gefühl sagte mir, dass Eddie die Wahrheit sprach.

„Es war Notwehr", sagte ich. „Die Staatsanwaltschaft würde zwar routinemäßig ein Verfahren wegen Körperverletzung einleiten. Aber so wie ich es sehe, habt ihr nur Jennifers Leben verteidigt."

„Ja, mit einem Messer und Rührei."

„Rührei ist die adäquate Strafe für Vergewaltigung."

„Ich möchte Jenny nicht mit hineinziehen. Finde den wahren Mörder, Lavinia. Wenn dir das nicht gelingt,

können wir immer noch über die andere Option nachdenken."

„Na schön. Trotzdem möchte ich die andere Option
schon mal vorbereiten. Ich brauche von Jennifer eine
Bestätigung deiner Aussage." Natürlich wäre ein
Blick in die Krankenakte aussagefähiger, aber ohne
größeren Aufwand würde ich da nicht herankommen.
Also erst einmal Jenny. „Wie ist ihre Adresse?"
Er gab sie mir ohne Zögern. Ich stand auf, mehr konnte ich im Moment nicht tun. Beim Hinausgehen drehte
ich mich noch einmal zu ihm um. „Du weißt, dass du
jederzeit hier raus kannst, auch ohne meine Hilfe."
Er lächelte mich an, im Gesicht ein zufriedenes Lächeln. „Mach deine Arbeit, Lavinia Borowski."

18

Jenny wohnte in einem dieser Betonklötze in den Bä-
renkämpen. Ich ließ den Schirm im Wagen und flitzte
zum Eingang. Während ich ihren Namen suchte,
tropfte ein Eimer Wasser aus meinem Haar.
Die Klingelschilder hatten schon bessere Zeiten gese-
hen, ebenso die gesamte Fassade. Eddie war so clever
gewesen, seinen statt Jennys Namen aufs Schild zu
schreiben. Ich fand ihn in der dritten Reihe. Auf mein
Klingeln antwortete eine vorsichtige helle Stimme.
„Ja?"
„Hallo, ich bin Lavinia. Ich komme von Eddie."
„Oh ja, Moment."
Es knackte, und die Tür ging auf. Natürlich war der
Aufzug außer Betrieb. Als ich im zweiten Stock an-

kam, konnte man meine Spur anhand von pizzagroßen Wasserpfützen verfolgen.

Jenny stand in der offenen Tür. Sie war ein hübsches Mädchen, trotz der blauen Flecke, die ihr Gesicht und die Beine noch zierten. Langes gepflegtes Blondhaar umrahmte ein schmales Gesicht, dessen wasserblaue Augen mich neugierig betrachteten. Sie war barfuß und trug nur Boxershorts und ein T-Shirt. Sie war noch kleiner als ich, beinahe winzig - das typische hilflose Ding, das bei jedem Mann sofort den Beschützerinstinkt auslöst. Kein Wunder, dass Eddie so rührend um sie besorgt war. Abgesehen von ihren Verletzungen und ihrer defensiven Körperhaltung sah sie fit und gesund aus; die Drogen schienen der Vergangenheit anzugehören.

Ich gab ihr die Hand und hatte das Gefühl, die ihre zu zerquetschen, so butterweich war ihr Griff (oder besser Nichtgriff). „Lavinia Borowski. Eddie schickt mich."

„Bist du eine Kollegin?"

„Kollegin?" Ich schluckte. Sah ich so heruntergekommen aus? „Nein, äh ... Ich bin Privatermittlerin. Eddie hat mich engagiert."

„Wegen Carl?"

Ich nahm an, dass das der Dreckskerl war, und nickte.

„Okay, komm rein. Das müssen wir ja nicht auf dem Flur besprechen."

Die Wohnung war klein und billig, aber sauber und aufgeräumt. Ikearegale an den Wänden, ein kleiner Tisch, eine abgewetzte Second-Hand-Couch. Dazu ein paar Popartbilder an den Wänden. Und natürlich ein riesiger Plasmafernseher. Ich stellte mir vor, dass die Wohnungen all der Chantals und Jacquelines, die für Eddie arbeiteten, genauso aussahen.

Wir setzten uns auf die Kunstledercouch. Ich sank tief ein, und es quietschte, als meine feuchten Beine die kühle Oberfläche berührten. Jenny bot mir ein Glas Wasser an. Neugierig starrte sie mich an.

Ich erzählte ihr, dass ich ursprünglich in einer anderen Sache ermittelt hatte und nur durch Zufall auf Eddie gestoßen war, der die Gelegenheit genutzt hatte, mich für sein eigenes Problem zu engagieren.

Nachdem ich sie überzeugt hatte, dass ich auf ihrer Seite war, ließ ich sie ihre Version der Geschichte erzählen. Sie deckte sich zu neunzig Prozent mit Eddies. Die zehn Prozent Abweichung überzeugten mich, dass nichts abgesprochen war und Eddies Alibi stimmte. Das sagte ich ihr auch, damit sie das Gefühl bekam, dass ich über alles informiert war und es ehrlich mit ihr meinte.

Nach einer halben Stunde war ich sicher, dass sie mir vertraute. Ihre Körperhaltung wurde lockerer und offener.

„Hast du noch Schmerzen?", fragte ich.

Unwillkürlich wanderte ihre Hand zum Gesicht. „Machst du Witze? Es schmerzt wie Hölle. Willst du mal sehen?"

Ehe ich antworten konnte, hatte sie ihr T-Shirt über den Kopf gestreift. Mir blieb die Spucke weg. Es gab fast keine Körperstelle, die nicht bunt war. Brust, Bauch, Flanken, Rücken – alles blau, grün, braun, rot, gelb, lila. Ein Regenbogen perverser Brutalität.

Ich holte meine Kamera aus der Handtasche. „Darf ich?" Sie nickte, und ich machte ein paar Aufnahmen. Ob diese irgendwann einmal von Belang sein würden, wusste ich nicht. Aber zumindest hatte ich die Sauerei dokumentiert.

„Warum hat er dir das angetan?", fragte ich, nachdem sie das T-Shirt wieder angezogen hatte.

Sie zuckte die Achseln. „Weil er ein Spacko ist. Wollte immer nur seinen Vorteil. Und seinen Spaß. Als er mir damals das Kind gemacht hat, hat er mich einfach sitzen lassen, der Drecksack. Und jetzt, wo es mir besser geht – dank Eddie -, kommt er aus seinem Loch hervorgekrochen und will wieder neu anfangen."

„Aber du glaubst ihm nicht."

Sie lachte humorlos. „Glaubst du Politikern? Als Carl merkte, dass er mich nicht rumkriegte, fing er an, mir zu drohen. Ich erzähl allen, dass du ´ne Nutte bist. Ich mach dich fertig. Verweigerst deinem alten Freund Hilfe."

„Verweigerst Hilfe?"

„Na ja, er ist obdachlos. Saufen, Drogen, kein Job. Seine Eltern haben ihn vor die Tür gesetzt. Ich weiß gar nicht, wie ich auf den Mistkerl reinfallen konnte. Aber damals kannte ich ihn ja auch noch nicht richtig. Er sah gut aus, war ja anfangs auch ganz nett zu mir, und im Bett war er ´ne Wucht. Ich hab noch keinen Kerl mir so ´nem mächtigen Prügel gesehen, obwohl ich jetzt andauernd welche sehe. Ich hab erst später erfahren, was für ein Taugenichts er in Wirklichkeit ist. Aber da war es zu spät, da war das Kind schon im Bauch."

„Und mit Eddies Hilfe bist du es wieder losgeworden."

Sie nickte verschämt. „Eddie tut eine Menge für mich. Gut, der Job ist nicht gerade der angesehenste, und das meiste vom Kuchen kriegt natürlich Eddie. Aber er lässt mir einen anständigen Anteil."

„Hast du schon mal darüber nachgedacht, einen ordentlichen Beruf zu ergreifen?"

Ihr Blick wanderte aus dem Fenster. Es stand auf Kipp, von draußen drangen der Straßenlärm und das Plätschern des Regens herein. Jenny schien sie nicht wahrzunehmen. Ihre Gedanken waren woanders. Es verging eine Weile, bevor sie sprach.

„Das werde ich noch. Ich habe nicht vor, auf immer und ewig eine Hure zu bleiben. Ich will eine Ausbildung. Ich will heiraten. Ich will Kinder. Aber im Moment geht es nicht. Das könnte ich Eddie nicht antun. Er hat so viel für mich getan."

„Habt ihr einen Vertrag geschlossen?"

Sie schüttelte den Kopf. „Wir vertrauen uns."

„Dann sprich ihn einfach darauf an. Er wird dich verstehen und dich laufen lassen."

Das glaubte ich wirklich. So, wie ich Eddie kennengelernt hatte, war ich überzeugt, dass er kein schlechter Kerl war. Jenny hatte es ihm angetan, und er würde alles unternehmen, um sie glücklich zu machen.

Ich sah auf meine Uhr. Es war Zeit, zur Sache zu kommen. „Jenny, du weißt, dass Eddie der Polizei nichts erzählt hat über jene Nacht."

„Die Nacht, in der Carl mir das hier angetan hat?" Sie deutete auf ihre Blutergüsse. „Ja, Eddie kann ganz schön stur sein."

„Er will dich nicht hineinziehen. Aber es könnte schwierig werden, dich unberührt zu lassen. Eddie verlässt sich darauf, dass Isabelles wahrer Mörder gefunden wird. Die Chancen dafür stehen im Moment eher schlecht. Für den Fall, dass sich da nichts tut, habe ich mit Eddie vereinbart, dass er dich und die Vorfälle in jener Nacht als Alibi benutzt. Was juristisch unbedenklich sein dürfte, da es sich ja um einen

Fall von Notwehr handelt. Ich frage dich also jetzt: Wärst du bereit, vor der Polizei gegen Carl auszusagen und Eddie zu entlasten, auch wenn euch ein Pro-Forma-Verfahren wegen Körperverletzung bevorstünde?"

„Da brauche ich nicht lange nachzudenken. Es ging in der Nacht nur um eines: Carl oder ich. Die Antwort kennst du."

Also ja. Ich nickte. „Damit habe ich gerechnet. Die Fotos deiner Verletzungen werden beweisen, dass du angegriffen wurdest. Im Übrigen wird vor Gericht auch deine Krankenakte hinzugezogen werden, die noch belastbarer ist als meine Fotos. Kommen wir zu Carl. Hast du nach dem Vorfall etwas von ihm gehört?"

„Nachdem wir ihn im Moor abgelegt haben? Nein. Glaubst du, er ist …?" Ihre Stimme versagte.

„Tot? Nein, mach dir keine Sorgen. Der Stich, den du ihm beigefügt hast, war nicht tödlich. Über den Fund einer Leiche hätten die Zeitungen berichtet. Und die Website der Polizei. Nein, Jenny, er hat es irgendwie geschafft."

„Aber dann …"

Aber dann … Mein Blutdruck sackte plötzlich ab. Aber dann. Ich ohrfeigte mich innerlich, weil mir erst in diesem Augenblick klar wurde, dass Jenny noch immer in Gefahr war. Was, wenn Carl auf Rache sann? Er wusste, wo sie wohnte. Natürlich bestand die Möglichkeit, dass er den Schwanz eingekniffen hatte und sang- und klanglos von der Bildfläche verschwunden war. Aber die Carl-Typen, die ich kannte, die ihren Lebenszweck darin sahen, andere unglücklich zu machen, diese Typen verschwanden nicht einfach. Nein, ich war sicher, er würde es noch einmal versuchen. Und dieses Mal war Eddie nicht verfügbar. Mir kam ein ritterlicher Gedanke. Die Polizei würde Jenny nicht beschützen. Und Eddie konnte es im Moment auch nicht. Die einzige Person, die das zurzeit konnte, war ich. Vielleicht war alles nur heiße Luft, die Angst vor der Möglichkeit einer Gefahr. Doch ich würde ewig unglücklich bleiben, wenn ich Jenny einfach ihrem Schicksal überließ. Meine Wohnung war nicht groß. Aber nachdem wir schon zu dritt waren, kam es auf einen Bewohner mehr auch nicht an. Ich durfte nur nicht an den Mietvertrag denken.

„Jenny, pack deine Sachen. Du kommst mit zu mir."

Ihr Kopf ruckte hoch. „Was?"

„Du bist hier nicht sicher. Carl weiß, wo du wohnst. Ich halte es für besser, dich zu verstecken, bis die Angelegenheit erledigt ist."

Ihr Blick wanderte zum Fenster. Anscheinend ließ sie sich meinen Vorschlag durch den Kopf gehen. Nach nicht einmal einer Minute hatte sie ihre Entscheidung getroffen. Und weitere fünfzehn Minuten später stand sie mit gepackter Tasche vor mir, klein und zusammengefallen, deutlich sichtbare Spuren ihrer Erfahrungen der letzten Tage, aber mit einem hoffnungsvollen Ausdruck in den Augen.

Ich fuhr nicht direkt nach Hause. Ein kleiner Umweg über das Hiller Moor sollte mein Gewissen beruhigen. Ich versprach mir nicht viel davon, aber es konnte auch nicht schaden, den Ort in Augenschein zu nehmen, an dem Eddie und Jenny das Resultat jener Nacht abgelegt hatten. Vielleicht hatte Carl Spuren hinterlassen.

Ich stellte den Wagen in Frotheim auf dem Parkplatz am Kanal ab, an derselben Stelle, an der Eddie und

Jenny seinerzeit geparkt hatten. Wir waren allein, bei dem Regen ging keiner ins Moor. Ein Schirm war sinnlos, der Regen peitschte uns von allen Seiten ins Gesicht. Jenny führte mich ein Stück in den Forst hinein, der zwischen Parkplatz und Moor lag. Der Weg war matschig, unsere Schuhe und Strumpfhosen wurden ein Fall für die Mülltonne. Der Rest unserer Kleidung sog sich voll mit kaltem Wasser. Ich begann zu frieren. Nach zehn Metern verließ Jenny den Pfad und zeigte mir eine geflutete Bodenmulde in dem struppigen Gehölz.

Ich wühlte mich durch das Gestrüpp und ging in die Hocke, um den Boden besser untersuchen zu können. Genauso gut hätte ich stehen bleiben können. Nichts. Dass Carl nicht da lag, war klar. Aber auch sonst gab es keine Anzeichen, dass er jemals dort gelegen hatte. Kein Blut, keine aufgewühlte Erde, keine plattgedrückten Pflanzen. Selbst wenn es sie gegeben hätte – der Regen löschte alle Indizien.

Ich erhob mich und ging, den Kopf zu Boden gerichtet, den Weg zurück zum Parkplatz, sorgfältig auf etwaige Spuren achtend. Fehlanzeige, die zweite. Wenn es Spuren von Carls Anwesenheit gegeben hatte, hatte der Regen sie längst zerstört.

Jenny wirkte apathisch. Die Bedrohung war real geworden. Carl lebte und er würde wiederkommen. Ich nahm sie in den Arm. „Keine Sorge. Wir schaffen das."

„Lavinia", sagte sie, als sie sich gefasst hatte, „warum tust du das für mich?"

Gute Frage. Ein großes Herz? Auftrag? Ich wusste es nicht. Aber eines wusste ich: Ich konnte Jenny nicht ihrem Schicksal überlassen, nicht solange Eddie ihr nicht beistehen konnte.

„Ich mag dich", antwortete ich nur. „Außerdem bist du quasi Teil meines Auftrags."

Sie wurde lockerer, als wir das Moor hinter uns gelassen hatten. Zehn Kilo schwerer, bog ich zehn Minuten später auf meinen Hof.

„Du hast einen Bauernhof?", fragte Jenny überrascht.

Ich schüttelte den Kopf. „Nein. Das war mal einer, aber der Bauer, dem er gehörte, ist in Rente und wohnt nicht mehr hier. Ist vermietet. Ich habe nur eine kleine Wohnung darin." Und drei Untermieter, fügte ich im Stillen hinzu.

Wir waren kaum ausgestiegen, da öffnete sich die Haustür und Anna Lena streckte den Kopf heraus und winkte mir zu. Ich stellte die Mädchen noch schnell einander vor, dann verabschiedete ich mich erst einmal Richtung Dusche.

Als ich frisch und umgezogen ins Wohnzimmer kam, hatten die beiden schon Freundschaft geschlossen. Kichernd waren sie über ihre Smartphones gebeugt und tauschten witzige Videos aus. Wie es aussah, würden die beiden gut miteinander klarkommen. Für den Moment konnte ich sie ruhigen Gewissens allein lassen. Barfuß stapfte ich in die Küche und kochte mir Kaffee. Während ich trank, dachte ich darüber nach, wie es jetzt weitergehen würde.

Zumindest der Fall mit den Geistern in Tonnenheide war abgeschlossen. Mit der Ermahnung der naiven Nymphen sollte der Spuk beendet sein. Dafür hatte sich im Fall Lolita LeGuin ein Unterfall entwickelt. Unfreiwillig betrieb ich sogar Personenschutz, zusätzlich zu meiner eigentlichen Aufgabe, der Suche nach Lolitas und Isabelles Mörder. Im Moment fühlte ich mich eher als Problemsammler denn als Problemlöser.

Wie sollte ich vorgehen? Wer kam als Mörder in Frage? Da die meisten Morde Beziehungstaten waren, wäre es am klügsten, im direkten Umfeld der Verstorbenen zu ermitteln. Und da kamen Isabelles Kunden wieder ins Spiel. Es würde mir nichts anderes übrig bleiben, als die Liste Stück für Stück durchzugehen und jeden einzelnen zu befragen. Ein mühseliges Unterfangen, das mich Wochen kosten und dennoch vergebens sein konnte. Aber irgendwo musste ich anfangen.

Ich holte die beiden Listen, die Lolita gefertigt hatte: die Liste mit den Namen von Isabelles Kunden, soweit sie Lolita bekannt waren, und diejenige mit Lolitas eigenen Kunden. Natürlich war die zweite länger. Es gab zwei Überschneidungen, also zwei Personen, die sowohl Isabelle als auch Lolita engagierten. Lolita hatte mir erklärt, dass so etwas vorkam, allerdings höchst selten. Die meisten Männer blieben bei einer Mätresse.

Wieder und wieder sah ich mir die Namen dieser zwei Kerle an. Ich kannte sie beide. Alfred Klausnitzer war Leiter des Bauamtes und ein unsympathischer, durchtriebener Zeitgenosse. Er war sozusagen Stammkunde bei der Polizei, weil in schöner Regelmäßigkeit Strafanzeigen wegen Korruptionsverdachts und Vorteilsnahme im Amt gegen ihn erstattet wurden. Ich war sicher, dass die Vorwürfe zu Recht erhoben wurden. Leider hatten Horsts Kollegen ihm noch nie etwas nachweisen können. Klausnitzer war verheiratet, aber wie es aus informierten Kreisen hieß, hielt er seine Frau kurz. Sie diente ihm augenscheinlich nur als Alibi, während er seine ausgeprägte Sexsucht lebte. Zeugen zufolge sollte er Mitglied eines Swingerklubs sein. Eine Mätresse – oder sogar zwei – würde demnach ins Bild passen.

Freier Nummer zwei war Gerhard Ackermann, Vorstandsvorsitzender der BMI AG, einem Unternehmen aus der Computerbranche mit Sitz in Minden. Ackermann war nicht verheiratet, soweit ich wusste, sodass eine Mätresse an seiner Seite durchaus legitim erschien. Vielleicht brauchte er die eine zum Repräsentieren und die andere fürs Bett. Nun ja, das war seine Sache; es war kein Verbrechen, mit mehreren Frauen ins Bett zu steigen – solange kein Ehebruch begangen wurde. Allerdings war mir schleierhaft, warum er Frauen dafür bezahlte, dass sie mit ihm schliefen. Er war ein gut aussehender Endvierziger und Junggeselle, dem die Frauen nur so nachliefen. Aber ich konnte mir vorstellen, dass er für Liebesdienste lieber bezahlte, als sich auf andere Weise dauerhaft zu binden.

Ackermann war eine rätselhafte Figur. Man wusste wenig über ihn. Seine offizielle Vita war kurz: nach dem Studium der Volkswirtschaft Berater im Vorstandsstab der Deutschen Bank, danach stellvertretender Vorstandsvorsitzender eines von der Deutschen Bank kontrollierten IT-Unternehmens, und vor drei Jahren Übernahme des Vorstandspostens der BMI AG. Manche sagten, er sei nur ein Strohmann und in Wahrheit zöge jemand anders die Fäden. Wobei ich mich fragte, welcher Sinn dahinter stecken sollte. Wie auch immer, ich kannte Ackermann nicht persönlich, aber ich würde ihn noch kennen lernen. Doch zunächst wollte ich den Bauamtsleiter besuchen.

19

Alfred Klausnitzer wohnte in einer alten Fabrikanten-villa am Weserufer, einem liebevoll gepflegten Anwesen, das eigentlich kaum mit dem Gehalt eines Beamten im höheren Dienst zu finanzieren war. Ich spekulierte jedoch nicht darüber, wie er es erworben hatte und es sich leisten konnte, mir ging es heute nur um Isabelle und Lolita.

Ich hatte Glück, Klausnitzer war um fünf schon zu Hause. Und er war unschuldig. Zumindest hatte er für die letzten Tage einwandfreie Alibis. Wenn er nicht im Büro war, hatte er seine Zeit im eigenen Haus verbracht. Seine Frau sagte jedenfalls entsprechend aus. Ich wusste nicht, ob sie log und ihn lediglich deckte, doch ihr Auftreten war ruhig und selbstsicher, sodass ich geneigt war, ihren Angaben zu trauen. Sie wusste von der außerehelichen Beziehung ihres Mannes und schien sich nicht weiter daran zu stören. Nun, es war ihr Eheleben, jeder musste nach seiner Fasson glücklich werden. Als ich Klausnitzers Haus verließ, war ich weder zufrieden noch enttäuscht. Ich hatte nicht angenommen, dass ich gleich beim ersten Mal einen Volltreffer landen würde.

Auf dem Rückweg fuhr ich unbewusst am Gebäude der BMI vorbei. Das Gelände lag zwischen Osthafen und Kanalstraße am Oberkanal und war nur über die Windmühlenstraße erreichbar. Doch auch von der Friedrich-Wilhelm-Straße bot sich ein guter Überblick über das Gelände. Die Firma lag in unmittelbarer Nachbarschaft zur BASF und war von einem hohen Stahlgitterzaun umsäumt. Verwaltung und Produktion lagen auf demselben Gelände. Wie ich sah, war ein freier Zugang gar nicht möglich. Besucher fanden sich vor einem Eisentor wieder und konnten nur durch einen Pförtner eingelassen werden.

Gerade als ich überlegte, Gerhard Ackermann einen unangemeldeten Besuch abzustatten, ging mein Telefon. Ich hielt am Straßenrand. Es war Charlie.

„Hei, ich bin's. Wo steckst du? Es ist gleich sechs, und hier sitzen drei ausgehungerte Mädels."

„Bestellt euch eine Pizza. Ich bin Minden und habe wahrscheinlich noch länger hier zu tun. Wartet nicht auf mich."

Ich unterbrach die Verbindung und sah zur Uhr. Tatsächlich gleich sechs. Wie auf Kommando begann auch mein Magen zu knurren. Doch der musste warten. Da ich schon mal in Minden war, wollte ich herausfinden, ob ich Ackermann noch im Büro antreffen würde. Bei Managern seines Schlags war die Wahrscheinlichkeit dafür gar nicht so gering. Wieder hatte ich Glück.

Ackermann war genau so, wie ich ihn aus der Presse kannte. Seine schlanke Gestalt überragte mich um einen ganzen Kopf und steckte in einem dunkelblauen Anzug, der wahrscheinlich mein halbes Jahreseinkommen gekostet hatte. Kurzes schwarzes Haar bedeckte einen Schädel, dessen kantige Erscheinung von Strenge und Autorität zeugte, was die stechenden blauen Augen nur noch unterstrichen. Kurz, Ackermann war eine Person, die gewohnt war, an der Spitze zu stehen und Befehle zu erteilen.

Und er war ein Arschloch. Das wurde mir gleich bei der Begrüßung klar. Weder gab er mir die Hand, noch bat er mir einen Stuhl an, obwohl es in seinem Büro – oder vielmehr seiner Residenz, wenn man die teure Einrichtung betrachtete – von Besucherstühlen nur so wimmelte. Stattdessen empfing er mich mit den Worten: „Meine Zeit ist begrenzt und lässt mir keinen Spielraum für unproduktive Tätigkeiten. Also lassen Sie uns gleich zur Sache kommen. Was will die Polizei von mir?"

Zu Beginn meiner Selbständigkeit hatte ich in einem Spielwarenladen eine Polizeidienstmarke gekauft, die den wirklichen Marken so gut nachgemacht war, dass sie von ihnen nicht zu unterscheiden war. Ein Freund hatte sie mir individualisiert, und seitdem begleitete sie mich manchmal auf meine Einsätze. Irgendwie hatte ich gespürt, dass sie mir heute von Nutzen sein würde. Gerhard Ackermann war nicht der Typ, der einer einfachen Detektivin Fragen beantwortete.

„Nun", antwortete ich, „wir wollen auf keinen Fall zur Insolvenz Ihrer Firma beitragen, Herr Ackermann. Also entspreche ich Ihrem Wunsch. Kannten Sie eine Isabelle LaCour?"

Ackermann besaß Selbstkontrolle. Außer einem leichten Zucken der Augenbrauen ließ er sich nichts anmerken. „Nein. Sollte ich?"

„Ich denke, schon. Isabelle jedenfalls kannte Sie. Uns ist bekannt, dass Sie eine - sagen wir - Beziehung zu ihr unterhielten."

„Sie müssen falsch informiert sein. Ich kenne keine Isabelle soundso."

„Hören Sie, Herr Ackermann. Möglich, dass Sie sie nicht für erinnerungswürdig halten, sie gehörte ja nur zum gemeinen Volk. Isabelle hat Sie jedenfalls in ihrem Tagebuch verewigt. Ich kann Sie beruhigen, Ihre sexuellen Praktiken, oder was immer Sie mit ihr gemacht haben, interessieren uns nicht. Uns interessiert nur, wer sie ermordet hat. Und die Tatsache, dass ihr Tagebuch fehlt, in dem Ihr Name steht, Herr

Ackermann, macht Sie, um es deutlich zu sagen, zu einem Tatverdächtigen."

„Das ist doch lächerlich." Ackermanns Lachen klang allerdings nicht überzeugend. „Wollen Sie mir etwa einen Mord anhängen? Woher wissen Sie überhaupt, dass mein Name in diesem ominösen Tagebuch steht, wenn es doch verschwunden ist?"

„Sehen Sie, das macht die Sache noch mysteriöser. Die Zeugin, die uns diesen Hinweis gab, wurde nämlich ebenfalls ermordet. Kurios, nicht wahr? Isabelles Tod mag Zufall gewesen sein. Doch ein zweiter Mord nach derselben Methode ist eine eindeutige Spur. Und diese Spur führt zu Ihnen, Herr Ackermann."

Ackermann rannte beinahe zur Tür. Mit der wilden Kraft eines Türstehers riss er sie auf und wies mir den Weg. „Ich bin nicht bereit, mir diesen Quatsch länger anzuhören. Verlassen Sie auf der Stelle mein Büro. Sie werden von meinen Anwälten hören."

Ich ging zur Tür, langsam und gelassen. „Guten Tag, Herr Ackermann."

Als ich an ihm vorüberging, roch ich sein aufdringliches Aftershave - ein widerlicher, süßer, nuttiger Geruch -, doch bevor ich dazu kam, hierzu einen Gedanken zu formulieren, hörte ich ein Flüstern an meinem Ohr.

„Seien Sie vorsichtig."

War es geschickt, Ackermann so aggressiv anzugehen?

Diese Frage stellte ich mir immer wieder, als ich eine halbe Stunde später in einem chinesischen Restaurant in der Lindenstraße saß. Trotz des mulmigen Gefühls, das Ackermanns letzte Bemerkung bei mir hinterließ, hatte mein Magen seine Warnhinweise nicht eingestellt. Da ich aber noch nicht bereit war, nach Hille zu fahren, hatte ich mich für Nahrungsaufnahme in Minden entscheiden. Das Restaurant war um diese Zeit relativ leer, und so bekam ich schnell mein Essen, etwas Süßsaures mit verschiedenen Fleischsorten und einen leckeren Salat.

Ich nahm einen Schluck Bier und zuckte die Achseln als Antwort auf meine an mich selbst gerichtete Frage. Mal sehen, was passierte. Ich hatte nur zwei Möglichkeiten gehabt. Ich konnte einen Schmusekurs fahren, dann wäre das Gespräch nach der Auskunft, dass Ackermann Isabelle nicht gekannt haben wollte, beendet gewesen. Oder ich konnte ihn provozieren, um ihn aus der Reserve zu locken.

Ich hatte mich für die Provokation entschieden. Mit Erfolg. Wenn man bei seinen Ermittlungen keinen Anhaltspunkt hat, hilft es manchmal, den Gegner zu reizen. Nicht immer, aber oft, geht er dann aus der Reserve, weil er sich angegriffen fühlt.

Wie Ackermann. Bis zum Schluss hatte er geleugnet, Isabelle LaCour gekannt zu haben. Er war nicht verheiratet. Es hätte für ihn kein Risiko bedeutet, zuzugeben, dass er sich eine Mätresse hielt. Und deshalb musste ich annehmen, dass er mauerte. Er hatte etwas zu verbergen, ein Geheimnis, das für ihn von existenzieller Bedeutung war. Isabelle hatte von diesem Geheimnis gewusst. Und deshalb musste sie sterben.

Und Lolita wurde getötet, weil sie eine Mitwisserin war.

Plötzlich wurde mir übel. Was, wenn Ackermann dahinter kam, dass ich nicht bei der Polizei war? Das konnte mir eine Menge Ärger einbringen. Oder schlimmer: Vielleicht dachte er, dass ich ebenfalls von dem Geheimnis wusste. Auf jeden Fall hatte ich mir heute Abend einen Feind gemacht. Meine Gedanken wanderten zu der Szene in Ackermanns Büro, als er mich aufforderte, das Haus zu verlassen.

Ich winkte dem Kellner und bezahlte die Rechnung. Verblüfft stellte ich fest, dass meine Knie zitterten, als ich aufstand. Draußen war es dunkel geworden. Der Regen hatte endlich aufgehört, aber eine kühle Abendbrise schlug mir entgegen. Mein Wagen stand auf dem Parkplatz gegenüber, neben der LBS-Geschäftsstelle. Ich war schon ein bisschen müde, als ich einstieg. Müde, frustriert und kurz vor einer beginnenden Depression. Verdammt, es war Zeit, nach Hause zu kommen und einen ordentlichen Absacker runterzuspülen.

Am nächsten Morgen fühlte ich mich wieder gut. Die Sonne schien, es versprach ein herrlicher Tag zu werden. Ich stand mit Charlie auf, die um sieben in der Werkstatt sein musste, und fuhr ins Moor, um eine Runde zu joggen. Wieder zu Hause, machte ich mir Frühstück, das ich allein verzehrte, weil Charlie bereits auf der Arbeit war und die beiden jungen Mädchen noch schliefen. Als ich heute Nacht aufgewacht war und pinkeln ging, hörte ich sie miteinander tuscheln. Sie hatten also noch eine Menge Schlaf nachzuholen.

Ich hatte die Zeitung fast durch und den Kaffee bis auf einen Schluck ausgetrunken, als es an der Tür schellte. Ich zuckte zusammen. Ich war barfuß und trug nur meine durchgeschwitzten Sportsachen. Nun ja, das war etwas, mit dem ein Besucher zu so früher Stunde eben rechnen musste.

Der Besucher war Horst Bremer. Und sein Besuch war nicht freundlicher Natur. Sein Gesicht trug den säuerlichen Ausdruck, den er aufsetzte, wenn er meinte, mich wieder mal zurechtstutzen zu müssen. Es lag also etwas in der Luft.

„Guten Morgen, Horst", sagte ich verkrampft fröhlich. „Möchtest du einen Kaffee?"

Er schob mich beiseite und trat ein, ohne ein Wort zu sagen.

Ich zuckte die Achseln und sah ihm zu, wie er in die Küche ging. „Komm doch rein."

Er setzte sich und kam umgehend zur Sache. „Vinnie, es wurde Anzeige gegen dich erstattet."

Donnerwetter, das war ja schnell gegangen. „Lass mich raten. Von einem Gerhard Ackermann wegen Amtsmissbrauchs."

„Nein, vom Landrat des Kreises Minden-Lübbecke, vertreten durch die Kreispolizeibehörde. Achermann war lediglich derjenige, der eine Beschwerde abgegeben und den Verdacht geäußert hat, dass ein falscher Polizist unterwegs ist. Du weißt, wie die Polizei in solchen Fällen reagiert."

„Bin ich jetzt verhaftet?" Provozierend hielt ich ihm meine ausgestreckten Hände entgegen.

„Bleib sachlich, Vinnie. Das ist eine ernste Angelegenheit." Er kramte einen Zettel aus seiner Jackentasche hervor. „Hier ist eine Ladung zur Vernehmung. Ich würde dir raten, einen Anwalt zu nehmen."

Ich legte den Wisch ungelesen auf den Küchentisch. Zufälligerweise genau in einen Marmeladenfleck. Horst rümpfte die Nase.

„Warum, Vinnie?"

„Tut mir leid", sagte ich und nahm die Ladung hoch und wischte sie sauber, so gut ich konnte. „Das war wirklich ein Versehen."

„Das meine ich nicht. Was hast du Ackermann getan?"

„Gar nichts."

„Gar nichts? So, wie es sich darstellt, bist du unter Vorspiegelung falscher Tatsachen bei ihm aufgetaucht, hast ihm dumme Fragen gestellt und ihn provoziert."

„Ihn provoziert? Offenbar besitze ich ein falsches Verständnis des Wortes Provokation. So, wie es sich in Wirklich darstellt, ist Ackermann ein Verdächtiger in dem Mordfall LaCour/LeGuin. Und wenn die Polizei ihre Hausaufgaben gemacht hätte, wäre schon längst ein echter Polizist bei Ackermann gewesen und hätte ihn vernommen. Ackermann steht auf Lolitas und Isabelles Kundenliste und ist damit automatisch ein Verdächtiger. Sag mir, was an dieser Annahme falsch sein sollte."

Meine Stimme war unwillkürlich lauter geworden. Horst schien erkannt zu haben, dass er zu weit gegangen war. Besänftigend legte er seine Hand auf meinen Arm.

„Vinnie, du hast ja Recht. Ich gebe zu, die Polizei ist nicht immer die Flotteste, und dass Ackermann Tatverdächtiger ist, klingt auch plausibel. Aber Männern wie Ackermann schlägt man nicht die Faust ins Gesicht. Hättest du nicht vorher besser überlegen und subtiler an die Sache rangehen können?"

Ich lenkte ein. „Möglicherweise." Wenn ich es recht betrachtete, war mein Verhalten tatsächlich ziemlich töricht gewesen. Ich würde also eine neue Strategie entwickeln müssen. Eine, mit der ich Ackermann treffen konnte. Die Sache war persönlich geworden. Durch sein Verhalten hatte er meinen Verdacht nur bestätigt. Mehr denn je war ich überzeugt, dass er hinter den Morden an Lolita und Isabelle steckte.

Ich stand auf. „Also gut, Horst. Ich werde die Ladung selbstverständlich befolgen. Sonst noch was?"

Er spürte, dass ich ihn loswerden wollte. „Nein. Nur eines noch: Pass auf dich auf."

Als ich von der Haustür zurückkam, stand Anna Lena im Flur. „Alles in Ordnung?", fragte sie.

„Hast du das Gespräch mitbekommen?"

Sie nickte.

„Mach dir keine Gedanken. Ich komme schon klar. Geh wieder schlafen."

Sie lief zurück zu ihrem Nachtlager, und ich räumte den Küchentisch auf. Gut, dass ich schon gegessen hatte. Mein Appetit war mir vergangen. Nur mit äußerster Willensanstrengung gelang es mir, meine Wut zu beherrschen. Warum war die Ladung so schnell ergangen? Nach vierzehn Stunden. Das würde mich ins Guinnessbuch der Rekorde bringen. Warum hatte Ackermann es so eilig, mich auszuschalten?

Es kostete mich eine Stunde verschiedener Telefonate und Internetrecherchen, um herauszufinden, dass Ackermann und der Landrat alte Schulkameraden waren. Darüber hinaus waren sie Mitglied im selben Golfklub und hatten zu Studienzeiten eine gemeinsame Firma unterhalten, einen kleinen Computerladen, in dem sie selbstzusammengebaute Rechner verkauften. Genug Gemeinsamkeiten also, die auf Lebenszeit zusammenschweißten. Nun ging ich nicht davon aus, dass unser Landrat in kriminelle Machenschaften verwickelt war. Und auch bezüglich Ackermann war ja noch nicht bewiesen, dass er Dreck am Stecken hatte. Wie anders sollte ich allerdings sein Verhalten beurteilen? Jemand, der unschuldig ist, reagiert nicht auf solch eine Weise. Konnte ich also, basierend auf dieser Hypothese, davon ausgehen, dass Ackermann mein Mann war?

Was sprach gegen Ackermann? Das eindeutige Leugnen, eine Mätresse gehabt zu haben, obwohl es in seinen Kreisen völlig belanglos war, ob er sich ein Betthäschen hielt oder nicht, zumal er ja nicht verheiratet war. Und dann das Mobilisieren des Landrats. Warum ließ er mich nicht ermitteln, wenn er doch, wie er mir deutlich machen wollte, unschuldig war?

Nein, Ackermann hatte etwas zu verbergen, und ich würde herausfinden, was.

Es gibt Situationen, da kommt man allein nicht weiter, jedenfalls nicht in erforderlicher Schnelle. Und ich hatte es jetzt eilig. In solchen Lebenslagen ist es nützlich, wenn man über Kontakte verfügt. Zum Glück hatte ich solche Kontakte, und der Mann meiner Wahl war DJ.

Das Telefonat war kurz, DJ wusste sofort, worauf es ankam, und bis zum Abend wollte er mir erste Zwischenergebnisse liefern.

20

Das Filiz in Hille ist eine kleine Pizzeria, direkt an der Mindener Straße am Ortseingang, wenn man von Minden nach Hille fährt. Man kann für kleines Geld gut satt werden und auch das Ambiente ist ganz ansprechend. Wenn ich in Hille zu tun hatte, pflegte ich hier zu essen.

DJ traf gegen halb sieben ein. Seit einer halben Stunde wartete ich ungeduldig, das erste Bier schwappte bereits in meiner Blase. Ich hatte ihm am Morgen zu verstehen gegeben, dass ich mich am Rande der Legalität bewegte und Verständnis dafür hätte, wenn er mir einen Korb gab. Natürlich hatte er das nicht und sich sofort begeistert in die Arbeit gestürzt, damit ich einige kleinere, aber wichtige Sachen abschließen konnte und den Kopf freibekam. Daraufhin war mir wirklich ein Stein vom Herzen gefallen, denn es gab noch einen anderen Grund, warum ich DJ dabei haben wollte. Einen Grund, den ich ihm wohlweislich verschwiegen hatte, der ihm aber – weil er mich gut kannte – auch von allein klar war: Ich würde mich sicherer fühlen, wenn er dabei war. Sowohl ihm als auch mir war bewusst, dass wir uns in große Gefahr begaben, wenn Ackermann sich als der herausstellte, den wir in ihm zu sehen glaubten. Das war auch der Grund, warum wir unser Treffen nach Hille verlegt hatten. Wie sich später zeigen sollte, war unsere Vorsichtsmaßnahme dennoch nicht ausreichend.

Noch vor der Bestellung kam DJ zur Sache.

„Kleinchen, Kleinchen, in was für ein Wespennest hast du da nur gegriffen? Soviel vorab: Ackermann ist unser Mann, das sagt mir mein Instinkt."

„Und was genau sagt dir dein Instinkt?"

„Hast du dich mal mit dem beschäftigt, was in Ackermanns Firma geschieht? Weißt du, was dort produziert wird?"

„Nun, irgendwelcher Computerkram", antwortete ich arglos.

„Irgendwelcher Computerkram?" DJ lachte laut auf, was mir das Gefühl gab, ein kleines unwissendes Schulmädchen zu sein. Doch gleichzeitig weckte sein zynisches Lachen meine Sinne. Hatte ich etwas übersehen?

„Irgendwelchen Computerkram", wiederholte er kopf-schüttelnd. „Hör sich einer das Mädel an. Was hast du die letzten Tage getan, altes Mädchen? Haben dir die Gespenster das Hirn vernebelt? Hör zu, Lavinia. Die BMI AG stellt nicht einfach irgendwelche Computer-teile her. Was sie produziert, ist hochsensible Hard- und Software. Nicht für x-beliebige PCs für den Heimgebrauch oder für langweilige Firmen. Sondern für die Rüstungsindustrie."

„Waffen?" Woher kam plötzlich die Gänsehaut auf meinem Rücken?

DJ nickte heftig. „Du hast es erfasst, meine Liebe. Doch das Beste kommt noch. Es gibt Gerüchte, dass die BMI AG in illegale Exportgeschäfte verwickelt sein soll."

„Du meinst, verbotene Exporte in Schurkenstaaten?"

„Exakt. Soviel ich weiß, existiert sowohl bei den Nachrichtendiensten als auch beim BKA eine Akte über die BMI."

Ich fragte nicht, woher er diese Informationen hatte. Meine Gedanken begannen zu rasen. Alles lief durch-einander: die Firma, Gerhard Ackermann, die Morde. Doch durch das, was DJ mir enthüllte, bekam alles einen roten Faden. Es war nicht schwer, diesen Faden aufzunehmen und das Ende zu finden, das ohne Zwei-fel zu Gerhard Ackermann führen würde.

Auch wenn Isabelle LaCours Tagebuch verschwunden war, waren die Hinweise eindeutig. Was ich von An-fang an vermutet hatte, wurde nunmehr zur Gewiss-heit. Isabelle musste irgendwann im Laufe ihrer Be-ziehung zu Ackermann von seinen illegalen Geschäf-ten erfahren haben. Möglicherweise hatte sie ihn in ihrer Not erpresst oder gedroht, zur Polizei zu gehen und sein Geheimnis zu verraten. Das war ihr Todesurteil gewesen. Und Lolita LeGuin war nur zur falschen Zeit am falschen Ort gewesen, ein Kollateralschaden.

Mein Hass auf die Ackermanns dieser Welt wuchs ins Unermessliche und drohte, meinen Verstand zu umnebeln. DJ holte mich auf den Boden der Tatsachen zurück. Seine Hand legte sich auf meinen Arm.

„Ich kann deine Gedanken lesen, Lavinia. Ich weiß, was in dir vorgeht. Aber wir müssen nüchtern denken, wenn wir Ackermann überführen wollen."

Unser Plan reifte in den nächsten beiden Stunden. Er hatte Schwachstellen, aber er war unsere einzige Chance.

Es war kalt und dunkel, als wir das Filiz verließen. Unser Atem kondensierte in der kühlen Luft und schwebte im Licht der Straßenlaternen gen Himmel. Wir verabschiedeten uns voneinander. Ich sah DJ noch zu, wie er zu seinem Wagen ging.

Der Schuss fiel plötzlich und unerwartet. Wie ein Peitschenknall donnerte er durch das nächtliche Hille, ein Lärm, der so wenig nach Hille passte wie das Hiller Moor nach Frankfurt. Eine Glasscheibe splitterte und ich duckte mich, suchte Deckung hinter einem Audi, der vor dem Restaurant parkte. Im Filiz wurde es laut und ich hörte, wie jemand nach der Polizei rief. Da fiel der zweite Schuss.

DJ hatte sich, genau wie ich, beim ersten Schuss zu Boden geworfen und sich in Deckung gerollt. Beim zweiten Schuss hörte ich ihn schreien. Verdammt! Ich sah mich nach allen Seiten um, doch das Licht der Straßenlampen blendete mich. Ich konnte nichts erkennen. Was ich sah, war DJ, der sich stöhnend in einer Blutlache wälzte.

Über mir sah ich die strahlende Kuppel einer Laterne. In ihrem hellen Licht mussten wir gut sichtbar sein und ein erstklassiges Ziel abgeben. Ich robbte zu DJ hinüber, ständig darauf gefasst, die nächste Kugel abzubekommen. Es war Wahnsinn, aber ich konnte ihn da nicht allein liegen lassen. Das Robben dauerte eine Ewigkeit, aber seltsamerweise fiel kein Schuss mehr.

DJ lebte, aber sein Gesichtsausdruck zeigte mir, dass er große Schmerzen litt. Er hielt sich den Bauch und keuchte laut, während das Blut aus der Wunde floss und sein Hemd rot färbte.

„Wie geht's dir?", fragte ich. Wie konnte ich ihm helfen? Verzweifelt zog ich mein Taschentuch hervor und versuchte, die Blutung zum Stoppen zu bringen.

DJ winkte ab. „Beschissen wär' geprahlt", antwortete er mit schwacher Stimme. „Kümmre dich nicht um mich. Such das verdammte Schwein."

Die ersten Gäste strömten aus dem Lokal. Ich zückte meine falsche Marke und rief: „Polizei! Rufen Sie einen Rettungswagen und kümmern Sie sich um diesen Mann!"

Dann wandte ich mich wieder DJ zu. „Also gut. Halt solange die Stellung."

Ein missglücktes Grinsen entblößte seine Zähne. Ich wartete, bis einige Gäste sich DJs annahmen, dann spurtete ich los.

Es war kein weiterer Schuss gefallen. Deshalb nahm ich an, dass der Schütze geflohen war. Im selben Moment hörte ich das laute Klappern einer ins Schloss fallenden Autotür und kurz darauf einen startenden Motor. Ich konzentrierte mich und drehte mich im Kreis, um die Richtung zu verifizieren. Von der Mindener Straße dröhnte der Lärm der Fahrzeuge, die sich in Richtung Hille oder Minden bewegten. Im Hintergrund war das Getratsche der Restaurantgäste zu vernehmen. Doch die Richtung, aus der das Geräusch des startenden Autos kam, war eindeutig. Die Kirche!

Ich rannte los. Vom Filiz zur Kirche waren es nur ein paar Meter. Ich sah noch die Rücklichter, bevor der Wagen um die Kurve schoss und in Richtung Eickhorst entschwand. Der Attentäter hatte auf dem kleinen Parkplatz auf dem Kirchengrundstück geparkt, das Auto in Fahrtrichtung, bereit zur schnellen Flucht. Ein Profi.

Die Zeit war zu kurz gewesen, um die Zulassungsnummer zu erkennen. Aber aus Erfahrung wusste ich, dass mir das Nummernschild nicht weitergeholfen hätte. Fluchtwagen waren immer gestohlen. Ich zuckte die Achseln und begab mich zurück zum Filiz. Der Wirt hatte zwischenzeitlich Decken geholt und DJ, der das Bewusstsein verloren hatte, darin eingehüllt wie ein Baby. DJs Gesicht war käseweiß und ich fürchtete das Schlimmste. Bauchschüsse waren fast immer tödlich. Zerfetzte Organe. Innere Blutungen. Verdammt! Es schien eine Ewigkeit zu dauern, bis der Rettungswagen eintraf und DJ in die Klinik beförderte.

Ich blieb die ganze Nacht bei ihm. Das heißt, ich blieb im Krankenhaus, während sie ihn operierten. Ruhelos tigerte ich durch die Flure und wartete und wartete und wartete. Das Adrenalin hielt mich wach. Und die Geschäftigkeit im Klinikum. Man sollte nicht glauben, was nachts in Krankenhäusern so los ist. In der Notaufnahme wimmelte es nur so von Leben, und auch auf den Stationen wuselten Schwestern und Pfleger durch die Korridore, Patienten auf dem Weg zur Toilette. Kurz, es bereitete mir keine Probleme wachzubleiben. Obwohl genau das ein Problem war. Hätte ich schlafen können, hätte ich vergessen können. So aber war mir meine Schuld permanent bewusst. Die Schuld, DJ um ein Haar getötet zu haben.

Es gab nichts daran zu rütteln: DJ kämpfte mit dem Tod, weil ich ihn in die Sache hineingezogen hatte. Die Tatsache, dass er freudig zugestimmt und eine Ablehnung seiner Hilfe kategorisch ausgeschlossen hatte – trotz des Hinweises auf die mögliche Gefahr -, machte es nicht einfacher. Im Gegenteil. Ich hätte wissen müssen, dass ein Mann wie DJ solche Bitten nicht ablehnt.

Wofür? Dieses Wort geisterte die ganze Nacht durch meinen Kopf. Wofür hatte DJ sich geopfert? Was hatten wir? Was hatte uns sein Engagement gebracht? Ich wusste jetzt, dass mit Gerhard Ackermann nicht zu spaßen war. Er hatte gefährliche Verbindungen und er betrieb gefährliche Geschäfte. Geschäfte, die er – wie es schien – unter allen Umständen verteidigte. Er hatte bewiesen, dass er bereit war, bis zum Äußersten zu gehen. Das war verdammt schlimm und hatte fatale Folgen für DJ gehabt. Dass es auch fatale Folgen für mich selbst haben könnte, klammerte ich erst einmal aus.

Aber die Kenntnis über seine möglicherweise illegalen Geschäfte nützte mir nicht das Geringste. Noch immer hatten wir keinen Beweis, dass Ackermann hinter den Morden an Isabelle und Lolita steckte. Es war eine Hypothese, die zu beweisen war. Und diesen Beweis musste ich jetzt, da DJ ausgeschaltet war, allein bringen. Der Plan, den wir beide am Abend zuvor so schön entwickelt hatten, war so nun nicht mehr umsetzbar. Oh, ich würde ihn schon befolgen, keine Frage. Aber allein. Keinesfalls würde ich riskieren, einen weiteren Unschuldigen mit hineinzuziehen. Ein Opfer reichte. Ich hoffte nur, dass es kein echtes Opfer war. Wenn DJ starb, würde ich mir das niemals verzeihen.

DJ starb nicht. Gegen sechs brachten sie ihn auf die Intensivstation, doch es dauerte sechs weitere Stunden, bis ich endlich zu ihm durfte.
Er sah schwach, aber gut aus. Und er war wach. Seine Stimme war kaum mehr als ein Flüstern, und ich musste mich zu ihm herabbeugen, um ihn verstehen zu können. Die Ärzte hatten ihn wieder hinbekommen – repariert, wie er sagte –, und bis auf das eingefallene Gesicht gab es keine Hinweise auf die schwere Operation, die er hinter sich hatte.
„Der Gehörnte wollte mich noch nicht", sagte er. Er versuchte zu lächeln, was ihm jedoch gründlich misslang. Die Schmerzen hinterließen deutliche Spuren in seinem Gesicht. „Wie heißt es doch? Was dich nicht tötet, härtet dich ab. Ich fühle mich schon, als wäre ich aus Eisen."
Ich lachte, Tränen in den Augenwinkeln. Dabei bemerkte ich, wie er seine Hand leicht hob. Ein Zeichen. Ich nahm sie und drückte sie so fest ich konnte. Er schien es zu bemerken und lächelte.
„Ja, das ist meine Lavinia. Hart zupackend wie ein echter Kerl. Ich fürchte nur, die nächste Zeit wirst du allein zupacken müssen. Die wollen mich noch nicht nach Hause schicken."
„Mach dir keine Gedanken. Ich werde es auch allein schaffen."
„Sei vorsichtig, Kleinchen. Du weißt jetzt, mit wem du es zu tun hast."

„Ich werde vorsichtig sein."

„Bring die Sache zu Ende. Bring dieses Schwein zur Strecke."

Es gab keinen Beweis, dass Ackermann hinter dem Anschlag auf DJ steckte, aber sowohl für DJ als auch für mich war klar, dass niemand sonst dafür in Frage kam. Ackermann würde büßen. Dafür würde ich sorgen.

Eine Schwester kam und sorgte für das Ende unseres Gesprächs. Ich verabschiedete mich von DJ mit dem Versprechen, ihn so oft wie möglich zu besuchen und ihm von meinen Fortschritten zu berichten.

Draußen machte sich mein Magen bemerkbar und erinnerte mich daran, dass ich seit gestern Abend nichts gegessen hatte. Doch das Essen musste warten. Erst gab es einige Anrufe zu tätigen. Charlie musste Bescheid wissen, und auch Ali, unseren Boxtrainer, wollte ich über DJs Schicksal informieren.

Ich wollte gerade zu meinem Telefon greifen, als es sich meldete und einen eingehenden Anruf ankündigte.

21

„Frau Borowski? Franke hier."

„Ach, guten Tag, Herr Franke. Wie geht es Ihnen?"

„Danke, danke. Ich wollte nur mal fragen, wie weit Sie mit unserem Fall sind."

Wie weit ich mit unserem Fall war? „Nun, der ist doch abgeschlossen", antwortete ich zögernd.

„Nun ja. Das Weiße Moor ist jetzt sauber, sozusagen. Aber das Problem im Wiemelkenmoor besteht nach wie vor."

Mein Kopf stieß gegen eine unsichtbare Mauer. „Sie meinen, dort spukt es immer noch?"

„So ist es, meine Liebe."

Mir fehlten die Worte. Hatte ich etwas übersehen? Ich ging in Gedanken meine Ermittlungen durch. Die Nymphen hatten ihre Spiele im Weißen Moor getrieben. Automatisch hatte ich angenommen, dass sie auch für die Vorgänge im Wiemelkenmoor verantwortlich waren. Offenkundig hatte ich mich geirrt. Ein unverzeihlicher Fehler. Ich hätte mich überzeugen müssen, dass auch das kleinere Moor sauber war.

„Letzte Nacht war wieder was", fuhr Franke fort.

Ich verstand die unausgesprochene Forderung. „Ich kümmere mich darum. Sie hören von mir." Ehe er weitersprechen konnte, beendete ich die Verbindung.

„Verdammt", schrie ich, auf dem Weg zu meinem Auto etwa zehn Mal. Die Leute guckten, aber das war mir egal. Ich war einfach ärgerlich auf mich selbst. So etwas durfte nicht passieren. Meine Selbstzufriedenheit hatte mich in ein Dilemma gestürzt: Für die Geschichte in Tonnenheide hatte ich schlichtweg keine Zeit. Ich musste mich um Ackermann kümmern. Eddie erwartete seine Freilassung von mir. Und vorher musste ich noch dieser dämlichen Ladung Folge leisten.

Zunächst aber wollte ich meine Anrufe erledigen. So viel Zeit musste sein. Und zehn Sekunden später hatte ich die Lösung für mein Dilemma.

„Charlie, hast du heute Abend schon was vor?"

„Jetzt wohl schon", seufzte sie.

Ich nahm keine Gefangenen. Außerdem hatte Charlie mir den Geisterfall selbst vermittelt, ja, sie war von Anfang an dabei gewesen. Ich ging in medias res.

„Hast du Lust, mir noch mal bei diesem Spukjob zu assistieren? Ich brauche heute Nacht jemanden in Tonnenheide, bin aber selbst verhindert."

„Machst du Witze?" Eine begeisterte Antwort schlug mir entgegen. „Damit rennst du bei mir offene Türen ein."

„Gott sei Dank. Pass auf, du machst Folgendes." Und dann erklärte ich ihr, wo sie hinmusste, wie man eine gute Observierung durchführte und was sie dafür brauchte. Sie begriff schnell. Mir fiel ein Stein vom Herzen. Eine Last weniger.

Bevor ich die Verbindung unterbrach, fiel mir gerade noch ein, weshalb ich Charlie eigentlich anrufen wollte. Schnell erzählte ich ihr von DJ. Sie trug es mit Fassung, dennoch konnte ich ihre Aufregung über das Telefon hinweg spüren.

Ali blieb gelassen. „Ein Boxer kennt keinen Schmerz", sagte er. Aber ich wusste, dass er sich große Sorgen um DJ machte.

So, Anrufe erledigt. Zeit für das nächste Problem. Da ich schon in Minden war, fuhr ich gleich weiter zur Polizei, um meine Aussage zu machen. Es war weniger schlimm als ich dachte. Sie waren ganz nett zu einer ehemaligen Kollegin. Natürlich drohten sie mir alle möglich Konsequenzen an, doch ich wusste, wenn ich Ackermann überführt hatte, würde seine Anklage schmelzen wie Schnee in der Sonne. Ackermann war Wirtschaftsboss und damit in meinen Augen nicht glaubwürdiger als ein Politiker. Blöd nur, dass die eigentliche Anzeige vom Landrat persönlich kam. Was würde die Justiz daraus machen? Amtsanmaßung in einem minderschweren Fall? Betrug? Ich würde einen Anwalt einschalten müssen.

Mein Magen hing in der Kniekehle, als ich die Kreispolizeibehörde verließ. Ich fuhr in die Innenstadt, setzte mich in ein Café, bestellte Kaffee und Kuchen und überlegte meine nächsten Schritte. Eine halbe Stunde später war mein Magen beruhigt und der Rest des Tages geplant.

Punkt siebzehn Uhr blickte ich in den Rückspiegel meines Focus. Eine fremde Frau starrte mich an. Getönte Haut, braune Augen, dunkles Haar. Das genaue Gegenteil von Lavinia Borowski. Ein gemustertes Kopftuch bildete den krönenden Abschluss. Wer genauer hinsah, würde erkennen, dass es sich bei der Gesichtsfarbe um Bräunungscreme, bei den Augen um Haftschalen und beim Haar um billige Tönung aus dem Supermarkt handelte. Auch das Kopftuch machte aus mir keine Türkin. Aber darauf kam es auch nicht an. Die Informationen, die ich benötigte, würde ich nicht als Lavinia Borowski erhalten. Es ging nur um drei Sekunden, und für diesen Zeitraum, so hoffte ich, würde meine Tarnung halten.

Hatice Akkaya war eine alte Bekannte von DJ, genauer gesagt: ihr Mann Mehmet. Mehmet und DJ hatten als Jugendliche zusammen Autoradios geklaut, waren aber beide in fortgeschrittenem Alter seriös geworden und über die Jahre in losem Kontakt geblieben. Zufälligerweise arbeitete Hatice bei dem Reinigungsunternehmen, das für die BMI putzte. Mehmet schuldete DJ einen Gefallen, und so kam ich ins Spiel. Glücklicherweise hatte DJ vor dem Anschlag noch alles einfädeln können. Guter DJ. Wenn ich dich nicht hätte.

Der Plan war im Grunde einfach. Ich verließ mich darauf, dass weder in der Putzkolonne noch in der Firma selbst auffiel, dass anstelle von Hatice eine Fremde putzte. Die Idee fußte auf der Tatsache, dass in großen Reinigungsfirmen die Mitarbeiter quasi täglich wechselten und sich nicht alle kannten. Eigentlich hätte ich mir die Tarnung sparen können, zumal ich kein Wort Türkisch sprach. Aber ich wollte auf Nummer Sicher gehen, falls der Fall eintrat, dass Ackermann mir über den Weg lief.

Das Risiko war also gering. Trotzdem klopfte mein Herz, als ich die Wagentür öffnete und in den Nachmittagsregen trat. Verdammt, das hatte ich nicht bedacht. Regen. Würde die Bräunungscreme halten? Wenn nicht, konnte ich es nicht ändern, es gab keinen Plan B.

Ich hatte weitab der Firma am Kanalufer geparkt; niemand brauchte zu wissen, welcher Wagen zu mir gehörte. Ich musste also noch ein gutes Stück laufen. Als ich am Betriebsgelände ankam, war ich folgerichtig pitschnass, trotz des Regenmantels. Am liebsten hätte ich mich noch einmal umgezogen. Aber das musste warten. Wenigstens hatte der Schirm mein Gesicht so gut es ging trocken gehalten.

Ich sah die Reinigungskräfte schon von weitem. Neun Frauen mit ebenso vielen Nationalitäten, die wie ein Haufen Hühner vor dem Eingangstor standen und darauf warteten, eingelassen zu werden. Sie musterten mich neugierig, aber keine sagte ein Wort. Da ich den Firmenkittel trug, gehörte ich automatisch zu ihnen.

Pünktlich um 17.15 Uhr ging das Tor auf. Drei Stunden ab jetzt. Wer bis 20.15 Uhr nicht fertig war, hatte schlechte Karten. Dann nämlich trat der Sicherheitsdienst auf die Bühne, der dafür sorgte, dass niemand –

auch BMI-Personal – mehr in der Firma war. Ausgenommen das Topmanagement. Hatice hatte eindringlich darauf hingewiesen. Sie wusste zwar nicht, was die Firma machte, aber dass es etwas Geheimes und Gefährliches war, stand für sie fest. Eindringlich hatte sie die gedrückte und unheimliche Atmosphäre, die auf dem Firmengelände herrschte, geschildert. Als ich jetzt durch das Tor schritt, konnte ich verstehen, warum sie sich hier nicht wohlfühlte. Graue Gebäude ohne Fenster, Bunkern ähnlicher als Produktionshallen, reihten sich aneinander wie Dominosteine und fraßen jedes Sonnenlicht. Lange dunkle Schatten tauchten das Gelände in ein unheimliches Zwielicht. Eine Atmosphäre, die mich an das Holocaust-Mahnmal in Berlin erinnerte.

Geputzt wurde nur im Hauptgebäude. Das einzige, das Fenster besaß. Das einzige auch, das ich kannte: als Sitz der Verwaltung. Einen Moment überlegte ich, ob es mir nützen würde, Einblick in die Produktion zu erlangen, verwarf den Gedanken aber sofort. Was die BMI machte, wusste ich dank DJ. Zu wissen, was in den Hallen vor sich ging, brachte mir keinen Zusatznutzen. Mein Job war, nachzuweisen, dass Ackermann in illegale Machenschaften verwickelt war und damit ein Motiv hatte, seine beiden Mätressen zu ermorden.

Das Innere des Hauptgebäudes kannte ich von meinem ersten Besuch. Helle freundliche Flure, helle Zimmer, Klimaanlage (sogar auf dem Klo) – kein Vergleich mit der Tristesse des Außenbereichs. Hatice hatte mir den Gebäudeplan auf einem Blatt Papier aufgezeichnet, deshalb fand ich mich gut zurecht. Mein Bereich war die zweite Etage. Ackermanns Büro lag zwei Stockwerke höher.

Nachdem wir unsere Ausrüstung aus dem Putzlager geholt hatten, gingen wir an die Arbeit. Ich fuhr mit dem Lift in den zweiten Stock und begann den Flur zu wischen. Die meisten Büros waren um diese Zeit schon verwaist, in einigen jedoch wurde noch gearbeitet. Doch niemand beachtete mich. Zu meinem Glück waren die einzelnen Büros voneinander getrennt und gegenseitig nicht einsehbar. Die Gelegenheit musste ich nutzen. Ohne mich umzusehen, betrat ich mutig mit meinem Putzwagen eines der leeren Zimmer auf der Mitte des Flures.

Es war ein Einzelbüro. Ein Schreibtisch, ein ergonomischer Bürostuhl, ein Schrank – abgeschlossen -, der vermutlich Ordner und andere wichtige Papiere enthielt. Ich verzichtete auf einen Aufbruch. Das schicke Computerterminal hingegen übte eine magische Anziehungskraft auf mich aus. Eine Minute später war es hochgefahren. Ich schloss die Tür und machte mich ans Werk. Doch leider kam ich nur bis zum Anmeldebildschirm. Die Nichtkenntnis des Passwortes verhinderte zuverlässig die von mir benötigte Informationsaufnahme. Ich probierte zwei Minuten lang alle möglichen Passwörter aus. Vergebens. Der Sachbearbeiter, der in diesem Büro arbeitete, schien ein ganz korrekter zu sein.

Ich gab auf und versuchte es im Zimmer nebenan. Dort hatte ich mehr Glück. Das Passwort 12345 würde dem Sachbearbeiter bei einer IT-Prüfung eine Abmahnung einbringen.

Unverhofft öffneten sich mir Dateien, die mir Einblick in die Geschäfte der Firma gaben. Umfangreicher Schriftverkehr lieferte die Beweise, dass die BMI nicht sauber arbeitete. Bestechung, Steuerhinterziehung, Außenrechtsverletzungen, verbotene Geschäfte.

Hard- und Software für Waffen, die andere Firmen in Schurkenstaaten lieferten … Das volle Programm. Ich konnte die Vergehen gar nicht alle aufzählen. Das Geschäftsgebaren der Firma entsprach exakt der state-of-the-art-Geschäftspolitik europäischer und amerikanischer Konzerne, wie man sie sich vorstellte: Steuern vermeiden, Subventionen mitnehmen, Bestechung von Politikern − also Profite maximieren, Verluste dem Steuerzahler aufdrücken. Ich kopierte die Daten auf einen mitgebrachten Stick. Vielleicht war das Material irgendwann einmal für die Staatsanwaltschaft interessant.

So unsauber Ackermanns Geschäfte auch waren, sie waren kein Beweis für seine Schuld an den Morden. Um einen solchen zu erlangen, kam ich nicht umhin, bei ihm selbst zu schnüffeln. Ich fuhr den PC herunter und verließ das Büro. Der vierte Stock empfing mich, wie ich ihn tags zuvor verlassen hatte. Die ersten Schritte des Besuchers führten zu einer Empfangslounge mit Marmorboden und Wänden mit teurer Holzverkleidung. Tagsüber saß hier eine blonde Kraft, deren Aufgabe darin bestand, Besucher abzuwimmeln. Die nicht abgewimmelt wurden (zu dieser exklusiven Gruppe konnte ich mich dank meiner Spielzeugpolizeimarke zählen), nahmen in einem Wartebereich mit Designermöbeln aus Stahl und Leder Platz, von denen jedes einzelne Stück wertvoller war als meine gesamte Wohnungseinrichtung. Mit klopfendem Herzen schob ich den Putzwagen und mich selbst durch Ackermanns Parallelwelt. Sein Büro lag gleich hinter der Lounge, versperrt durch eine Holztür ohne Fenster. Ich konnte also nicht sehen, ob er anwesend war.

Mutig klopfte ich an und öffnete die Tür. Ackermann saß am Schreibtisch und telefonierte. Was er sagte, konnte ich nicht verstehen, er sprach sehr leise. Als er mich bemerkte, winkte er ab und schickte mich mit einer arroganten Handbewegung aus dem Zimmer. Ich nickte und zog mich zurück. Was sollte ich sonst auch tun?

Die nächste Viertelstunde putzte ich die Lounge und den Empfangsbereich, obwohl alles blitzsauber und die zuständige Reinigungskraft schon hier gewesen war. Meine Hoffnung, dass Ackermann Feierabend machte oder das Büro zumindest für ein paar Minuten verließ, erfüllte sich allerdings nicht.

Als sich nach einer halben Stunde immer noch nichts tat, wurde ich nervös. Wie lange brauchte eine Putzfrau, um den Chefbereich zu putzen? Bei den üblichen engen Zeitvorgaben wahrscheinlich nicht länger als dreißig Minuten. Und die waren längst um. Ich gab mir noch fünf Minuten, dann würde ich das Unternehmen abbrechen und es zu einem späteren Zeitpunkt erneut versuchen.

Eine Minute vor Ablauf meines persönlichen Ultimatums ging die Tür auf. Ackermann kam heraus, lief an mir vorbei, ohne mich zu beachten, und verschwand im Lift. Ich konnte mein Glück kaum fassen. Schnell packte ich meinen Wagen, stellte ihn vor Ackermanns Tür und betrat das Büro, bewaffnet mit Staubwedel und Putztuch.

Es war so, wie ich es in Erinnerung hatte: ein riesiger Schreibtisch, der alle Dimensionen sprengte. Macht bewies man am besten durch Größe. Wenn es stimmte, dass die Länge des Schwanzes umgekehrt proportional zur Größe des Schreibtisches war, war durchaus erklärlich, warum Ackermann nicht verheiratet war und professionelle Dienste benötigte.

Auf dem Schreibtisch lagen Papiere, die Aktenschränke waren geöffnet. Das gefiel mir gar nicht, weil es bedeutete, dass Ackermann das Zimmer nur kurz verlassen hatte und jeden Augenblick wiederkommen konnte. Ich musste mich beeilen. Der Aktenschrank war nicht ergiebig. Die Ordner gaben nicht viel her. Präsentationen und Statistiken – nichtssagende Bilder zur Verkaufsförderung, die ich in elektronischer Form schon im PC des Sachbearbeiters gefunden hatte.

Der Rechner war aktiv, aber gesperrt. Ich versuchte eine Minute lang, das Passwort zu knacken. Natürlich vergeblich. Eine Sekunde überlegte ich, ob ich der Einfachheit halber nicht gleich den ganzen Rechner stehlen sollte, musste aber erkennen, dass es nur ein Thin Client war, und wo der Server stand, wusste ich nicht.

Blieb der Monsterschreibtisch. In den Schubladen gab es Hängeakten und einige Notizbücher, die ich schnell durchblätterte. Nichts Verwertbares. Ich fluchte. Dieser Kerl war glatt wie ein Aal. Es gab nicht den Hauch eines Hinweises auf seine Verstrickung in die Morde. In keinem seiner Notizbücher hatte ich die Namen Lolita oder Isabelle, ja nicht einmal ihre Initialen gefunden.

Allmählich begann ich mich zu fragen, ob ich auf einer falschen Spur war. Alles was ich hatte, waren Indizien. Nichts als Annahmen und Hypothesen. Dass Ackermann illegale Geschäfte betrieb, stand außer Frage. Aber dass Lolita und Isabelle deswegen sterben mussten ... Mir fehlte einfach jeder Beweis. Wo sollte ich noch suchen? Gedankenverloren schloss ich die Schublade.

„Was machen Sie da?"

Ich zuckte zusammen und warf den Kopf herum. Ackermann stand in der Tür. Wo war der so plötzlich hergekommen? Ich hatte nichts gehört. Schnell sprang ich aus dem Sessel und wedelte mit dem Putztuch über den Schreibtisch.

„Guten Abend", piepste ich und versuchte ein entschuldigendes Lächeln.

„Raus hier." Ackermanns Stimme war leise. Und sie klang verdammt gefährlich.

Ich ahnte nichts Gutes. Schuldbewusst nickte ich und schlich geduckt an ihm vorbei zur Tür. Mein rechter Fuß überschritt die Schwelle und ich wähnte mich schon in Sicherheit, als ich einen heftigen Schmerz im linken Arm verspürte. Als ich den Kopf drehte, sah ich Ackermanns Hand, die mich festhielt und mir den Oberarm zerquetschte.

„Nein, warten Sie." Seine Zähne blitzten gefährlich, als er mich anlächelte, kalt und grausam wie eine Hyäne. „Hätten Sie die Güte, mir mitzuteilen, was Sie hier gemacht haben?"

Ich machte mich klein, was nicht zuletzt an den Schmerzen in meinem Arm lag. „Ich putzen."

Plötzlich schmerzte nicht nur der Arm, sondern auch meine Wange. Ackermann hatte mir eine geknallt.

„Ihre Kollegin war schon da. Und soviel ich weiß, gehört es nicht zu den Gepflogenheiten Ihres Unternehmens, Räume doppelt zu putzen. Nicht einmal das Chefzimmer."

Womit er zweifellos Recht hatte. Was tun?

„Ich nix verstehen."

Schwach. Das war wohl auch Ackermanns Einschätzung.

„Ja, so ist das immer mit euch Migranten. Wenn es unangenehm wird, versteht ihr kein Deutsch. Mal sehen, ob du verstehst, wenn ich dich durch meinen Sicherheitsdienst verhören lasse."

Mir schwindelte. Ein Verhör konnte ich mir gut vorstellen, und es war mit Sicherheit das Letzte, was ich wollte. Ich versuchte mich loszureißen, doch Ackermann war unglaublich stark. Wie ein Schraubstock hielt seine Hand meinen Arm gefangen. Den Druck noch um eine Potenz erhöhend, schob er mich zum Schreibtisch. Mit der freien Hand bediente er das Telefon.

„Sicherheitsdienst. Sofort zwei Leute zum Vorstand."

Während wir warteten, sagte er kein einziges Wort. Mein Arm starb langsam ab, und das Adrenalin schoss nur so durch meinen Körper. Ich begann zu zittern. Die Gefahr wurde körperlich.

Ackermann beachtete mich nicht weiter. Als wäre es das Natürlichste auf der Welt, stand er da, zog seinen Schraubstock enger und starrte zur Tür. Ich starrte nur auf meinen Arm und überlegte, ob ich Ackermann überwinden konnte. Verdammt noch mal, schließlich war ich Boxerin. Ich musste es versuchen. Meine Tarnung war ohnehin aufgeflogen, ich hatte nichts zu verlieren.

Mein freier Arm schoss hoch. Die Faust traf Ackermann an der Schläfe. Seine Hand löste sich von meinem Arm. Er taumelte zur Seite. Ehe er sich erholen konnte, gab ich ihm einen Tritt zwischen die Beine und einen Faustschlag in den Nacken. Stöhnend sank er zu Boden.

Ich konnte es nicht fassen. Ich war frei. Und es war so einfach gewesen. Ohne mich um den Verletzten zu kümmern, flüchtete ich aus dem Büro so schnell ich konnte, stürzte zum Treppenhaus – und lief direkt in die Arme der Sicherheitsleute.

22

Sie brachten mich in den Keller. Ich hatte keine Chance, einen Punch zu landen. Die beiden Hulk Hogans an meiner Seite hatten mich fest im Griff, jeder einen Arm von mir, zwei menschliche Schraubstöcke. Und hinter uns spazierte, stolz wie ein Gockel, Gerhard Ackermann.

Der Keller war weitläufig und verwinkelt, ein Labyrinth aus dunklen Gängen, kaltem Naturstein und unzähligen Räumen, deren geschlossene Türen zum Teil aus Metall waren und mich an Gefängniszellen erinnerten. Ackermanns Château d'If.

Der Raum, in den sie mich brachten, war schalldicht. Ich erkannte es an der seltsamen Polsterung der Wände und der Tür, Elementen aus Schaumstoff, die an Eierpappen erinnerten. Das einzige Möbelstück war ein schlichter Holzstuhl ohne Armlehnen. Ackermann hatte anscheinend zu viel James Bond gesehen.

Sie stießen mich durch die Tür. Ackermann schloss hinter uns ab. Nachdem er sich überzeugt hatte, dass sie wirklich verschlossen war, nickte er seinen beiden Bullen zu. Offenbar wussten sie genau, was sie zu tun hatten. Es waren wahre Künstler. Ohne den Griff um meine Arme zu lockern, zogen sie mich aus und banden meine Arme und Beine mit Kabelbinder an den

Stuhl, wobei sie meine Arme über die Rückenlehne zwangen, dass es schmerzte. Nun wusste ich, wie sich Anastasia Steele bei ihrer ersten Erfahrung in Christian Greys Spielzimmer fühlte.

Danach geschah erstmal nichts. Die beiden Hogans stellten sich neben Ackermann, und alle zusammen taten nichts anderes als mich anzustarren. Obwohl ich mit gespreizten Beinen und nach hinten gebogenen Armen alles präsentierte, was eine Frau so hat, hatte ich das Gefühl, dass mein Körper sie nicht im Geringsten interessierte. Sie beobachteten mich nur, wie ein Wissenschaftler sein Versuchstier.

Nach einer gefühlten Viertelstunde, in der überhaupt nichts geschah, hob Ackermann meine Kleider auf und fingerte daran herum. Den Stick fand er sofort. Er begutachtete ihn neugierig, hob ihn hoch, um mir zu zeigen, dass er ihn hatte, und steckte ihn in die Jackentasche.

Hilfloser konnte ich nicht sein. Nackt und bloß der Willkür gefährlicher Gangster ausgesetzt. Dazu des einzigen Beweismittels beraubt, dass ich hatte. Würde und Beweise – alles futsch. Die Erniedrigung der körperlichen Exposition konnte ich dabei noch ertragen. Aber der Stick … Noch einmal würde mir ein solcher Coup nicht gelingen. Später begriff ich, dass genau dieser Umstand mir das Leben rettete.

„Wie heißen Sie?" Ackermanns jähe Frage traf mich wie ein Peitschenhieb.

„Hatice. Ich putzen." Warum zitterte meine Stimme?

Plötzlich stand er vor mir. Ehe ich mich versah, packte er meinen Kopf und zerrte an meinen Haaren. Doch damit nicht genug. Er bog den Kopf nach hinten und begann an meinen Augen herumzufummeln. Ich schrie vor Schmerz. Als ich wieder sehen konnte, hielt er meine Kontaktlinsen zwischen den Fingern. Als nächstes spuckte er mir ins Gesicht und wischte die Farbe mit einem Taschentuch ab. Dann trat er zurück und fing an zu lachen.

„Frau Borowski, Sie sind eine schlechte Schauspielerin. Die Polizeinummer hat mir schon nicht gefallen. Wenn Sie nichts anhaben, sieht man deutlich, dass Ihr Kopf dunkler ist als der Rest Ihres Körpers. Billig."

Ich sagte nichts. Was auch?

„Hätten Sie die Güte, mir zu sagen, was Sie in Wirklichkeit sind?"

Nein, hatte ich nicht.

Er schüttelte den Kopf. „Ts, ts. Dann werde ich es Ihnen sagen. Lavinia Borowski, zweiunddreißig Jahre, Privatschnüfflerin. Es war wirklich nicht schwer, das herauszufinden. Und nachdem wir uns jetzt so gut kennen, gebe ich Ihnen Gelegenheit, mir zu sagen, was Sie in meiner Firma zu schnüffeln hatten."

Meine Reaktion war natürlich falsch. Aber wenn mir einer so kommt, kann ich nicht anders als mit Trotz zu reagieren. „Wenn Sie wissen, dass ich Privatdetektivin bin, dann wissen Sie auch, dass ich Berufsgeheimnisse habe."

„Nicht vor dem Richter. Nehmen Sie einfach an, ich sei Ihr Richter."

„Ich ermittle für einen Klienten."

„Ach, darauf wäre ich gar nicht gekommen. Und wer ist Ihr Klient? Wie lautet Ihr Auftrag?"

Ich schwieg.

Ackermann nickte seinen Hulks zu, die sich daraufhin bedrohlich neben mir aufbauten. Ich wusste, was nun kam, und spannte die Muskeln an, um den Schmerz so gut es ging zu kompensieren. Vergebens. Schon der erste Schlag setzte mich außer Gefecht, ein Punch auf den Solarplexus, dem ein lautes Knacken folgte. Dann zwei Punkttreffer auf die Brüste und Faustschläge ins Gesicht. Ich konnte die Adern förmlich platzen hören.

Als die Schmerzen nach einer halben Ewigkeit auf ein erträgliches Niveau abgeklungen waren und ich wieder sehen konnte - wenn auch nur durch einen Schleier aus Tränen -, sah ich Blut auf meinem Körper. Nicht viel, nur ein paar Spritzer. Aber es war mein Blut.

„Nun, Frau Borowski, wollen Sie Ihren Standpunkt noch einmal überdenken?"

Ich sah ihn mit geschwollenen Augen an und spuckte aus. Er nickte nur.

Hulk eins schlug mir die Faust in den Magen. Die zwangsläufige Reaktion erfolgte auf dem Fuß, und obwohl ich wahnsinnige Schmerzen litt, freute ich mich über den Strahl Erbrochenes, der den Schläger traf. Leider schien diese Schmach seinen Eifer noch anzustacheln. Seine Fäuste arbeiteten weiter und trafen mit zielgenauer Sicherheit jedes einzelne meiner Organe, transformierten mein Fleisch in Matsch. Ein menschliches Kotelett. Es dauerte wahrscheinlich nur Minuten, vielleicht nur Sekunden, doch ich hatte das Gefühl, einen ganzen Tag vermöbelt worden zu sein. Mein Körper bestand nur noch aus Schmerz. Aus so starken Schmerzen, dass ich gar nicht erkannte, dass die Prügelei längst aufgehört hatte. Als mein benebeltes Gehirn das endlich registrierte, stand Ackermann vor mir. Nur undeutlich nahm ich seine Stimme wahr, weil in meinem Kopf ein Tambourkorps lautstark trommelte.

„Frau Borowski, wollen Sie nicht endlich kooperieren? Sagen Sie mir einfach alles, und ich werde dafür sorgen, dass Sie ein Privatzimmer im besten Krankenhaus der Umgebung bekommen. Ansonsten kann ich für nichts garantieren."

Die Drohung war eindeutig. Allein die Existenz dieses Raumes bewies, dass Ackermann mehr Delikte beherrschte als Steuerbetrug und Wirtschaftsverbrechen. Und plötzlich hatte ich echte Angst um mein Leben.

Und ich zögerte nicht mehr mit einer Antwort. Die Hoffnung zu überleben, ist ein starker Motivator. Außerdem, was verriet ich wirklich Geheimnisvolles, was Ackermann ohnehin nicht ahnte? Ich hasste mich dafür, aber ich machte das Maul auf. Doch eine Sache änderte ich ab.

„Lolita hat mich beauftragt, Isabelle zu suchen. Damals, als Isabelle nur vermisst wurde. Jetzt, wo beide tot sind, ermittle ich auf eigene Faust. Es gibt eine Liste möglicher Mörder. Und auf dieser Liste stehen Sie ganz oben."

Ackermann bekam einen Lachkrampf. „Frau Borowski, Frau Borowski. Sie sind so naiv. Welchen Grund sollte ich haben, zwei Dirnen aus dem Weg zu räumen?"

„Illegale Geschäfte, von denen die beiden wussten?"

Immer noch lachend, schüttelte er den Kopf. „Ts, ts. Sie haben eine lebhafte Fantasie, das muss der Neid Ihnen lassen." Er zog etwas aus seiner Jackentasche und hielt es sich vor die Augen. Mein Stick. Unvermittelt ließ er ihn zu Boden fallen und stampfte so lange mit seinem Fuß darauf herum, bis nur noch Krümel übrig waren.

„Damit wären wir wohl fertig miteinander. Ich verabschiede mich von Ihnen. Den Rest machen meine Jungs." Er nickte ihnen noch einmal zu und ging dann einfach fort.

Überraschenderweise banden die Jungs mich los, und ich hatte schon die Hoffnung, dass es vorbei war. Doch schnell erkannte ich, dass der Vorgang lediglich dem Zweck diente, auch an Körperteile heranzukommen, die der Stuhl bisher geschützt hatte. Sie schlugen und sie traten mich. Blut floss in Strömen, aus der Nase, aus den aufgeplatzten Lippen und wahrscheinlich auch in meinem Körperinneren. Irgendwann dämmerte ich nur noch dahin, in einer Welt aus Schmerz. Schmerz und Dunkelheit, immer wieder durchbrochen durch helle Lichtblitze, hervorgerufen durch weitere Schmerzimpulse.

Jahre später hörte es auf. Nicht dass der Schmerz vorüber gewesen wäre, es kam nur kein neuer nach. Auf einmal fühlte ich mich federleicht, als ob ich getragen würde. Als es mir gelang, meine geschwollenen Augen für einen Moment zu öffnen, erkannte ich, dass es tatsächlich so war. Hulk eins und Hulk zwei hatten mich in ihre Mitte genommen und trugen mich fort. Wahrscheinlich zu meiner Exekution. Zu einem früheren Zeitpunkt wäre es mir vielleicht gelungen, noch einmal Kräfte zu mobilisieren und mich zu wehren. Aber über diesen Punkt war ich längst hinaus. Die Agonie, in der ich mich befand, ließ keine Reaktion mehr zu. Im Gegenteil, ich war sogar froh, es endlich hinter mir zu haben. Alles war besser als dieser nie endende Schmerz.

Zwischendurch dämmerte ich immer wieder weg, doch ich begriff, dass wir das Gebäude verließen. Sie verfrachteten mich in ein Fahrzeug. Draußen war es dunkel, aber ich konnte ja ohnehin kaum sehen. Trotz meines gestörten Wahrnehmungsvermögens registrierte ich, dass die Fahrt nicht lange dauerte. Irgendeine noch funktionierende Zelle in meinem Gehirn sagte mir, dass wir noch in Minden waren, oder zumindest nicht weit davon. Wieder wurde ich getragen. Sehen konnte ich nicht. Aber daran, dass ich nass wurde und fror, spürte ich, dass wir draußen waren. Ich registrierte einen muffigen Geruch. Erde, Moder. Seltsam.

Plötzlich verlor ich jeden Halt und sackte zusammen. Ich spürte nassen, kühlen Boden an meiner nackten Haut. Ich begriff, dass sie mich irgendwo in freier Natur abgeladen hatten. Wo, interessierte mich nicht mehr, weil ich schon wieder wegdämmerte. Das Letzte, was ich hörte, waren sich entfernende Schritte. Danach wurde es endgültig finster. Abgang Borowski.

23

Vögel zwitscherten, Bienen summten. Eine kräftige Sonne strahlte an einem wolkenlosen blauen Himmel und bescherte der Welt einen herrlichen Tag. Ich lief nackt über eine Wiese und pflückte Blumen. Vor mir lag ein blau schimmernder See. Ich sprang hinein und spielte mit den Fischen. Als mir das zu langweilig wurde, sprang ich wieder hinaus, legte mich ins Gras und ließ meinen Körper in der Sonne trocknen. Danach lief ich in den Wald und spielte mit den Rehen. Bis eines von ihnen mich anstieß und sagte: „Aufwachen."

Ich blinzelte, und plötzlich war der Wald weg. Helligkeit stach in meine Augen, doch es war nicht die Sonne. Etwas summte, doch es waren keine Bienen. Undeutlich erkannte ich Farben. Gelb, grün, weiß. Helle Flächen und klare Linien. Nicht die Natur. Ein Zimmer. Meine Hände trafen auf weichen Widerstand. Ich lag nicht auf einer Wiese.

„Nein!"

Wer hatte geschrien? Meine Sinne waren noch nicht so weit, mir zu sagen, dass der Schrei meiner Kehle entsprang. Und sie waren auch nicht so weit, das Chaos zu durchblicken, das mein Schrei auslöste.

Etwas begann mit fürchterlicher Lautstärke zu piepen. Ich hörte Stimmen. Hände griffen nach mir. Ein Stich in meinen Arm. Mir wurde heiß und kalt zugleich. Doch schon kurze Zeit später begann ein angenehmes Wohlgefühl sich in mir auszubreiten, ein Prickeln, das jede Zelle meines Körpers durchlief. Die Entspannung steigerte sich zu Schläfrigkeit, und schließlich war die Schwärze wieder da.

Als ich das nächste Mal aufwachte, begann auch mein Gehirn seine Tätigkeit wieder aufzunehmen. Zumindest war es in der Lage, mir zu erkennen zu geben, dass ich im Krankenhaus war. Offenbar auf der Intensivstation, da ich an etwa zweitausend Geräte angeschlossen war, die mich zu einer Gefangenen meines Bettes machten. Es war warm, eine leichte Decke schützte meinen Körper, der, wie ich schnell erkannte, nackt war.

Das erste, was mir durch den Kopf schoss, waren zwei Fragen: Wie kam ich hierher? Und warum lebte ich noch? Ich versuchte mich zu erinnern, was geschehen war. Das Bild der beiden Hulks tauchte vor meinem inneren Auge auf. Schläge. Tritte. Dann die Fahrt in die Nacht. Kälte. Dunkelheit. Danach schon das Krankenhaus. Was war in der Zwischenzeit passiert?

Bevor ich weiter darüber nachdenken konnte, dämmerte ich schon wieder weg. So ging es die nächsten Stunden weiter. Kurze Wachperioden lösten längere

Schlafzeiten ab. Wenn ich wach war, fühlte ich seltsamerweise keine Schmerzen. Natürlich nicht, sagte mein Hirn, sie werden dich sediert haben. Mein Gehirn hatte Recht. Die Schläuche sprachen eine eindeutige Sprache.

Irgendwann – ich hatte mein Zeitgefühl noch nicht wiedererlangt – kam die Visite und damit die Klärung der ungelösten Fragen. Spaziergänger hatten mich am späten Abend auf dem Nordfriedhof gefunden. Was den Modergeruch erklärte, den ich vor meiner Bewusstlosigkeit wahrgenommen hatte. Da ich unschwer als das Opfer einer Gewalttat zu erkennen war, alarmierten sie Polizei und Rettungsdienst. Als erstes landete ich im OP. Sie schnitten mich auf, um die inneren Blutungen zu stoppen. Außerdem war ich etwas unterkühlt und zwei Rippen waren angebrochen. Der Rest waren Prellungen und Blutergüsse. Schmerzhaft, aber nichts Lebensbedrohendes. Nach einer Woche Beobachtung würde ich sicher entlassen.

Bevor sie gingen, sagte eine der Ärztinnen: „Ein Polizeibeamter war da und wollte Sie vernehmen. Wir haben ihn fortgeschickt. Er will im Laufe des Abends noch mal reinkommen."

Ich nickte verstehend, dann war ich auch schon wieder weggedämmert.

Ich erwachte durch ein Rütteln an meiner Schulter.

„Vinnie, wach auf. Ich bin´s."

Meine Augen öffneten sich und blickten in das Gesicht von Horst Bremer.

„Horst." War das meine Stimme? Klang eher wie Bonnie Tyler mit Bronchitis.

Horst stand neben mir und streichelte mir die Wange. Ich schloss die Augen und genoss es.

„Vinnie, Vinnie. Immer muss man sich Sorgen um dich machen. Wo bist du jetzt nur wieder hineingeraten?"

Ich sagte nichts, weil ich es selbst nicht durchschaute. Gestern noch war alles eindeutig gewesen. Ich hatte Gerhard Ackermann überführt, und die Konsequenzen waren klar. Eigentlich müsste ich tot ein. Aber ich lebte. Warum?

„Hast du eine Ahnung, wer das war?"

„Nicht nur eine Ahnung", krächzte ich. Und dann erzählte ich Horst mit knappen Worten – das Sprechen strengte mich sehr an -, was am Abend zuvor passiert war.

Er hörte aufmerksam zu und machte sich Notizen. „Willst du Anzeige erstatten?", fragte er, als ich fertig war.

Ich war versucht, ja zu sagen, doch irgendetwas hielt mich im letzten Moment davon ab. Ackermann hatte mich am Leben gelassen. Das musste einen Grund haben. De facto herrschte Waffenstilstand zwischen uns. Und den wollte ich lieber nicht gefährden.

„Nein", sagte ich und schüttelte den Kopf.

„Nein?" Horsts Augenbrauen zuckten überrascht in die Höhe.

„Nein. Im Moment nicht. Hör mal, ich bin Boxerin. Ich kann einstecken."

Horst sah mich an. In seinem Blick lag Bedauern und Mitleid. Mitleid mit der dummen Nuss, die da im Bett lag und scharf darauf war, sich eine blutige Nase zu holen. „Deine Entscheidung", sagte er und packte sein Notizbuch weg. „Nur zur Erinnerung: Du weißt, dass du ein halbes Jahr hast für die Anzeige?"

Ja, das hatte ich schon als Polizistin gelernt. Dennoch war ich überzeugt, dass ich Ackermann nicht anzeigen würde.

Horst stand auf. „Ich muss weiter. Ich freue mich, dass es dir gut geht. Sag mir Bescheid, wenn du was brauchst."

Wir lächelten uns zum Abschied zu, wobei mein Lächeln wahrscheinlich eher eine Fratze war. An der Tür drehte er sich noch einmal zu mir um. „Pass auf dich auf, Vinnie."

Ich nickte sorglos.

„Das meine ich ernst." Mit diesen Worten verschwand er. Wofür ich ihm dankbar war, denn eine Kaskade von Gedanken flutete mein Hirn, und sie zu ordnen, brauchte ich Ruhe. Immer wieder stellte sich mir die zentrale Frage: Warum hatte Ackermann mich nicht umbringen lassen? Wäre ein weiterer Mord in seinem Dunstkreis zu auffällig gewesen? Oder war er sich seiner Sache so sicher, dass er es sich leisten konnte, mich laufen zu lassen? Alles, was ich an Beweisen hatte, war vernichtet. Es war ohnehin nicht viel gewesen. Steuerbetrug, Waffengeschäfte. Und außerdem: Wer würde einer durchgeknallten Privatdetektivin glauben, die sich als Polizistin ausgab und als Putzfrau verkleidete? Obwohl ein Folterkeller natürlich nicht koscher war. Aber der ließ sich noch mit einer geheimen Vorliebe für BDSM begründen.

Doch es gab da noch diese dritte Möglichkeit. Und die gefiel mir gar nicht, weil alles, was ich bisher unternommen hatte – einschließlich meiner persönlichen Passionsgeschichte –, umsonst gewesen wäre. Aber je länger ich darüber nachdachte, desto stärker wurde meine Überzeugung, dass diese dritte Möglichkeit die realistischste war. Und gleichzeitig die niederschmetterndste. Denn sie bedeutete, dass ich ganz von vorn anfangen musste.

Die dritte Möglichkeit: Ackermann hatte mit den Morden an Isabelle und Lolita nichts zu tun. Möglich, dass die Frauen von seinen dubiosen Geschäften erfahren hatten. Und möglich auch, dass Isabelle ihn daraufhin erpresst hatte. Aber ein Mann wie Ackermann hatte andere Möglichkeiten. Mord gehörte meinen Recherchen zufolge nicht dazu. Zumindest waren in den letzten Jahren keine Leichen aufgetaucht, die in einer wie auch immer gearteten Verbindung zu Ackermann standen. Und deshalb gab es auch keinen Grund für ihn, mich töten zu lassen. Die Folter war nur eine Warnung gewesen.

Während ich meinen Entschluss fasste, Ackermann Ackermann sein zu lassen und mir eine neue Strategie zu überlegen, merkte ich, wie ich müde wurde. Noch bevor ich weitere Gedanken fassen konnte, war ich eingeschlafen.

Ich wusste nicht, wie lange ich geschlafen hatte, als ich wieder aufwachte. Mein Blick fiel auf die Uhr an der Wand, ein großes rundes Ding mit Analoganzeige. Es war sieben Uhr abends. Irgendetwas kam mir daran merkwürdig vor. Ich grübelte, und dann wurde es mir klar. Seit vierundzwanzig Stunden war ich von zu Hause fort. Und der einzige, der sich in der Zwischenzeit gemeldet hatte, war Horst. Was war mit Charlie, Anna Lena und Jenny? Als eine Schwester kam und meine Werte kontrollierte, fragte ich sie nach weiteren Besuchern. Sie selbst wusste nichts, wollte sich aber erkundigen. Nach einer Stunde kam sie wieder und teilte mir mit, dass in der ganzen Zeit seit meiner Einlieferung nur die Polizei nach mir gefragt hatte.

Ich wurde unruhig. Da stimmte etwas nicht. Gut, Anna Lena und Jenny kannte ich zu wenig. Sie würden sich über eine längere Abwesenheit meinerseits wohl keine Gedanken machen und wussten wahrscheinlich gar nicht, dass ich im Klinikum lag. Aber Charlie ... Ich hatte sie nach Tonnenheide geschickt, weil ich mich um Ackermann kümmern musste. Dort würde sie auch hingefahren sein. Aber die Aktion sollte eigentlich in der Nacht abgeschlossen gewesen sein. Wenn nicht, hätte sie mir bestimmt eine Zwischennachricht gegeben.

Nein, da stimmte etwas ganz und gar nicht. Meine Unruhe schlug um in Unbehagen, und dann sogar in Angst. Ich begann zu zittern und mit Armen und Beinen zu zappeln. Und dann war ich so weit. Ich wollte nur noch nach Haus.

Dass mein Verstand noch nicht wieder ganz da war, merkte ich, als zwei Schwestern und ein Arzt ins Zimmer gestürzt kamen und mich nackt vor dem Bett knien sahen, unter dem ich nach meinen Sachen suchte. Das Blut tropfte aus den Wunden, die ich mir beim Herausreißen der Schläuche zugefügt hatte. Sie schnappten mich und legten mich zurück aufs Bett. Als sie mich wieder an die Geräte anzuschließen wollten, hob ich abwehrend die Arme.

„Nein. Ich muss hier raus. Ich muss nach Hause."

Der Arzt hielt plötzlich eine Spritze in der Hand.

„Nein", wiederholte ich. „Sie verstehen nicht. Ich kann nicht länger bleiben. Zu Hause ist etwas passiert."

Und dann diskutierten wir eine Viertelstunde. Ich siegte, musste allerdings versprechen, wenigstens eine Abschlussuntersuchung über mich ergehen zu lassen und zu unterschreiben, dass ich mich auf eigene Gefahr selbst entlassen hatte. Als ich das alles hinter mich gebracht hatte, war es fast elf. Erschöpft, aber zufrieden und zuversichtlich, torkelte ich zum Taxistand, barfuß und mit nichts weiter bekleidet als einem grünen OP-Kittel, den die Schwestern mir mangels eigener Kleidung (ich war ja nackt aufgefunden worden) in die Hand gedrückt hatten.

Das Taxi brachte mich zu meinem Wagen, der immer noch am Industriegelände stand, wo ich ihn am Abend zuvor abgestellt hatte. Natürlich machte der Fahrer Zicken, als ich ihm sagte, er möge mir eine Rechnung schreiben, weil ich kein Geld bei mir hatte. Dieses - und meine Autoschlüssel - befanden sich in meinen Kleidern, und die waren bei Ackermann geblieben. Erst als ich den Kittel öffnete, ließ der Taxifahrer sich auf den Handel ein. Ich kam mir vor wie ein billiges Flittchen, aber ich hatte keine Wahl. Die Sorge um meine Freundinnen war stärker.

Nachdem das Taxi gefahren war, suchte ich einen Stein und schlug die Scheibe der Fahrertür ein. Schlüsselproblem gelöst. Zum Glück wusste ich, wie man Autos kurzschloss. Das hatte ich schon bei der Polizei gelernt, aber Charlie hatte mich in dieser Kunst vervollkommnet.

Die Fahrt war mörderisch. Die Wirkung der Medikamente begann nachzulassen und langsam, aber deutlich kamen die Schmerzen wieder. Ich hatte Schwierigkeiten, mich auf die Straße zu konzentrieren. Immer wieder erwischte ich mich dabei, wie der Wagen plötzlich auf den Seitenstreifen schlingerte. Wäre ich angehalten worden, wäre mein Lappen weggewesen. Doch der mögliche Verlust meines Führerscheins kümmerte mich gerade nicht. Ich hatte andere Sorgen.

Je näher ich meinem Haus kam, desto stärker wurde mein mieses Gefühl.

Es war Mitternacht, als ich ankam, und deshalb sollte ein dunkles Haus nichts Außergewöhnliches sein. Aber in meiner Wohnung lebten zurzeit – Charlie nicht eingerechnet – zwei junge Mädchen, die meiner Erfahrung nach bis in die Nacht aufblieben und klatschten und Musik hörten und mit ihren Handys arbeiteten und was junge Mädchen sonst so machten. Aber im Haus brannte nicht das kleinste Licht, und dass sie schliefen, konnte ich mir beim besten Willen nicht vorstellen.

Mein Gefühl sagte mir, nicht direkt am Haus zu parken. Also fuhr ich in die Beeke, stellte den Wagen dort am Straßenrand ab und lief über die Wiese zum Haus. Dort angelangt, umrundete ich zunächst das ganze Gebäude und spähte in jedes einzelne Fenster, konnte aber nichts Verdächtiges erkennen. Am Schlafzimmer war sogar die Jalousie heruntergelassen.

Hatte ich mich geirrt? Waren die Mädchen am Ende doch im Bett und schliefen? Ich schlich zur Haustür. Ein kurzer Blick genügte, um das Adrenalin durch meinen Körper schießen zu lassen. Die Tür war nicht abgeschlossen. Mit zitternden Händen schob ich sie auf und trat ein.

Drinnen war alles ruhig, obwohl es mir vorkam, als hörte ich kaum wahrnehmbares Murmeln. Stimmen? Die Mädchen? Küche und Wohnzimmer waren leer. Die Tür zum Schlafzimmer war geschlossen. Aber dahinter waren eindeutige Geräusche. Bettgeräusche. Und Stöhnen.

Ich stürzte zur Tür und hob sie fast aus den Angeln. Mein erster Blick fiel auf das Bett und auf Jenny, die nackt an das Gestell gefesselt war, den Mund mit Klebeband geknebelt. Das Stöhnen kam von ihr. Auf ihr, mitten im Akt, ein Kerl. Im fahlen Licht der Nachttischlampe erkannte ich sein ekstatisch verzogenes Gesicht. Der Beschreibung nach, die mir vorlag, hatte ich wenig Zweifel, dass es sich um Carl handelte.

Ich flog geradezu auf das Bett. Dabei sah ich aus dem Augenwinkel etwas an der Heizung. Anna Lena, mit Kabelbinder an den Heizkörper gefesselt, ebenfalls nackt und geknebelt.

Ich prallte auf Carl auf und zog ihn gleichsam aus Jenny heraus. Seine Flexibilität überraschte mich. Blitzschnell hatte er sich auf die neue Situation eingestellt und wandte sich mir zu, schiere Mordlust in den Augen. Ehe ich mich versah, fand ich mich in einer weiteren Schlägerei wieder.

Carl war im Vorteil. Er hatte das Überraschungsmoment und einen geschwächten unvorbereiteten Gegner als Pluspunkte. So kam es, dass der erste Angriff sehr schmerzhaft für mich wurde, insbesondere da es ihm gelang, zielsicher meine angeknacksten Rippen zu treffen. Doch dieses Mal lähmte der Schmerz mich nicht. Im Gegenteil, er trieb mich an und erinnerte mich daran, dass ich Boxerin war. Von dem Moment an hatte Carl schlechte Karten. Ich teilte aus und nahm meine eigenen Schmerzen nicht wahr, genoss stattdessen die Schmerzen, die ich ihm zufügte.

Der Kampf dauerte nicht lange. Ein paar Punkttreffer auf den Solarplexus und die Schläfen, und er sackte zusammen wie ein leerer Kartoffelsack. Als er schon halb im Koma lag, gab ich ihm zur Sicherheit noch einen kräftigen Tritt in sein mittlerweile zusammengeschrumpftes Gemächt. Strafe musste sein.

Danach musste ich mich erst einmal setzen und Luft schöpfen. Der Fight hatte mich erschöpft. Meine Brust schmerzte und ich sah Sterne vor den Augen. Aber irgendwie fühlte ich mich auch gut. Endlich hatte ich mal wieder gewonnen.

Als ich wieder zu Atem gekommen war, befreite ich die Mädchen. Sie umarmten mich dankbar und weinten hemmungslos. Gemeinsam schleppten wir Carl zur Heizung und banden nun ihn daran fest. Sein Kopf hing schlaff auf seiner Brust, die Augen waren geschlossen. Ich konnte nicht erkennen, ob er bei Bewusstsein war. Aber das war mir auch egal.

Wir beachteten ihn nicht weiter und räumten das Schlafzimmer auf. Danach ließ ich Wasser in die Wanne und half Jenny, sich zu säubern. Als wir alle drei uns was Ordentliches angezogen hatten, rief ich die Polizei an. Während wir warteten, tranken wir Tee, und ich ließ die Mädchen berichten.

Carl war am frühen Abend aufgetaucht. Der Teufel mochte wissen, wie es ihm gelungen war, Jennys Aufenthaltsort herauszubekommen. Niemand außer ihr und ich wussten, wo sie war. Nicht einmal Eddie. Der Plan, sie zu mir zu nehmen, war eine Bauchentscheidung gewesen, nachdem ich Eddie besucht hatte. Möglicherweise hatte Carl sich nie weit von Jenny entfernt und war, von ihr unbemerkt, stets in ihrer Nähe gewesen. Es schien mir die einzige Erklärung. Er hatte Jenny observiert, war uns dann einfach gefolgt und hatte auf seine Gelegenheit gewartet.

Plötzlich stand er in der Tür. Jenny gelang es nicht mehr, sie zu schließen. Dieses Mal gab es keine Versuche, Jenny auf die reumütige Tour Art zur Rückkehr zu bitten. Er hatte nur ein Ziel: Jennys Körper. Brutal schleppte er sie ins Schlafzimmer, fesselte sie ans Bett und riss ihr die Kleider vom Leib. Dann schnappte er sich Anna Lena und fesselte sie an die Heizung. Und dann begann für Jenny die Nacht des Grauens. Wäre ich nicht rechtzeitig dazugekommen, davon waren beide Mädchen felsenfest überzeugt, hätte es für sie ein böses Ende genommen.

Eine halbe Stunde später traf der Rettungswagen ein, eine Viertelstunde danach die Polizei. Nachdem unsere Aussagen protokolliert waren, fuhren sie ab, den nackten Carl gefesselt auf dem Rücksitz des Polizeiwagens, Jenny im Rettungswagen auf dem Weg in die Notaufnahme. Ich hätte sie gern begleitet, aber zum einen war ich selbst gerade erst aus dem Klinikum geflohen, und zum anderen musste sich jemand um Anna Lena kümmern. Aber ich nahm mir vor, sie im Laufe des Tages zu besuchen.

Anna Lena schlief den Rest der Nacht bei mir. Eng an mich gekuschelt, dämmerte sie schneller weg, als ich gedacht hätte. Sie steckte die Vorkommnisse erstaunlich gut weg. Seltsamerweise hatte auch ich keine Probleme mit dem Einschlafen. Und so versank diese grauenhafte Nacht endlich in den Weiten des psychischen Ozeans.

Um elf am nächsten Vormittag wurde Eddie Finger aus der Haft entlassen.

24

Um halb elf wachte ich auf mit einem nervösen Gefühl in der Magengegend. Immer noch strahlten Nervenzellen aus allen möglichen Körperregionen Schmerzimpulse an mein Gehirn aus. Heftig, aber auszuhalten. Doch das war es nicht, was mich geweckt hatte. Da war etwas anderes, eine seltsame Unruhe, die ich zuerst nicht zuordnen konnte. Etwas, das ich übersehen, vergessen, oder vielmehr verdrängt hatte. Und dann hatte ich es.

„Charlie."

Unwillkürlich hatte ich laut gesprochen. Anna Lena brummte, wachte aber nicht auf. Bleib ruhig, sagte ich mir, wahrscheinlich ist sie längst zu Hause und hat nur verschlafen. Mein Magen sagte mir allerdings etwas anderes, denn die Luftmatratze neben meinem Bett war unbenutzt.

Ich sprang aus dem Bett und lief ins Wohnzimmer. Keine Charlie. Küche, Bad - alles leer. Ich konnte die traurige Bilanz nicht länger ignorieren: Charlie war auch in dieser Nacht nicht nach Hause gekommen.

Verzweifelt suchte ich mein Handy, um zu sehen, ob sie eine Nachricht für mich hinterlassen hatte, bis mir einfiel, dass es sich in meinen Klamotten befand, die Ackermann einkassiert hatte. Dann leuchtete eine Ideeglühbirne über meinem Kopf auf: der Anrufbeantworter. Ich glaubte nicht wirklich an einen Erfolg, da Charlie als digital native nur per Handy kommunizierte, aber zur Sicherheit schaltete ich das Gerät ein. Keine Nachricht.

Zu diesem Zeitpunkt hätte mein Blutdruck bereits behandelt werden müssen. Ein letzter Versuch blieb mir. Zum Glück wusste ich Charlies Handynummer auswendig. Ich rief sie vom Festnetz aus an. Fehlanzeige. Hatte ich wirklich mit einem Erfolg gerechnet? Das Handy war auf Empfang, ich hörte es am Signalton. Aber sie ging nicht ran. Warum nicht? Mir fielen nur zwei mögliche Gründe ein. Entweder hatte sie das Telefon verloren (aber daran glaubte ich nicht, niemand verliert einfach so ein Smartphone – außer durch Diebstahl). Oder – und dieser Möglichkeit musste ich den Vorrang einräumen – ihr war etwas zugestoßen.

Mir wurde schlecht. Fieberhaft überlegte ich, was bei einem so einfachen Auftrag schiefgehen konnte. Was einem Mädchen nachts im Tonnenheider Moor zustoßen konnte. Leider fiel mir eine ganze Menge ein, wenngleich eine kleine Zelle im Vernunftzentrum meines Gehirns, falls es so etwas gab, mir zuflüsterte, dass die Wahrscheinlichkeit dafür doch sehr gering war.

Wahrscheinlichkeit hin oder her - ich hatte Charlie dorthin geschickt. Wenn ihr etwas passiert war, war es meine Schuld. Ich versuchte einen weiteren Anruf, mit dem Ergebnis vom ersten Mal. Damit stand meine nächste Aufgabe fest.

Ich verzichtete aufs Frühstück, duschte und zog mich an. Inzwischen war Anna Lena wach geworden. Ich sprach mit ihr über Charlie und erläuterte ihr meinen Tagesplan.

„Darf ich mitkommen?", fragte sie.

„Auf keinen Fall", antwortete ich kategorisch. „Ich habe keine Ahnung, was auf mich zukommt. Es könnte gefährlich werden."

Sie zog einen Flunsch, akzeptierte die Entscheidung aber.

Im nächsten Moment ging das Telefon. Ärzte würden sagen, das Herz einer gesunden Frau Anfang dreißig kann nicht einfach stehen bleiben. Ich bin der lebende Beweis für das Gegenteil. Ich schwöre, dass in jener Sekunde mein Herzschlag aussetzte. Mit zitternden Händen griff ich nach dem Hörer.

„JVA Bielefeld. Augenblick, ich verbinde."

Es knackte, dann war eine männliche Stimme zu hören. Eine Stimme, die ich bisher noch nie am Telefon gehört hatte.

„Lavinia, hier ist Eddie."

Mein Herzschlag setzte wieder ein. „Eddie. Was ist passiert? Warum rufst du an?"

„Ich habe hier ein Papier in der Hand, das mich zu einem freien Mann macht."

„Gratuliere." Ich freute mich wirklich für ihn. „Das ging ja schnell."

„Ja. Einmal, dass mein Anwalt auf Zack war. Aber ich weiß natürlich, wem ich das zu verdanken habe. Danke, Lavinia."

Das Kompliment ging runter wie Öl. Aber ich musste es weiterreichen. „Danke nicht mir. Danke Jenny. Sie hat alles aushalten müssen. Ohne sie würde dieser Spacko immer noch frei rumlaufen."

„Aber wenn du sie nicht zu dir genommen hättest, wer weiß, was passiert wäre. Allein ist sie hilflos. Sie hätte keine Chance gehabt. Also, danke, Lavinia. Danke für alles."

„Schon gut, Eddie. Du bezahlst mich ja dafür."

„Apropos Bezahlung. Hast du Lust auf einen kleinen Bonus?"

„Was soll ich tun?"

„Nicht viel. Nur ein kleines Transportproblem lösen. Ich muss irgendwie von Bielefeld nach Minden kommen."

„Nimm die Bahn. Soviel ich weiß, übernimmt die Justiz die Fahrtkosten."

„Ich reise nicht per Bahn. Ich möchte, dass du mich fährst."

Es war leicht verdientes Geld, keine Frage. Aber meine Gedanken galten einzig und allein Charlie. Ich musste nach Tonnenheide und nicht nach Bielefeld. Ich machte Eddie einen anderen Vorschlag. „Wie wär's mit einem Leihwagen?"

„Lavinia, bitte. Ich möchte dich auch sehen und mich persönlich bei dir bedanken."

Ich war hin- und hergerissen. Hier die Sorge um Charlie, dort ein kleiner Zusatzauftrag für Geld, das ich dringend brauchte. Ich überlegte. War Charlie wirklich in Gefahr? Brauchte sie meine Hilfe? Wenn ihr etwas zugestoßen war, war es jetzt ohnehin zu spät. Und wenn nicht, kam es hoffentlich auf zwei Stunden nicht an. Meine Gedanken rasten. Schließlich siegte Eddie.

„Also gut. Ich bin gleich bei dir."

Nachdem ich aufgelegt hatte, versuchte ich es noch einmal auf Charlies Handy. Wieder nichts. Mein mulmiges Gefühl blieb. Ich war versucht, meinem inneren Drang nachzugeben und nach Tonnenheide zu fahren. Aber jetzt hatte ich Eddie zugesagt. Vielleicht ja auch deswegen, sagte ich mir, weil ich eine Entscheidung aufschieben wollte, weil ich in Tonnenheide etwas finden könnte, wovor ich Angst hatte. Nein, nicht daran denken. Ich schloss die Augen, atmete tief durch und machte mich auf den Weg.

Nach Bielefeld nahm ich Anna Lena mit. So hatte ich sie besser unter Aufsicht, und sie freute sich über den kleinen Ausflug. Unterwegs hielt ich in einem Mediageschäft und kaufte mir im Vorgriff auf Eddies Honorar ein neues Smartphone, was sich zu einem peinlichen Zwischenfall entwickelte. Der Verkäufer starrte mich an wie ein Zootier, dass ich mich fragte, ob ich vielleicht ein Auslaufmodell gekauft hatte, das niemand mehr nahm. Dann begriff ich, dass er nicht mein Kaufverhalten meinte. Klar, man bekommt nicht jeden

Tag ein Mädchen mit dicken Augen und grünblauem Gesicht zu sehen. Der Vorfall erinnerte mich allerdings an meine Verletzungen, und er erinnerte auch meine Schmerzen daran. Also hielt ich auch noch an einer Apotheke und kaufte Tabletten, von denen ich an Ort und Stelle eine nahm.

Kurz vor halb eins kamen wir in Ummeln an. Eddie stand vor dem Tor. Ein einsamer Mann mit dem erlösten Gesichtsausdruck eines Desperados. Ein Mann, der Schlimmes erlebt hatte, jetzt aber einer glücklichen Zukunft entgegensah. In der Hand hielt er einen Strauß Blumen. Weiß der Geier, wo er die so schnell her hatte.

„Lavinia", rief er, als er mich aussteigen sah. Er lief auf mich zu, zögerte, sah mich an und fragte: „Was ist passiert?"

Sah ich wirklich so schlimm aus? „Kleiner Zusammenstoß mit einem Firmenchef, der mich sozusagen für ein Squeeze-out vorgesehen hat."

Eddie umarmte mich vorsichtig und gab mir einen Kuss auf die Wange. Dann überreichte er mir die Blumen. „Für dich." Er strahlte wie ein Pennäler, der in seine Lehrerin verliebt ist.

„Danke", sagte ich artig und freute mich über die Blumen. Mir schenkte selten jemand Blumen.

Seine nächste Tat freute mich noch mehr. Er öffnete seine Brieftasche und zog zwei blitzblanke Fünfhunderter hervor. „Dein Bonus. Es ist nur eine Anzahlung. Zu Hause gibt´s den Rest."

Den Rest? Mein Herz klopfte. Am Telefon hatte er keine Summe genannt. Gerechnet hatte ich mit zwei-, dreihundert Euro. Gehofft – aber nicht wirklich daran geglaubt – auf fünfhundert. Und jetzt gab es tausend.

Als Anzahlung. Wie groß mochte der Rest sein? Und wie sollte ich das in meinen Büchern verbuchen?

Wir schlenderten zum Auto. Jetzt erst sah Eddie, dass ich nicht allein war. „Oh, hallo", sagte er nonchalant und gab Anna Lena höflich die Hand, „wer ist denn das?"

„Du kanntest ihre Mutter", sagte ich.

„Tatsächlich?" Seine Brauen rutschten nach oben, sein Blick wurde misstrauisch.

Ich konnte mir ein Schmunzeln nicht verkneifen. „Nicht das, was du denkst. Lolita LeGuin. Das ist ihre Tochter. Anna Lena."

„Lolita." Eddie stieß einen Pfiff aus. „Ja, eindeutig." Dann klatschte er sich eine. „Entschuldige, Anna Lena, ich vergesse meine guten Manieren. Das mit deiner Mutter tut mir leid."

„Lavinia sagte mir, Sie sind der Typ, den die Polizei für den Mörder hielt." Anna Lenas Augen blitzten. Irrte ich mich, oder schmachtete sie ihn tatsächlich an?

Eddie nickte. „Einer der üblichen Justizirrtümer. Die Polizei neigt dazu, den Weg des geringsten Widerstands zu gehen."

Wir stiegen ein. Während der Fahrt erzählte Eddie, was er im Gefängnis erlebt hatte. Was nicht allzu viel war, da er ja nicht wirklich lange eingesessen hatte. Als wir Minden erreichten, führte sein erster Weg in die Bank. Anna Lena und ich warteten im Auto. Fünf Minuten später kam er zurück, in der Hand einen Umschlag, den er mir feierlich überreichte. „Dein Honorar."

Ich fühlte mich wie ein Kind, das ein Überraschungsei bekommt. Mit mühsam unterdrückter Aufregung öffnete ich das Kuvert. Achtzehn weitere Fünfhunderter blinzelten mich an. Ich bekam Schnappatmung. „Eddie …"

Er drückte mir den Zeigefinger auf die Lippen. „Du hast es dir verdient. Ich habe noch nie erlebt, dass sich jemand so für mich eingesetzt hat. Für Arztkosten komme ich natürlich zusätzlich auf." Er legte mir die Hand auf die Schulter. „Und jetzt bring mich ins Klinikum. Ich möchte Jenny besuchen."

Wir fanden Jennifer in guter Stimmung vor. Sie lag mit zwei weiteren Patientinnen auf einem Zimmer und wartete bereits auf ihre Entlassung. Die Pille danach hatte das drängendste Problem gelöst. Außer ein paar blauen Flecken hatte sie keine körperlichen Schäden davongetragen. Was ihre Seele betraf – nun, dazu kannte ich sie nicht gut genug.

Als wir kamen und sie Eddie sah, sprang sie aus dem Bett und stürzte ihm in die Arme. Anna Lena und ich blieben noch eine Minute, dann ließen wir die beiden allein. Mein Sonderauftrag war beendet. Ab hier würde Eddie allein zurechtkommen.

Da ich schon einmal im Klinikum war, nutzte ich die Gelegenheit, DJ zu besuchen. Er strahlte, als wir eintraten.

„He, Kleinchen, wen hast du denn da mitgebracht?"

Ich stellte die beiden einander vor. Anna Lena gab ihm artig die Hand. DJ lächelte sie an. Kein Zweifel, er mochte sie.

„Wie geht es dir?", fragte ich.

„Hast du gewusst, dass der menschliche Körper bis zu dreißig Prozent aus Fett besteht? Es schwabbelt nicht nur am Bauch und an den Hüften, auch die Organe sind davon umgeben, besonders das Herz. Jedenfalls habe ich es diesem Fett zu verdanken, dass der Schuss keine wichtigen Organe getroffen hat. Bisschen Blut ging ab, okay, aber sie haben mich sofort mit neuem vollgepumpt. Nur die Schmerzen, die müssten nicht sein. Es ist, als würde jemand permanent mit einem glühenden Messer in meinen Eingeweiden herumfuhrwerken."

Ich grinste ihn an. „Ein Indianer kennt keinen Schmerz."

„Übrigens Schmerz. Was ist denn mit dir passiert?"

Ich seufzte. Trotz seines Zustands hatte DJ meinen Zustand bemerkt. Also berichtete ich ihm von den neuesten Entwicklungen. Als ich auf Charlie zu sprechen kam, verfinsterte sich sein Gesicht.

„Das hört sich nicht gut an", sagte er. „Hör zu, ich lasse mir ordentlich Schmerzmittel verabreichen, und dann sollen die mich entlassen. Du kannst jetzt gut meine Hilfe brauchen."

„Kommt nicht in die Tüte. Du bist schwerverletzt. Damit läuft man nicht in der Botanik rum. Mach dir keine Gedanken, ich schaff das schon."

DJ rang mit sich. Sein Angebot war ernst gemeint. „Na gut", brummte er schließlich. „Aber melde dich sofort, wenn du mich brauchst."

Ich nickte und legte ihm zum Abschied die Hand auf den Arm. Er packte ihn und hielt ihn einen Moment fest.

„Pass auf dich auf, Lavinia. Das meine ich ernst. Ich habe das Gefühl, dass da eine ganz miese Sache auf dich zukommt."

Oh ja, das Gefühl hatte ich selbst. Draußen versuchte ich einen weiteren Anruf. Charlie schwieg weiter. Hoffentlich nur das.

25

Nach dem Krankenhaus fuhren wir in die Stadt und
aßen eine Pizza. Ich wollte am liebsten sofort nach
Tonnenheide, sah aber ein – nachdem Anna Lena
mich darauf aufmerksam gemacht hatte -, dass ein
leerer Magen meinen Ermittlungen nicht förderlich
war; man wusste nie, was auf einen zukam. In einem
Kaufhaus erwarben wir einige Filme für Anna Lena,
damit sie während meiner Abwesenheit beschäftigt
war.

Im Auto bat sie mich erneut, sie nach Tonnenheide
mitzunehmen. Aber das war überhaupt keine Option
für mich, so lange ich nicht wusste, was da vor sich
ging. Meine größte Angst aber war, dass auch ihr
noch etwas zustoßen würde. Allen, mit denen ich in
den letzten Tagen zu tun gehabt hatte, war etwas passiert, einschließlich meiner selbst. Anna Lena war die
einzige, die unbeschadet aus dem Ring gestiegen war.
Und so sollte es auch bleiben.

Ich setzte sie also zu Hause ab und fuhr allein nach
Tonnenheide. Zuerst besuchte ich Ortsvorsteher Franke und fragte ihn, ob Charlie sich bei ihm gemeldet
hätte. Er verneinte. Sie hatte sich weder bei ihm vorgestellt noch zwischendurch angerufen. Allmählich
begann ich mich zu fragen, ob sie überhaupt in
Rahden angekommen war. Als ich die Frage laut äußerte, sagte Franke: „Augenblick, ich höre mich mal
um."

Die nächste halbe Stunde verbrachte er am Telefon.
Danach fragte er mich: „Fährt Ihre Freundin einen
mintgrünen Opel Corsa?"

Ich nickte. Ein solches Fahrzeug hatte sie vor ein paar
Wochen gebraucht gekauft.

„Der Wagen steht im Wiemelkenmoor."
„Also war sie hier."
„Soll ich Sie begleiten?"
Ich lehnte ab und fuhr allein. Der Cosa stand einsam und verlassen in der Botanik, unberührt und abgeschlossen. Daraus folgerte ich, dass bis hierhin für Charlie alles glattgegangen war. Doch was kam dann? Ich begab mich zu den Hügelgräbern. Mittlerweile kannte ich mich aus, sodass ich die Stelle auch ohne Frankes Hilfe sofort fand. Was ich nicht fand, war Charlie. Obwohl ich meine Suche auf das Weiße Moor ausdehnte und bis zur Abenddämmerung durch kniehohes Gras, Schafköttel und Schlamm stiefelte – von Charlie keine Spur. Einzig der Corsa wies darauf hin, dass sie überhaupt hier gewesen war.
Der Albtraum, dass ihr etwas zugestoßen war, wurde manifester. In meiner Not versuchte ich es mit einem neuerlichen Anruf – mit erwartetem Ergebnis. Hilflos musste ich erkennen, dass ich mit meinem Latein am Ende war. Jetzt wäre der Zeitpunkt gekommen, die Polizei einzuschalten. Doch ganz so weit war ich noch nicht. Diese Nacht würde ich noch abwarten und die Arbeit erledigen, die ich Charlie zugedacht hatte.
Dazu waren einige Vorbereitungen erforderlich. Ich fuhr in die Stadt, wo ich einige Dinge besorgte, die ich brauchen würde, wie Lebensmittel, Pfefferspray, eine Decke, die mich warmhalten würde, und einen Baseballschläger. Kurz bedauerte ich, nicht in den Vereinigten Staaten zu leben, wo Detektive Schusswaffen tragen dürfen, aber im Nahkampf würde der Baseballschläger, den ich in einem Sportgeschäft fand, seine Dienste leisten. Danach schob ich mir in einer Pizzeria eine Margherita rein und fuhr mit vollem Bauch und aufgeputscht mit Koffein zurück ins Moor. Im

Wiemelkenmoor hinter den Hügelgräbern legte ich mich schließlich auf die Lauer.

Bis Anbruch der Dunkelheit war noch richtig was los in Tonnenheide. Bauern waren auf den Feldern, Autos fuhren auf den Straßen, vom Spargelhof tönte Kindergeschrei herüber. Rehe ästen jenseits der Straßen, Hasen hoppelten über die Flur, Fledermäuse flogen durch die Luft. Als es dunkel war und ich nichts mehr sehen konnte, deuteten nur noch hell erleuchtete Fenster auf Leben. Und als auch diese erloschen, fühlte ich mich als der einsamste Mensch auf der Welt.

Jetzt, als Sehen nicht mehr möglich war, erwachten meine weiteren Sinne. Deutlich roch ich die würzige Luft des Moores. Meine Ohren vernahmen das Quaken von Fröschen und das Zirpen der Grillen. Leider wurden auch meine Nerven empfindlicher, vielleicht lag es aber auch nur daran, dass ich mich in der Finsternis besonders gut auf meinen Körper konzentrieren konnte. Jedenfalls pochte mein Facialis, und meine Rippen teilten mir mit, dass sie etwas Schmerzmittel vertragen konnten. Ich tat ihnen den Gefallen und schluckte eine Novalgin. Wesentlich besser wurde es trotzdem nicht.

Die nächsten Stunden passierte nichts. Was dazu führte, dass meine Lider schwer wurden und nach Feierabend riefen. Zeit für eine Koffeintablette. Danach ging es wieder. So saß ich schweigend da, lauschte auf die Geräusche der Natur und machte mir Gedanken um Charlie. Als ich zwischendurch aufstand, um mich an einer abgelegenen Stelle zu erleichtern, war mir, als würde meine Nase einen strengen Geruch wahrnehmen, sauer und ätzend, fast schon Gestank. Ich fragte mich, ob das Moor nachts so roch oder ob etwas mit meinem Pipi nicht in Ordnung war.

Kurz nach Mitternacht tat sich endlich etwas. Meine Ohren nahmen Geräusche wahr, die nicht hierher gehörten. Menschen. Deutlich hörte ich Gesprächsfetzen und sich nähernde Schritte. Ich kroch ein Stück aus meinem Versteck hinter dem Hügelgrab hervor.

Bleiches Mondlicht fiel auf eine Gruppe dunkelgekleideter Gestalten. Ich zählte fünf, wenigstens eine davon eine Frau. Sie kamen direkt auf mich zu. Vorsichtig schob ich mich wieder ein Stück zurück. Eine unnötige Maßnahme, denn die fünf blieben vor dem Hügel stehen, etwa zehn Meter von mir entfernt. Jetzt sah ich, dass sie etwas in den Händen hielten: einen größeren Gegenstand aus Metall, den sie vor dem Hügelgrab abstellten. Ein Feuerkorb. Kurz darauf brannte das Lagerfeuer und beleuchtete die Gesichter der fünf, die sich lachend im Schneidersitz um das Feuer gruppierten und begannen, übelriechendes Zeug zu rauchen. Jetzt sah ich, dass es zwei Mädchen und drei Jungen waren, keiner älter als zwanzig. Alle waren schwarz gekleidet, trugen dunkle Schminke im Gesicht und waren gepierct. Gruftis. Na, so etwas. Da nimmt man an, Tonnenheide sei ein kleines beschauliches Dorf, und dabei gibt es ein geheimes Nachtleben. Erst die Nymphen. Jetzt eine Gruppe koksender Gruftis. Respekt.

Und dann fiel es mir wie Schuppen von den Augen. Gruftis. Der Gedanke, der mich die ganze Zeit tief im Innern meines Gehirns verfolgt und sich geweigert hatte, an die Oberfläche zu treten. Die Gruftis waren Schneckis schwarze Gespenster. Ich freute mich, ein Rätsel gelöst.

Als nächstes bauten sie eine Bar auf, die einem mittleren Getränkeladen Konkurrenz gemacht hätte: Dosen dutzendweise, gefüllt mit Bier und Mischgetränken,

Schnapsflaschen - das ganze Sortiment. Das Lachen wurde lauter, die Gespräche lallender. Ein guter Moment für den Zugriff.

Ich erhob mich und trat aus meinem Versteck. „Guten Abend, die Herrschaften."

Sie zuckten zusammen und starrten mich an, dass ich das Gefühl bekam, ich wäre der Tonnenheider Spuk. Doch schon im nächsten Moment wurde die Situation bedrohlich. Die drei Jungs standen auf. Sie trugen nagelbesetzte Lederhandschuhe. Auf ihren nackten Armen, die sie angriffslustig abspreizten, prangten hässliche Tattoos. Ihre Körperhaltung zeigte, dass sie ihr Revier zu verteidigen verstanden. Meine Körperhaltung zeigte den Baseballschläger.

Die Jungs erwiesen dem Schläger Respekt und zogen sich vorsichtig zurück. Nur einer, wohl der Anführer, wagte sich weiter vor. Einen Schritt vor mir blieb er stehen, baute sich zu seiner vollen Größe auf und hauchte mich mit seinem nach Gras und Alkohol stinkenden Atem an.

„Wo kommst du denn so plötzlich her?"

„Sagen wir, ich war auf einer Nachtwanderung und sah noch Licht brennen."

Meine Antwort trug nicht zu seiner Erheiterung bei. Er kam noch näher und trat mir schon beinahe auf die Füße. Er überragte mich um einen Kopf, sah aber nicht sehr kräftig aus. Ich wog meine Chancen ab. Wenn es zu einem Kampf kam – einem fairen Zweikampf -, würde ich wahrscheinlich, trotz meiner Verletzungen, siegen.

„Und? Wer bist du? Was willst du?"

Ich beschloss, direkt auf den Punkt zu kommen. Ich traute den fünfen nicht. Auch wenn die anderen abwartend dasaßen, war ich sicher, dass ich es im Falle einer Auseinandersetzung mit allen auf einmal zu tun bekam. Es war also wieder einmal an der Zeit, die Polizeikarte zu ziehen. Ich zeigte dem Anführer meine falsche Marke und sagte: „Kripo Minden. Ich ermittle in einer Vermisstensache."

Sein ohnehin schon blasses Gesicht wurde noch eine Nuance heller, während im Hintergrund Beutel ins Feuer flogen.

„Darf ich mich zu euch setzen?", fragte ich.

Da keiner etwas sagte, tat ich es einfach. Der Anführer blieb stehen.

„Ich heiße Borowski. Ihr dürft Lavinia sagen."

Keine Reaktion.

„Vergesst das Gras. Ich habe nichts gesehen. Ich bin ja nicht euretwegen hier."

Erste Anzeichen von Entspannung bei den Teilnehmern der Diskussionsrunde.

„Kommt ihr öfter hierher?"

„Schon möglich." Der Anführer kam zu uns und hockte sich mir gegenüber. Seine Piercings funkelten wild im flackernden Licht des Feuers.

"Ist ja auch nicht verboten", sagte ich. „Dies hier ist ein öffentliches Naherholungsgebiet."

„Richtig."

„Sag mal, wie heißt du eigentlich?"

„Sag einfach Chief."

„Nun, Chief, ich schätze, ihr alle kennt die Gegend hier. Und wenn ihr regelmäßig hierher kommt …"

„Davon hat keiner was gesagt."

Sieh an, ich hatte einen Anwalt vor mir. „Gesetzt den Fall, ihr kämt regelmäßig, würde euch sicher auffallen, wenn etwas Außergewöhnliches passierte."

„Richtig."

„Und da ihr ja nicht dumm seid – ich meine, es gehört schon Mut dazu, nachts einen so unheimlichen Ort wie diesen aufzusuchen -, würde es euch sicher auffallen, wenn etwas Ungewöhnliches passierte."

Chief dachte nach und schien zu dem Schluss zu kommen, dass ein weiteres Richtig nicht verfänglich wäre. „Richtig."

„Was könnte denn hier Ungewöhnliches passieren?"

„Woher soll ich das wissen?"

„Das heißt also, dass euch nichts aufgefallen ist?"

„Richtig. Das heißt, dass uns nichts auffallen würde. Ganz einfach deshalb, weil hier nichts los ist. Und nachts schon gar nicht. Deshalb kommen wir ja hierher."

Ich sah in die Gesichter der anderen. Zwei starrten mich an, die anderen blickten ausdruckslos ins Feuer. Sie mauerten. Dass sie selbst der Spuk waren, glaubte ich nicht eine Sekunde. Da waren immer noch die seltsamen Geräusche, von denen Franke gesprochen hatte. Die Gruftis hingegen verhielten sich eher leise.

„Seid ihr alle aus Tonnenheide?"

„Schon möglich."

„Passiert überhaupt etwas in Tonnenheide?"

„Schützenfest. Sportfest. Feuerwehrfest."

„Okay, ich habe verstanden. Hört zu, ich mag euch. Wenn ihr sagt, hier ist nichts passiert, dann glaube ich euch. Ich glaube euch auch, dass ihr kein Gras raucht."

Chief räusperte sich verlegen. „Also, äh …"

„Lavinia."

„Also, Lavinia, hier ist wirklich nichts los. Gut, wir kommen ab und zu her, um ein bisschen zu rauchen und zu trinken. Aber das ist auch alles. Wir wollen nur Spaß haben. Wir wollen keinen Ärger."

Ich hob die Arme. „Ich sagte doch, alles in Ordnung. Ich will auch keinen Ärger. Ich mag euch." Ich stand auf. „Tja, also, dann will ich mal weiter. Ihr habt sicher noch zu tun, und ich will ins Bett."

Ich verließ den Kreis und wandte mich zum Gehen. Bevor ich in die Dunkelheit trat, drehte ich mich noch einmal um. „Ach so, fast hätte ich vergessen, weshalb ich eigentlich hier bin. Ich suche jemanden. Ein Mädchen. Anfang zwanzig, eins fünfundsechzig, schlank, gutaussehend. Wird seit gestern in dieser Gegend vermisst. Ihr habt sie nicht zufällig gesehen?"

„Nein."

Das Nein kam zu schnell. „Wart ihr zufälligerweise auch gestern hier?"

„Nein."

Dieses Nein war so schnell, dass ich im selben Moment Bescheid wusste. Die Gruftis waren gestern hier gewesen. Und sie hatten Charlie gesehen. Hatten vielleicht etwas mit ihrem Verschwinden zu tun. Nur, ich hatte keinen Beweis. Und wie es aussah, würde ich den auch nicht bekommen, nicht hier und nicht in dieser Nacht.

Ich winkte zum Abschied und ging. Es war besser zu verduften, solange die Teenies nicht auf falsche Gedanken kamen. Auf dem Weg zum Auto lief in meinem Kopf ein Film ab. Hauptdarstellerin: Charlie.

Charlie fuhr nach Tonnenheide, parkte ihren Corsa in sicherer Entfernung zum Ort des Geschehens und legte sich im Wiemelkenmoor auf die Lauer. Um Mitternacht kamen die Gruftis und gingen ihrer geheimnisvollen Tätigkeit nach. Charlie beobachtete sie, wurde aber entdeckt. Die Gruftis schnappten sie und ließen sie verschwinden. Ich glaubte nicht, dass sie sie ermordet hatten; so viel Gewalt traute ich ihnen nicht zu. Aber sie hatten sie aus dem Verkehr gezogen und irgendwohin gebracht. Meine Hoffnung stieg.

An diesem Punkt meiner Überlegungen wurde mir klar, dass heute Nacht gar nichts geschehen war. Die Gruftis hatten da gesessen und gesoffen und gekifft. Sonst nichts. Jedenfalls bis zu dem Moment, in dem ich ging. Und dann wurde mir bewusst, dass es das war. Ich war zu früh. Was immer sie hier des Nachts machten, es war in dieser Nacht noch nicht eingetreten. Was bedeutete, dass noch etwas passieren würde.

Ich huschte zurück zu meinem Lager, löste es auf und brachte mein Zeug in den Wagen. Nur mit dem Nötigsten versehen – Taschenlampe, Pfefferspray, Notizbuch –, kehrte ich zu den Hügelgräbern zurück und schlich mich so weit wie möglich an das Lager der Gruftis heran, begleitet nur von dem Rauschen des Windes und dem Zirpen der Grillen, die meine Geräusche überdeckten.

Sie saßen immer noch um das Feuer, jeder eine Dose in der einen und ein Stäbchen in der anderen Hand. Was sie sagten, konnte ich nicht verstehen. Sie sprachen leise, ich war zu weit weg und das Prasseln des Feuers, das sich anhörte wie eine Serie kleiner Explosionen, tat ein Übriges. So waren es nur Brocken, die ich auffing und, soweit mein Intellekt es zuließ, zu sinnvollen Sätzen ergänzte.

„Glaubst du wirklich, die war von der Polizei?", fragte eines der Mädchen.

„Die Marke sah jedenfalls echt aus", antwortete Chief.

„Weiß sie was?"

„Keine Ahnung."

„Und wenn sie die Kleine findet?"

Mein Herz schlug plötzlich in meinem Hals. Die Kleine. Charlie. Gab es endlich eine Spur?

„... Möhlmann machen?"

„Woher soll ich das wissen?"

In meiner Sorge um Charlie wäre es fast an mir vorbeigegangen. Ein Name. Möhlmann, wenn ich es richtig verstanden hatte.

„... brenzlig. ... will aufhören."

„Niemand hört auf. Wir ziehen das durch. Möhlmann zahlt ... bald fertig."

Ein Bild begann sich in meinem Kopf zusammenzusetzen. Möhlmann, der Mann im Hintergrund. Offensichtlich hatte dieser Möhlmann die Gruftis mit einem Projekt beauftragt, das kurz vor der Vollendung stand. Einem Projekt, bei dem es sich nur um etwas Illegales handeln konnte. Warum sonst war es notwendig gewesen, Charlie, die möglicherweise einzige Zeugin, kaltzustellen?

Die einzige Zeugin? Ein Gedanke regte sich. Hatte Franke nicht von einem Jungen gesprochen, der vor ein paar Tagen spurlos verschwunden war? Gab es einen Zusammenhang? Mir wurde kalt und gruselig. Auf was für eine Schweinerei war ich hier gestoßen?

Möhlmann. Wer war Möhlmann? Den Namen hatte ich schon mal gehört. In welchem Zusammenhang nur? Natürlich fiel es mir nicht ein. Aber das bereitete mir im Augenblick den wenigsten Kummer, ich würde es schon noch herausfinden. Endlich hatte ich eine Spur zu Charlie.

Eine Weile geschah nichts. Die Gruftis saßen nur herum. Die Gesprächsfetzen, die ich auffing, waren belanglos. Es war offenkundig, dass sie auf etwas warteten. Oder auf jemanden.

Und so wartete ich mit. Ich wurde müde, meine Knochen schmerzten und mir war kalt. Aber ich musste nur an Charlie denken, um meine eigenen Unannehmlichkeiten zu vergessen. Wie sich zeigen sollte, war meine Warterei nicht umsonst. Um ein Uhr tat sich etwas.

Mir war, als hörte ich ein leises Brummen, das langsam anschwoll. Ein Motor? Ich entfernte mich vorsichtig vom Lager und sah mich in alle Richtungen um. Nichts. Hatte ich mich verhört? Nein, das Brummen war da, und es kam näher. Wenn meine Sinne mich nicht täuschten, war es ein Fahrzeug, dem schweren Keuchen und Stottern nach ein Lkw. Aber ich sah keine Lichter.

Das Geheimnis löste sich zwei Minuten später auf. Im fahlen Licht des Mondes näherte sich tatsächlich ein Laster dem Lager. Ohne Licht. Bingo. Ein Lkw nachts um eins, dazu ohne Licht. Wenn das keine Spur war.

Ich machte ein paar Fotos, auch wenn ich mir sicher war, dass sie nichts geworden waren, weil ich das Blitzlicht nicht einzusetzen wagte. Der Fahrer fuhr den Wagen, einen mittelschweren Lkw mit Abdeckplane, so weit an das Lager heran, wie es ging, parkte mit laufendem Motor und stieg aus. Im flackernden Licht des Lagerfeuers sah ich einen gedrungenen Mann in Overall und T-Shirt, aus dessen Ärmeln kurze muskulöse Arme ohne Tattoos ragten. Die Gruftis liefen ihm entgegen, als er begann, an der Verschnürung der Plane zu fummeln.

Von dem nun folgenden Gespräch bekam ich nichts mit, sah jedoch erstaunt, wie der Fahrer die Plane wieder festzurrte, in den Wagen stieg und mit lautem Getöse davonfuhr. Ich lief ein Stück hinterher in der Hoffnung, das Kennzeichen zu entziffern, aber ich hatte keine Chance. Es war zu dunkel, und das Fahrzeug entfernte sich zu schnell. Damit hatte ich nichts Konkretes, denn auch eine Firmenaufschrift hatte ich nicht erkennen können, weder auf der Karosserie noch auf der Abdeckplane.

Möhlmann. Ob er das gewesen war? Was bedeutete, dass Möhlmann eine Firma hatte, die Lkws besaß. Verdammt, woher kannte ich diesen Namen?

In der Überzeugung, dass diese Nacht nichts mehr geschehen würde, schlich ich zu meinem Focus zurück. Auf dem Weg dachte ich über das gerade Erlebte nach. Was hatte diese Episode zu bedeuten? Offenkundig hatte der Fahrer den Gruftis etwas übergeben wollen. Er war dabei gewesen, die Ladefläche zu öffnen, hatte es sich dann aber anders überlegt, und zwar, nachdem die Gruftis ihn angesprochen hatten. Höchstwahrscheinlich hatten sie ihm von ihrer Begegnung mit mir erzählt. Daraufhin hatte er kalte Füße bekommen und war verduftet, ohne abzuliefern. Was hatte er geladen? Ohne Frage etwas Ungesetzliches.

Jetzt wurde ich aber wirklich neugierig. Ich gab meine Vorsicht auf. Ohne Rücksicht auf eventuelle Entdeckung rannte ich zu meinem Wagen. In meiner Aufregung würgte ich den Motor ab, startete erneut und legte einen Kavalierstart hin. Im Nu war ich auf der nächsten größeren Straße. Doch es war umsonst. Obwohl ich suchte wie eine Verrückte, fand ich den Lkw nicht wieder. Er war mir entwischt.

Ich fuhr rechts ran. Eine vage Hoffnung hatte ich. Ich fingerte Lolitas Kundenliste aus meiner Tasche. Volltreffer. Möhlmann gehörte zu Isabelles Kunden. Nun musste ich nur noch herausfinden, wer dieser Möhlmann war.

26

Es war halb drei, als ich nach Hause kam. Die Luft war kalt, ich fror und sehnte mich nach meinem Bett. Müde, die Glieder schwer wie Blei, betrat ich das Haus und schlich ins Schlafzimmer. Anna Lena wachte auf, aber nachdem sie sich überzeugt hatte, dass alles gut war, schlief sie wieder ein. Ich verzichtete auf Waschen und Zähneputzen, zog meine Klamotten aus, warf mich aufs Bett und versuchte zu schlafen. Mehr als eine Serie kurzer Nickerchen wurde es nicht, ich war zu aufgekratzt. Meine Gedanken kreisten immer wieder um das Wiemelkenmoor.

Diese Spukgeschichte, zu deren Aufklärung ich engagiert worden war, das waren die Gruftis, soviel stand fest. Und sie war ein Ablenkungsmanöver, inszeniert von Möhlmann, dem Mann im Hintergrund, von dem ich immer noch nicht wusste, wer er war. Billig ausgeführt von den naiven Gruftis, die wahrscheinlich gar nicht wussten, worum es in Wirklichkeit ging, und die von Möhlmann für dubiose Machenschaften missbraucht wurden. Wahrscheinlich bezahlte er sie dafür mit Geld, das sie sofort in Alkohol und Drogen investierten. Nur, welche Rolle spielte der Lkw dabei?

Der Fahrer hatte etwas abladen wollen, hatte es aber nicht getan, als er hörte, dass die Gruftis nächtlichen Besuch von der Polizei bekommen hatten. Das legte die Vermutung nahe, dass es sich um etwas Illegales handelte. Drogen? Und die Gruftis übernahmen die Verteilung? Die Frage war, ob es sich um eine einmalige Aktion gehandelt hatte oder ob der Lkw schon öfter dagewesen war. Wahrscheinlich letzteres, Franke hatte von wiederholtem nächtlichem Lärm gesprochen.

Was wurde im Wiemelkenmoor abgeladen? Und wo war die Ladung hingekommen? War sie womöglich noch da, verbuddelt im Boden?

Meine Gedanken drehten sich im Kreis. Die Lösung lag im Moor. Ich musste dorthin zurück. Dieser Drang wurde übermächtig und verhinderte am Ende das Einschlafen. Um fünf gab ich auf, schlüpfte unter die Dusche und ließ mir eiskaltes Wasser über den Körper laufen, bis ich fror. Aber es machte munter. Ich frühstückte, trank eine halbe Kanne Kaffee und zog mich an: Jeans, dunkler Pullover, dicke Jacke und feste Schuhe. Jetzt war ich bereit für den Tag. Doch bevor ich nach Tonnenheide fuhr, musste ich noch etwas klären.

Ich warf den Rechner an und dankte Page und Brin für die Erfindung von Google. Überrascht, wie viele Beiträge es über das Wiemelkenmoor gab, wühlte ich mich durch die Seiten. Dabei stieß ich auf einen Zeitungsartikel über die Hügelgräber, datiert vom Juli vorigen Jahres. Je mehr ich las, desto sicherer wurde ich, das Geheimnis um den Tonnenheider Spuk gelöst zu haben.

In den Zwanzigerjahren waren Bauern bei der Bestellung ihrer Felder von einem Erdeinbruch überrascht worden. Dabei entdeckte man im Bereich der Hügelgräber unterirdische Hohlräume. In einigen dieser Höhlen fand man menschliche Überreste, Knochen aus der Bronzezeit, die vermutlich Ausgangsbasis für die darauf gebauten Hügelgräber waren. Die Hohlräume wurden provisorisch gefüllt, sodass die Bauern das Land weiter nutzen konnten. Letztes Jahr war es allerdings wieder zu Einbrüchen gekommen, sodass die Stadt Rahden sich entschloss, einen Unternehmer mit der endgültigen Versiegelung zu beauftragen. Den

Zuschlag bekam die Firma Möhlmann Tiefbau aus Minden.

Bingo.

Möhlmann war identifiziert. Ein Tiefbauunternehmen aus Minden. Damit stand für mich fest, dass der Lkw letzte Nacht zum Fuhrpark Möhlmanns gehörte. Was aber hatte Möhlmann hier zu suchen, wenn sein Auftrag abgeschlossen war? Oder war er gar nicht abgeschlossen? Waren die Höhlen gar nicht verfüllt worden? Dienten sie möglicherweise als Lager für seine illegalen Lkw-Ladungen?

Ich schaltete den Computer aus, entschlossener denn je, nach dem Spukgeheimnis auch das Geheimnis um Möhlmann zu lüften. Denn wenn ich dieses Geheimnis aufdeckte, so meine Rechnung, würde ich Charlie finden.

Meine erste Aufgabe führte mich wieder zum Wiemelkenmoor. Ich packte einige Dinge in den Kofferraum und fuhr los. Als ich ankam, lag dichter Nebel über der Landschaft. Es roch feucht, meine Kleider wurden klamm, Wasser tropfte mir von den Haaren ins Gesicht. Das Halblicht der aufgehenden Sonne spendete zwar genügend Licht, doch erkennen konnte ich wegen des Nebels nichts. Wäre das Quaken der Frösche nicht gewesen, hätte ich in einer anderen Welt sein können. Unheimlich.

Suchend lief ich umher, bis ich die Stätte meines nächtlichen Wirkens gefunden hatte. Die Untersuchung war mühsam, ich musste mich oft bücken, um den Boden überhaupt erkennen zu können. Nachdem ich eine Stunde gesucht hatte und der Nebel immer dünner, die Sicht immer besser wurde, stand das Ergebnis fest. Ich konnte es nicht glauben: Von den nächtlichen Aktivitäten war nichts zu sehen. Als hätte das Lager der Gruftis nie existiert. Nicht ein Krümel Asche war zu sehen. Alle Spuren ihrer Anwesenheit waren verwischt. Das gleiche galt für den Lkw. Ich suchte die Umgebung ab nach Reifenspuren, die ein Fahrzeug dieses Kalibers zwangsläufig hinterließ. Nichts. Ich zollte den Gruftis Respekt für ihre saubere Arbeit. Jetzt hatte ich eine Erklärung, warum Charlie und ich bei unseren früheren Begehungen nie etwas entdeckt hatten. Doch gleichzeitig fragte ich mich, in was die jungen Leute verstrickt waren, dass sie sich solche Mühe gaben.

Inzwischen stand die Sonne hoch genug, der Nebel hatte sich fast verzogen. Endlich konnte ich mich an meine eigentliche Arbeit machen. Ich holte meine Ausrüstung aus dem Kofferraum, eine Schaufel und einen Spaten, und ging ans Werk: den Zugang zu dem Höhlensystem zu finden. Diese Aufgabe war schwieriger als ich dachte. Zwei Stunden verbrachte ich damit, das Gelände noch einmal sorgfältigst zu untersuchen, doch nirgends fand ich einen Hinweis, dass irgendwo gegraben worden war. Nichts. Der Boden sah fest und unberührt aus.

Schließlich wandte ich mich den Hügelgräbern selbst zu. Sie waren von Sträuchern und Unkraut überwuchert, die Flächen ringsum wirkten aber seltsam gepflegt, als würden sie regelmäßig von Unkraut befreit und geharkt. Vom Heimatverein oder von den Gruftis? Grabungsspuren würden somit natürlich regelmäßig verwischt werden. Ein Ansatzpunkt für mich? Ich nahm mir den größeren der beiden Hügel vor und begann zu graben. Ich buddelte an verschiedenen Stellen, stieß aber auf keinen Hohlraum. Nach einer Stunde gab ich auf und machte eine kurze Pause, um zu essen und zu trinken.

Beim zweiten Hügel trat endlich der erhoffte Erfolg ein. In einem Meter Tiefe stieß mein Spaten auf Leerraum. Ich ließ das Gerät zur Kontrolle mit der Hand hinabsinken. Es verschwand bis zum Griff, ohne den Boden zu berühren. Treffer.

Ich verbreiterte das Loch so weit, dass ich problemlos hindurchkriechen konnte. Mit der Taschenlampe leuchtete ich hinein. Der Hohlraum war etwa zwei Meter tief und setzte sich unter der Oberfläche in alle Richtungen fort. Mit den Füßen zuerst ließ ich mich durch meinen Einstieg fallen. Ich kam sanft auf und sah mich im Licht der Lampe um.

Ich stand auf festgepresster Erde. Menschenwerk. In den geglätteten Wänden wucherten Wurzeln der Oberflächenvegetation. Es roch angenehm erdig, doch mischte sich ein eigenartiger fruchtiger Geruch dazwischen. Obwohl es kalt war, klebte ich vor Schweiß, Folge der Stunden harter körperlicher Arbeit. Aber wie es aussah, hatte sich meine Mühe gelohnt.

Vorsichtig setzte ich mich in Bewegung. Die Höhle war nicht gleichmäßig hoch, sodass ich aufpassen musste, nicht mit dem Kopf anzustoßen. Nach fünf Metern kam ein leichter Knick. Danach folgte wieder eine größere Höhlung.

Und da lag sie, die Antwort auf all meine Fragen.

Mit offenem Mund starrte ich auf eine Ansammlung wild abgeladener Metallfässer. Die ursprüngliche Farbe war nicht mehr zu erkennen. Rost, Schmutz und Millionen von Beulen hatten alle Kennzeichen über die Jahre wirkungsvoll ausgelöscht. Der Boden unter ihnen glitzerte feucht. Mir schwante Schlimmes. Ich zählte und kam auf fünfzig.

Schnell machte ich ein paar Fotos. Zu mehr Aktionen kam ich allerdings nicht, denn plötzlich wurde mir schlecht. Ehe ich mich versah, entleerte sich mein Magen. Doch es kam noch schlimmer. Nachdem ich mein halbes Gedärm ausgekotzt hatte, begannen die Augen zu tränen und die Haut fing an zu jucken. Schnell raus hier, dachte ich nur noch. Was auch immer in den Fässern war, es schien hochgiftig zu sein und Reaktionen im menschlichen Körper auszulösen. Zumindest im Körper von Lavinia Borowski.

Draußen japste ich nach Luft. Meine Lunge nahm so viel Sauerstoff auf, wie es ging. Bald fühlte ich mich besser. Gut genug jedenfalls für die zweite Runde. Denn es nützte nichts, ich musste noch mal runter, ich brauchte eine Probe.

Aus dem Verbandskasten meines Focus nahm ich die Dose mit dem Pflaster, leerte sie und steckte sie in die Hosentasche. Ich hoffte, dass sie dicht genug war, um als Transportbehälter zu dienen. Dann streifte ich mir noch die Gummihandschuhe über und machte mich auf den Weg.

Es war schon gruselig, ein zweites Mal einzusteigen. Aber dieses Mal war ich vorgewarnt. Als ich in die Höhle mit den Fässern kam, hielt ich die Luft an, bückte mich, nahm die Dose und tauchte sie in die bräunliche Flüssigkeit. Ich füllte die Dose zu drei Vierteln, schraubte den Deckel drauf und machte mich unverzüglich auf den Rückweg. Es wurde höchste Zeit. Kopfschmerzen und Übelkeit deuteten darauf hin, dass ich kontaminiert war. Meine Beine trugen mich kaum, weil meine Muskeln heftig zitterten. Dazu kam, dass ich kaum sehen konnte, weil mich das Brennen in den Augen immer wieder zwang, die Lider zu schließen. So kam es, dass ich mir etliche Male den Kopf stieß.

Dann, von einem Augenblick zum anderen, kam mein Rückzug zum Stillstand. Ein dumpfer Knall. In derselben Sekunde ein unglaublicher Schlag gegen die Brust. Gleichzeitig schien mein Trommelfell zu explodieren. Mitten im Lauf riss es mich von den Beinen. Mein Hinterkopf schlug unsanft auf der harten Erde auf. Abgang Borowski.

Als ich wieder zu mir kam, war es dunkel. Mein Versuch, mich zu orientieren, blieb erfolglos. Alles was ich wahrnahm, war Schmerz. Und ein lauter singender Ton in meinem Kopf.

Ein halbes Leben später setzte die Erinnerung ein. Meine Taschenlampe fiel mir ein. Sie musste mir aus der Hand gefallen und ausgegangen sein, als auch meine Lichter ausgingen. Blind tastete ich umher und atmete erleichtert auf, als ich sie nur wenige Zentimeter neben der Ruine meines schmerzenden Körpers fand. Gott sei Dank funktionierte sie noch. Als das Licht anging, fiel mir als erstes die Dunkelheit auf. Das klingt blöd, weil ich ja Licht hatte und es also nicht dunkel sein konnte. Was mein Unterbewusstsein schon längst erkannt hatte und nur langsam in mein Haupthirn übertrug, war die Tatsache, dass das Tageslicht weg war. Ich richtete meinen Blick auf die Stelle, wo ich den Ausgang der Höhle vermutete, wo der von mir geschaffene Durchbruch sein sollte. Dort, wo es hell sein sollte. Wo es aber so dunkel war wie im Arsch einer Kuh.

Ich bemühte mich, die aufkommende Panik niederzukämpfen. Für die Dunkelheit gab es nur zwei Erklärungen. Ich betete, dass meine Bewusstlosigkeit lange genug gedauert hatte, so lange, dass jetzt draußen Nacht war. Aber ein ängstlicher Blick auf die Uhr sagte mir gnadenlos, dass Erklärung zwei die grausame Wahrheit war.

Trotzdem nahm ich meinen kümmerlichen Restmut zusammen und marschierte tapfer Richtung Ausgang. Staub tanzte im Licht der Lampe. Ich musste husten. Weit kam ich nicht, denn der Gang war plötzlich zu Ende. Ich hatte den Ausgang erreicht. Doch dort, wo mein Durchbruch sein sollte, lag ein riesiger, mit Steinbrocken durchsetzter Haufen Erde. Fassungslos stand ich da und starrte. Dann blickte ich noch einmal zurück, nur zur Sicherheit, um auszuschließen, dass ich mich verlaufen hatte. Nein, verirrt hatte ich mich nicht. Was also war mit dem Ausgang geschehen?

Die Erinnerung kam wieder. Der Knall, den ich gehört hatte. Ein schrecklicher Verdacht kam mir, und ein Bild begann sich zu formen. Ein Bild, das mich in höchstem Maße beunruhigte. Mein Körper verfiel in den Zittermodus. Dynamit, eine Granate, was auch immer. Hineingeworfen in die Höhle. Hineingeworfen, um mich zu töten.

Die schockierende Erkenntnis saugte alle Lebenskraft aus mir. Meine Beine gaben nach, ich sackte zu Boden. Tränen stiegen mir in die Augen. Jemand hatte tatsächlich versucht mich umzubringen. Wenn mich die Explosion nicht schaffte, würde der verschüttete Eingang dafür sorgen, dass ich das Tageslicht nicht wieder sah. Entweder würde ich ersticken oder verdursten. Ein todsicherer Plan.

Warum? Das fragte ich mich hundert Mal, während ich da saß und mir die Augen aus dem Kopf heulte. Warum? Warum passierte mir das? Dies war kein amerikanischer Krimi, dies war die Wirklichkeit. Ich war eine kleine Detektivin mit einem unbedeutenden Auftrag. Warum? Ich konnte es nicht begreifen.

Eine halbe Ewigkeit später hatte ich meinen Moralischen überwunden und das nüchterne Denken gewann die Oberhand. Ich rekapitulierte die Ereignisse und setzte die Puzzleteile zusammen. Wer konnte ein Motiv haben, mich aus dem Weg zu räumen? Die Antwort war nicht schwer. Ich hatte keine Zweifel, dass Möhlmann dahintersteckte. Nur, woher wusste Möhlmann, dass ich hier war? Dass ich ausgerechnet an diesem Morgen ins Moor zurückkam und mit Spaten und Schaufel an den Hügelgräbern arbeitete? Wurde ich beschattet? Hatte er Wachen am Tatort zurückgelassen?

Meine Gedanken rasten. Die Fragen führten zu weiteren Fragen. Fragen, mein Schicksal betreffend. Was, wenn ich hier nicht mehr rauskam? Was wurde aus Charlie? Aus Anna Lena? Was war in den Fässern? Warum lagerten sie hier? Wo kamen sie her? Was war Möhlmanns Motiv?

Ich schloss die Augen, atmete tief ein und konzentrierte mich. Alle Fragen waren akademisch, so lange es mir nicht gelang, hier rauszukommen. Hatte ich eine Chance? Mein Werkzeug lag oben, ich hatte nichts als meine bloßen Hände. Ich öffnete die Augen und versuchte im dünnen Licht meiner Lampe abzuschätzen, wieviel Abraum ich beiseiteschieben musste. Einen Kubikmeter? Zehn? Hundert? Wie lange würde ich brauchen? Eine Stunde? Einen Tag? Eine Woche? Ich hatte keine Ahnung. Ich wusste auch nicht, ob es mir mit bloßen Händen gelingen würde. Ich wusste nur eines: Wenn ich es nicht versuchte, würde ich sterben.

27

Ich starb nicht. Der Plan, mich zu töten, war dilettantisch. So dilettantisch, dass ich mich im Nachhinein frage, ob das Ganze nicht nur eine, wenn auch drastische, Warnung gewesen war. Um die Hügelgräber herum gab es nur Erde. Erde, die durch die Explosion zudem gelockert und deshalb gut beiseite zu räumen war. Es kostete nur Zeit und Kraft. Doch das wusste ich nicht, als ich am Boden der Höhle saß und im Geiste mein Testament machte.

Irgendwann fing ich mit der Buddelei an. Ich streckte die Arme aus und begann unter der Decke. Das Material war lockerer als ich dachte, im Nu hatte ich einen Meter freigelegt. Ich kletterte hinauf und klemmte meinen Oberkörper in dem geschaffenen Hohlraum fest. Wie ein Maulwurf arbeitete ich mich vorwärts. Schließlich passte ich mit meinem ganzen Körper in den Hohlraum. Ab jetzt arbeitete ich im Liegen. Es war mühsam und mein Körper schmerzte fürchterlich. Immer wieder musste ich husten und blinzeln, aber ich kam voran, und das war das Wichtigste. Nach einer Stunde hatte ich fünf Meter geschafft. Ich machte eine kurze Pause und überlegte, wieviel noch vor mir war. Vielleicht noch einmal fünf Meter? Vorausgesetzt, ich hatte mich nicht verirrt und war weiter auf der Spur Richtung Ausgang.

Mehr als fünf Minuten Pause gönnte ich mir nicht. Hunger und Durst ignorierend, quälte ich mich weiter voran. Die Arbeit war eintönig, langsam und anstrengend. Aber es nützte nichts, sie musste getan werden. Dann kam ich an eine Stelle, an der Erde und Steine ein derart komprimiertes Konglomerat bildeten, dass ich allein hierfür eine volle Stunde brauchte. Als ich damit fertig war, spürte ich, dass meine Kräfte zu Ende gingen. Geschwächt durch Hunger, Durst und Verletzungen würde ich nicht mehr lange durchhalten. Ich stand kurz davor aufzugeben. Vielleicht war es besser, Schluss zu machen, zu schlafen und morgen weiterzubuddeln.

Doch da waren diese Fässer. Der Gedanke, eine Nacht in der Nähe von Giftmüll, der sonst was mit meinem Körper anstellte, zu verbringen, aktivierte meine schlafende Energiereserve. Und so ging es weiter.

Und dann änderte sich alles. Von einer Sekunde zur anderen wurde es hell und frische Luft strömte in den Gang. Meine Augen wurden größer, meine Lungenflügel inhalierten den Sauerstoff wie ein Schütze das Bier und meine Stimmbänder krächzten ein gewolltes, aber nicht gekonntes „Ja".

Ja, ich hatte es geschafft. Ich war wieder da, Leute. Neu geboren wie Phoenix aus der Asche. Lavinia Borowski lebte wieder.

Nach meiner ersten Euphorie sah ich auf meine Uhr. Ich hatte unglaubliche sechs Stunden gebuddelt. Sechs Stunden, die mir alles abverlangt hatten. Sechs Stunden der Verzweiflung und der Angst. Sechs Stunden der Entkräftung und Auszehrung. Doch als ich jetzt den Spalt, durch den das Tageslicht hereinfiel, vergrößerte und nach draußen kletterte, fühlte ich mich, obwohl jede einzelne Faser meines Körpers mich mit Schmerzsignalen versorgte, seltsamerweise kräftig und erholt. Nie war mir die Auswirkung von Sonnenlicht und frischer Luft so bewusst geworden wie in diesem Augenblick meiner Wiedergeburt. Ich fühlte reine Lebensfreude.

Als ich da stand im hoffnungsfrohen Licht des neuen Morgens und den Ort des Geschehens betrachtete, stellte ich fest, dass sich das Hügelgrab, in das ich eingestiegen war, massiv verändert hatte. Es war komplett in sich zusammengefallen. Wahrscheinlich hatte ich großes Glück gehabt. (Mehr Glück jedenfalls als Tonnenheide, das jetzt eine Attraktion weniger hatte.) Eine etwas stärkere Sprengladung, und etliche Tonnen Erde und Steine hätten meinen Körper zur Unkenntlichkeit zermalmt. Als mir das bewusst wurde, rebellierte mein Magen.

Nachdem ich den letzten Tropfen Galle ausgekotzt hatte, schleppte ich mich mit meinen Gummibeinen zum Wagen. Meine Hände zitterten, ich konnte kaum den Zündschlüssel betätigen. Doch irgendwann fuhr ich los mit dem festen Vorsatz, den Rest des Tages zu verschlafen und allenfalls vor dem Bett noch eine Riesenpizza zu essen und eine lange heiße Dusche zu nehmen. Und dann war Möhlmann dran.

Um sechs war ich wieder wach. Nach einer weiteren Dusche und einem wortkargen Abendessen mit Anna Lena – auch ihr machte Charlies Verschwinden zu schaffen –, machte ich mich an die Arbeit. Bevor ich nach Minden fuhr, dachte ich, es wäre eine gute Idee zu recherchieren, was es im Netz über die Firma Möhlmann zu lesen gab.

Die Homepage war die reinste Lobhudelei. Bunte Bilder beschrieben ein erfolgreiches Unternehmen mit vielen Standbeinen, vielen Mitarbeitern und einem Betriebsklima, das suggerierte, Möhlmann wäre der beste Arbeitgeber der Welt. Hauptgeschäftzweig war der Hoch- und Tiefbau. Die Seite zählte etliche Projekte auf, an denen die Firma beteiligt gewesen war, unter anderem am Bau des Atlantiktunnels zwischen Europa und Großbritannien. Aktuell war die Tiefbaufirma eines der Unternehmen, die die neue Schleuse bauten.

Mein Instinkt erwachte. Wer an so großen Unternehmungen beteiligt war, war für gewöhnlich nicht zimperlich in seinen Methoden. Ich konnte die Korruption und das Verbrechen förmlich riechen. Ich war gespannt, ob die Website auch Informationen über den Mann enthielt, dem die Firma das alles zu verdanken hatte. Natürlich, Herbert Möhlmann hatte eine ganze Seite Selbstbeweihräucherung eingestellt.

Herbert Möhlmann, genannt Herbert der Cherusker, hatte das von seinem Vater geerbte Unternehmen von einer kleinen Baufirma zu einem erfolgreichen Firmenkonglomerat ausgebaut, mit Standorten in Minden, Bielefeld, Magdeburg, Eckernförde und sogar in Enschede in den Niederlanden und in Apenrade in Dänemark. Neben Hoch- und Tiefbau gab es ein drittes Standbein: Müllentsorgung. Eine Branche, die nicht gerade für Transparenz und Fair Trade bekannt war. Mir fielen die Giftmüllfässer ein und in meinem Hirn formte sich das Bild eines Mannes, der durch Betrug und Bestechung – und vielleicht durch Mord? – zu Ansehen und Vermögen gekommen war.

Die Bilder, die Möhlmann von sich selbst eingestellt hatte, zeigten einen stattlichen Mittfünfziger, etwa eins achtzig bis eins fünfundachtzig groß, leicht untersetzt, aber muskulös, schwarzes fülliges Haar (wahrscheinlich gefärbt). Alle Fotos zeigten, vor wechselnden Kulissen, einen arroganten, grinsenden, selbstzufriedenen Mann, der sich mit hübschen Frauen umgab wie ein Playboy. Eine Mischung aus Donald Trump und Hugh Hefner. Mir kam die Galle hoch. Zur Selbstdarstellung passte die wiederholte Erwähnung, dass Möhlmann gerne spendete und Sponsor vieler wohltätiger Veranstaltungen und Einrichtungen war. Eine nützliche Einstellung, wenn man Steuern sparen und kostenlose Werbung erhalten wollte.

Angewidert verließ ich die Website und guckte, was Google sonst noch so auswarf. Und siehe da – Möhlmann hatte, wie erwartet, auch eine andere Seite.

Es war ein Zeitungsartikel, der meine Aufmerksamkeit erregte. Das Mindener Tageblatt hatte am 30. Juli letzten Jahres einen großen Bericht gebracht, Titel „Der Mann, der die Schleuse baut". Verfasser war ein gewisser Harald Nolting. Als ich den Namen las, klingelte etwas in mir, aber ich verfolgte den Gedanken zunächst nicht weiter. Der Artikel war genau nach meinem Geschmack. Nolting zählte Sachen auf, die man eher mit der Mafia als mit einem heimischen Geschäftsmann in Verbindung brachte: Bestechung, Ausschreibungsbetrug, ausbeuterische Dumpinglöhne, illegale Beschäftigungsverhältnisse, Steuerhinterziehung, Sozialversicherungsbetrug. Das volle Programm. Es hatte Gerichtsverfahren gegeben, doch nie war es zu einer Verurteilung gekommen.

Nolting hatte sich auch eingehend mit Möhlmanns Charakter befasst. Er beschrieb den Unternehmer als eitlen Fatzke, der teure Maßanzüge trug, sein Haar färben ließ und nach außen stets gönnerhaft und jovial auftrat, als spendabler Lebemann, den nichts erschüttern konnte. Doch die Befragung von Mitarbeitern ergab ein gänzlich anderes Bild. Jähzorn, Willkür und autokratisches Gebaren waren demnach die hervorstechenden Charaktereigenschaften eines Mannes, dessen Ziele in nichts weiter bestanden als Geld und Macht. Sein Vermögen bestand Nolting zufolge aus millionenschweren Wertpapierdepots sowie Hunderten von Mietobjekten - sowohl Häusern als auch

Wohnungen -, deren Unterhaltungszustand schwer zu wünschen übrig ließ. In manchen seiner Häuser war die Infrastruktur in solch katastrophalem Zustand, dass es zu Gesundheitsbeschwerden der Bewohner gekommen war.

Natürlich hatte ein Mann wie Möhlmann auch Feinde, weshalb er stets mit einer Abteilung Bodyguards unterwegs war. Nolting hatte herausgefunden, dass diese Truppe sich aus ehemaligen Söldnern und Fremdenlegionären zusammensetzte. Solche Männer, dachte ich, waren für bestimmte Aufgaben bestimmt ganz nützlich; zum Beispiel für Sabotageaufträge an Hügelgräbern.

Möhlmanns Schwäche waren – und da schloss sich der Kreis – Frauen. Er war einmal verheiratet gewesen. Die Ehe hatte aber nicht lange gehalten. Angeblich hatte er sich scheiden lassen, weil sie zu gierig gewesen war. Jedenfalls ging sie leer aus und die Welt hörte nie wieder von ihr. Seitdem hielt er sich Mätressen wie Mörtel Lugner beim Wiener Opernball. Ja, dachte ich, zwei davon hatte ich gekannt.

Die restlichen Googleeinträge sparte ich mir. Mein Bild von Möhlmann war klar, Noltings Artikel war genau auf meiner Wellenlänge. Nolting. Was sagte mir dieser Name nur, außer dass Nolting ein bekannter Redakteur der Zeitung war? Ich recherchierte weiter und fand heraus, dass Nolting kurz nach Verfassen des Artikels spurlos verschwunden war.

Spurlos verschwunden. Ein kalter Schauer lief mir über den Rücken. Die Zeitung beklagte den Verlust eines ihrer besten Redakteure. Andere Blätter ergingen sich in Spekulationen, dass Nolting in dubiose Geschäfte verwickelt war und sich – Frau und Kind zurücklassend – ins Ausland abgesetzt hatte. Das klang mir zu eindeutig nach Rufmord, und ich musste nicht lange überlegen, wer dafür verantwortlich war. Insgeheim war ich sogar davon überzeugt, dass aus dem Wort Rufmord die Silbe Ruf gestrichen werden konnte.

Spurlos verschwunden. Nicht eine, sondern gleich vier Personen. Und alle hatten in irgendeiner Verbindung zu Möhlmann gestanden. Zuerst seine Frau. Dann Nolting, der Journalist. Der Junge aus Tonnenheide, obwohl ich auf den ersten Blick keine Verbindung zu Möhlmann herstellen konnte; aber er war einer der Gruftis gewesen, die Möhlmann in Tonnenheide unterstützten. Und als letztes Charlie. Meine Freundin Charlie. Vier Personen, die Möhlmann zu nahe gekommen waren. Die der Wahrheit zu nahe gekommen waren? Dazu die beiden Todesfälle LeGuin und La-Cour.

Das Puzzle vervollständigte sich. Von welcher Seite ich auch an den Fall heranging, alle Fäden liefen zu Herbert, dem Cherusker. Meinen Plan, das Beweismaterial der Polizei zu übergeben und sie den Rest machen zu lassen, ließ ich erst einmal fallen. Vielleicht konnte ich noch mehr liefern. Hebert Möhlmann war eine Goldgrube für Privatdetektive. Mir juckte es in den Fingern, mehr über ihn zu erfahren. Möhlmann war der Schlüssel zu allem. Wenn ich das Rätsel um Möhlmann löste, hatte ich den Fall gelöst.

Aber ich musste mich beeilen. Nach dem Zwischenfall in Tonnenheide musste Möhlmann die Fässer dort schnellstens wieder verschwinden lassen, so unauffällig wie möglich. Am helllichten Tag ging das kaum, ohne Aufsehen zu erregen. Und auch nachts würde es schwierig für ihn werden, weil Tonnenheide jetzt sensibilisiert war. Aber eine Lösung würde einem gewieften Geschäftsmann wie ihm zweifellos einfallen. Ich schätzte, dass ich höchstens achtundvierzig Stunden hatte. Im Grunde weniger, denn da war ja noch Charlie.

Der Abend brachte ein schauriges Wintergewitter. Es blitzte und donnerte nur zwei Mal, dafür so stark und mit so viel Regen, als wollte die Welt untergehen. Der kurze Weg von der Haustür zum Auto reichte, um mich bis auf die Haut zu durchnässen. Als ich nach Minden reinkam, hatte der Regen nachgelassen, doch es tröpfelte immer noch genug, um meine Sachen nass zu halten. Ich parkte am äußersten Ende der Windmühlenstraße, weit genug von Möhlmanns Firma entfernt, und ging den Rest zum Osthafen zu Fuß.

Ich trug Jeans und Turnschuhe, dazu einen Kapuzenpulli, dessen Kapuze ich über den Kopf gezogen hatte, damit ich nicht so leicht zu erkennen war. Für den Weg brauchte ich zehn Minuten. Und zehn Sekunden für die Erkenntnis, dass Möhlmann ein Nachbar von Ackermanns BMI war. Sieh an, dachte ich, ein Silicon Valley des Verbrechens.

Das Firmengelände war mit einem stabilen Metallzaun gesichert. Ein Schild wies darauf hin, dass Hunde Wache hielten. Ich horchte auf Hechelgeräusche und Bellen, hörte nichts, machte mich aber darauf gefasst, jeden Moment einen blutrünstigen Rottweiler aus seinem Versteck, in dem er auf Opfer lauerte, hervorkommen und am Zaun hochspringen zu sehen. In den nächsten Minuten umrundete ich das Grundstück und sah mir das Anwesen genau an. Der Anblick entsprach dem, was man von einem Hoch- und Tiefbauunternehmen erwartete: Baumaterial, Fahrzeuge, Lagerhallen, ein Verwaltungsgebäude. Unscheinbar. Nichts wies darauf hin, dass hinter den Kulissen schmutzige Spielchen getrieben wurden.

Auf dem großen Hof aus gegossenem Beton stand eine noch größere Fahrzeugflotte, sauber aufgereiht in ostwestfälischer Ordnung: links zehn PKWs unterschiedlichster Modelle – vom Opel Corsa bis zum Skoda Rapid -, rechts zwanzig Laster, ebenfalls unterschiedliche Modelle und Größen. Alle Fahrzeuge waren orange lackiert mit einem breiten grauen Streifen, der die Fahrzeuge umschloss wie ein Sicherheitsgurt. Und alle trugen den Namenszug und das Logo der Firma Möhlmann: einen stilisierten Hochhausturm in einer angedeuteten Baustelle.

Alle – bis auf eines.

Ein kleiner unscheinbarer LKW, der nur orange lackiert war, dafür aber eine Abdeckplane besaß, stand abseits des Fuhrparks in einer Nische zwischen zwei Gebäuden, als musste er zur Strafe in der Ecke stehen. Eine dunkle Pfütze hatte sich in einer Bodenvertiefung gesammelt - Dreck, den der Regen aus den Reifen herausgespült hatte. Moorboden? Hatte ich den LKW gefunden, den ich in der letzten Nacht in Tonnenheide gesehen hatte?

Ich holte meine Kamera hervor, um Aufnahmen zu machen. Dazu trat ich ganz dicht an den Zaun heran, damit ich zwischen den Maschen hindurch fotografieren konnte. Ich hatte ihn noch nicht berührt, da hörte ich schon das Hecheln und Knurren. Es waren zwei. Rottweiler, wie ich befürchtet hatte. Und was für Apparate. Groß wie Kälber, schwarz wie die Nacht und aggressiv wie ausgehungerte Piranhas. Mit lautem Gebell sprangen sie am Zaun hoch. So hoch, dass ich Angst bekam, sie würden es schaffen herüberzuspringen. In Gedanken sah ich schon meine zerfleischte

Leiche, doch Gott sei Dank war der Zaun hoch genug. Dafür schafften sie es, einen Wachmann anzulocken. Ich weiß nicht, wo er herkam, aber plötzlich stand er da. Ein Kleiderschrank von Kerl mit Armen, die den Oberschenkeln von Karlheinz Rummenigge Konkurrenz machten und den Stoff seiner grauen Uniform beinahe zum Platzen brachten. Ein Griff, und die Hunde beruhigten sich. Das aggressive Bellen reduzierte sich auf ein aggressives Knurren, doch ihr blutrünstiger Blick war weiterhin auf ihr Ziel fixiert: Klein-Vinnie Borowski.

„Mascht du hier, Schlampe?"

Ich starrte durch den Zaun und tat irritiert. „Hat gerade eine von euch Kreaturen mit mir gesprochen?"

„Verschwinde, Schlampe, schprivatgelände."

Meine Augen peilten den Bodyguard an. „Warst du das? Verlang das Geld zurück."

„Geld? Von wem?"

„Von dem, der versucht hat, euch dreien das Sprechen beizubringen."

Schneller als mein Auge sah, war der Wachmann am Zaun, die Finger der linken Hand zwischen den Maschen, die rechte Hand an seiner Uniform. Das Fletschen der Zähne hatte er wohl von den Kötern gelernt.

„Weißt du, schab Elektroschocker, Schlampe."

Ich klatschte meine rechte Hand an die Stirn. „Weißt du, schab Gehirn, Spacko."

Die Bellerei ging wieder los, aber ich konnte wirklich nicht erkennen, ob sie aus zwei oder aus drei Kehlen kam.

„Letzte Warnung, Schlampe. Verschwinde, oder ..."

„Oder was?"

„Oder schmach Tor auf."

„Und hetzt Zeus und Apollo auf mich? Stell deine Lauscher auf Empfang, Spacko. Das, worauf ich stehe, ist ein öffentlicher Bürgersteig, den ich mit meinen Steuergeldern bezahlt habe. Aus Einkommen, das ich mir hart verdient habe, während du deine Kohle für sinnlose Deutschstunden verballert hast. Also kann ich hier spazieren gehen, so viel ich will."

„Zieh Leine, Schlampe."

„Selbstverständlich. Oder sehe ich so aus, als würde ich einen zwei Meter hohen Zaun überklettern, um mich von drei räudigen Kötern zerfetzen zu lassen?"

Spacko kniff die Augen zusammen. „Du hast doch was gesucht, Schlampe."

Respekt. Er konnte doch Deutsch.

„Klar. Ich wollte einen eurer LKWs klauen. Hör zu, ich gehe jetzt weiter. Und wenn ich auch nur einen von euch dreien mir hinterherbellen höre, rufe ich die Polizei und zeig euch an wegen Belästigung. Klar, Spacko?"

Innerlich kochte ich, aber was konnte ich tun? Eine Frau gegen drei Kampfhunde, da konnte ich nur verlieren. Ohne ein weiteres Wort wandte ich mich ab und trollte mich. Als ich nach einigen Metern zurückschaute, stand Spacko noch immer am Zaun. Er nahm seinen Job wirklich ernst. Freund Möhlmann musste wahrhaftig Angst um seine Firma haben. Trotz allem, Baufirma und Wachdienst, irgendwie passte das nicht zusammen. Ich fragte mich, ob der Wachdienst jede Nacht patrouillierte oder nur heute. Weil der Transporter heute auf dem Gelände stand. Und weil der Transporter möglicherweise noch beladen war.

Verbotenes weckt Neugier. Meine Neugier erreichte ihren Höhepunkt. Ich musste auf das Gelände und den Transporter in Augenschein nehmen. Aber wie konnte ich den Wachmann ausschalten? Ich hatte die Pistole an seiner Hüfte wohl bemerkt, und es war mir klar, dass es sich nicht um eine harmlose Schreckschusspistole handelte. Ziellos wanderte ich durch die Nacht und ließ mich nass regnen, während meine Gedanken rasten. Ich nahm den Weg gar nicht wahr und wunderte mich, als ich plötzlich vor meinem Auto stand. Dann machte es Klick und ich hatte die Lösung.

Eine Stunde später stand ich wieder am Zaun. Sechzig Minuten, die ich genutzt hatte, um nach Hause zu fahren und einige Vorbereitungen zu treffen. Spacko würde sich wundern. Wie beim ersten Mal brachen die Hunde mit der Kraft einer Lokomotive aus ihrem Versteck und bellten mich an. Ich warf das mitgebrachte Fleisch über den Zaun und mich auf den Boden und sah zu, wie sie zuerst schnüffelten und sich dann über die unerwartete Zwischenmahlzeit hermachten. Spacko kam zu spät. Als er bei den Hunden war, hatten sie das Fleisch schon vertilgt. „Nein!", schrie er, als er ahnte, was passiert war. Seine Hand ging zur Pistole, sein Blick richtete sich auf die Straße.
Er sah mich nicht. Es war zu dunkel und ich lag flach auf dem Bürgersteig. Mir brannte es unter den Nägeln, mein zweites Mitbringsel auszuprobieren, aber ich musste warten, Spacko war noch nicht in Reichweite. Vorsichtig näherte er sich jetzt dem Zaun.
Gut so, dachte ich, noch einen Meter. Er tat mir den Gefallen. Ich drückte den Auslöser. Der Fanghaken meines Tasers verfing sich in seiner Brust. Augenblicklich begann er zu zittern und fiel zu Boden wie ein gefällter Baum. Schnell kletterte ich über den Zaun.

Die Hunde rührten sich nicht. Um die brauchte ich mich nicht zu kümmern. Chemie ist toll. Ich beugte mich über den Wachmann, stellte den Taser ab und wickelte das Abwurfband auf. Er machte den Zitteraal, gelähmt durch fiese Muskelkontraktionen, die er nicht steuern konnte. Zwischen seinen Beinen hatte sich ein dunkler Fleck gebildet, der unangenehm roch. Ich ignorierte die Begleiterscheinungen, fesselte ihn mit Kabelbinder an den Zaun und knebelte ihn. Bevor ich ihm die Augen verband, zeigte ich ihm meinen Taser und sagte: „Weißt du, schab Elektroschocker."

Jetzt hatte ich freie Bahn. Ich schlich über das Gelände, während Schlamm meine Kleider bespritzte, aber nasser als nass konnte ich ja nicht werden. Meine Nervosität wuchs. Ich hoffte, dass Möhlmann keine weiteren Wachleute am Start hatte. Doch es ging gut, unbehelligt erreichte ich den Transporter.

Als erstes kratzte ich Erde aus dem Profil der Reifen und verstaute sie in einem Frischhaltebeutel. Eine spätere Analyse würde hoffentlich eine Übereinstimmung mit Erdproben aus dem Wiemelkenmoor ergeben.

Jetzt kam der wichtigste Teil. Ein Blick zum Zaun zeigte mir, dass ich die Lage unter Kontrolle hatte. Spacko zitterte weiter vor sich hin. Ich wandte mich dem Heck des Transporters zu. Ich musste nur das Verdeck öffnen, um zum Ziel zu gelangen. Mit zitternden Händen näherte ich mich dem Verschluss, zögerte, näherte mich weiter. Zögerte erneut. Was würde mich erwarten? War wirklich das auf der Ladefläche, was ich erhoffte? Oder würde ich eine furchtbare Enttäuschung erleben?

Mein Herz schlug bis zum Hals, als ich die Plane schließlich beiseiteschob. Bingo. Im fahlen Licht der

Straßenlaternen sah ich das, was ich erwartet hatte. Meine Taschenlampe gab die endgültige Bestätigung. Ich zählte schnell durch. Zwölf Fässer, dicht nebeneinander gelagert, das gleiche Modell wie in Tonnenheide. Meine Kamera klickte ununterbrochen. Vorsichtshalber machte ich auch Aufnahmen von dem Fahrzeug sowie von dem gesamten Gelände. Am Ende hatte ich um die hundert Fotos, genug, um Möhlmann vor den Richter zu bringen. Zufrieden begab ich mich zum Zaun, um das Grundstück zu verlassen.

Der Wachmann bot ein Bild des Elends. Blind, stumm, nass bis auf die Haut, zuckend wie ein Regenwurm an der Oberfläche. Ein Bild, das mir gefiel. Nach kurzem Nachdenken durchschnitt ich die Kabelbinder – für den Fall, dass die Hunde nach ihrem Aufwachen versuchen sollten ihn anzuknabbern.

Auf dem Weg zum Auto entwickelte ich eine Hypothese. Tonnenheide, Möhlmann und die Giftfässer. Wie hing das alles zusammen?

Wie Möhlmann an die Giftfässer gekommen war, wusste ich nicht. Vielleicht war es ein Entsorgungsauftrag. Vielleicht war er bei Erdarbeiten – möglicherweise beim Bau der neuen Schleuse - auf die Fässer gestoßen. Die Staatsanwaltschaft würde das klären. Letzten Endes spielte es keine Rolle. Fakt war, dass Möhlmann aus niederster Profitgier die Kosten einer fachgerechten Entsorgung sparte. Er lud das Zeug einfach im nächstbesten ihm bekannten Stollen ab, nämlich in Tonnenheide. Und um seine nächtlichen Aktivitäten zu tarnen, hatte Möhlmann die Gruftis, die zur falschen Zeit am falschen Ort waren, engagiert, um ein bisschen Hokuspokus zu veranstalten.

So weit, so gut. Aber wie kamen Lolita und Isabelle ins Spiel? Ich spann den Faden weiter.

Isabelle hatte wohl herausgefunden, welche Art Geschäfte Möhlmann betrieb, und ihn möglicherweise erpresst. Vielleicht hatte sie ihn auch einfach nur auf seine illegalen Aktivitäten angesprochen und ihm klar gemacht, dass sie mit seinen Verbrechen nichts zu tun haben wollte, und sich von ihm getrennt. Was es auch war, es war der größte Fehler ihres Lebens. Und ihr letzter. Möhlmann machte das, was er am besten konnte: sie entsorgen. Lolita war ein Kollateralschaden. Möhlmann musste annehmen, dass Isabelle ihre beste Freundin über seine Machenschaften informiert hatte. Deshalb musste auch sie über die Klippe springen.

Als ich mein Auto erreichte, zuckte ich zusammen. Ich hatte etwas übersehen. Charlie. Hätte es sein können, dass sie auf dem Betriebsgelände gefangen gehalten wurde? Bei der Vorstellung wurde ich wahnsinnig. Meine Gedanken rasten. Sollte ich umkehren? Sollte ich das Gelände nach Charlie absuchen? Wie lange würde es dauern? Konnte ich die Hunde und den Wachmann solange hinhalten?

In diese Überlegung platzte das Klingeln meines Telefons. Die Nachricht entband mich von einer Entscheidung.

„Lavinia? Hier ist Anna Lena. Komm sofort nach Haus. Es ist etwas passiert."

28

Charlie lag auf meinem Bett. Die Augen geschlossen, das Gesicht in sich zusammengefallen, der Mund, in dem einige Zähne fehlten, geöffnet. Es war, als starrte ich in das Gesicht einer Greisin. Sie lebte, auch wenn das Rasseln ihrer Lungen sich anhörte, als läge sie in ihren letzten Zügen. Das Laken und die Decke, unter der sie lag, wiesen dunkelrote Verfärbungen auf. Ich schlug die Decke zurück und sah das ganze Elend.

Sie war nackt. Ihr Körper war Matsch. Grüne, blaue und braune Flecken überzogen die blasse Haut - ein Muster des Wahnsinns. Es bestand kein Zweifel, dass etliche Knochen gebrochen waren. Verbände bedeckten die schlimmsten Blutungen, konnten jedoch nicht verhindern, dass das Blut weiter aus ihrem Körper sickerte. Es war schlimm. Doch richtige Sorgen machte ich mir um die inneren Blutungen. Massive Schläge, wie Charlie sie bekommen hatte, verursachen fast immer innere Blutungen; Organe werden beschädigt, Blut tritt in die Bauchhöhle; unbehandelt der sichere Tod.

Wer immer ihr das angetan hatte – und es war für mich klar, wer das war -, er war bis zum Äußersten gegangen und hatte Charlies Tod in Kauf genommen. Viel fehlte nicht daran. Aber noch atmete sie. Ein bisschen Leben war noch in ihr. Und damit die Hoffnung, dass sie durchkam.

„Hast du den Notarzt gerufen?", fragte ich Anna Lena. Tränen standen in ihren Augen. „Nein, ich habe erst dich angerufen. Ich wusste nicht, was ich tun sollte. Ich habe ihre Wunden verbunden. Lavinia, ich habe solche Angst."

Sie fiel mir an die Brust. Ich legte meine Arme um sie. „Keine Sorge. Charlie ist zäh. Sie schafft das."

Ich rief den Notarzt an. Während wir warteten, erzählte Anna Lena, was passiert war.

„Ich lag auf dem Sofa, war beim Fernsehen eingeschlafen. Plötzlich klingelte es an der Tür. Ich hatte nur Tanga und T-Shirt an und musste erst ins Schlafzimmer, um meine Hose anzuziehen. Als ich die Haustür öffnete, war niemand da. Ich ging hinaus um nachzusehen und stolperte über etwas. Da erst sah ich sie. Lavinia, ich bin über Charlie gestolpert."

Sie bekam einen Weinkrampf. Ich gab ihr ein Taschentuch und nahm sie ein weiteres Mal in den Arm. Es dauerte ein paar Sekunden, bis sie sich gefangen hatte und fortfuhr.

„Sie lag da einfach auf dem Boden, nackt und bloß. Und sie blutete so. Ich hab gedacht, sie wäre tot. Ich fasste sie unter den Armen und zog sie ins Haus, ins Schlafzimmer, auf dein Bett. Tut mir leid, jetzt wirst du neue Bettwäsche kaufen müssen."

Die Bettwäsche war mir egal. „Und du hast niemanden gesehen?"

Anna Lena schüttelte den Kopf. „Nein, es war dunkel. Und als ich Charlie gesehen habe, hatte ich andere Sorgen."

„Verständlich. Dass sie selbst geklingelt hat, können wir wohl ausschließen."

„Ich hab sie für tot gehalten und erst im Schlafzimmer gemerkt, dass sie noch lebt. Aber sie ist bewusstlos. Sie kann nicht geklingelt haben."

„Also hat sie jemand abgeliefert. Wie ein billiges Paket."

Meine Gedanken überschlugen sich. Warum hatte er sie entführt? War sie ihm zu nahe gekommen? Hatte er sie als Geisel genommen, um mich zu erpressen, und sie freigelassen, nachdem er mich unter dem Hügelgrab begraben wähnte? Und warum hatte er sie gefoltert? Sie wusste doch nichts. Fragen, auf die ich im Moment keine Antwort hatte.

Wir hockten uns neben das Bett und hielten Charlies Hände. Nach einer gefühlten Ewigkeit – in Wahrheit war es nur eine Viertelstunde – kam der Rettungswagen. Nach kurzer Untersuchung und der Feststellung, dass eine Diagnose erst im Krankenhaus möglich war, schoben die Sanitäter Charlie in den Wagen, wo sie sie an Schläuche und Drähte anschlossen. Zehn Minuten, nachdem sie eingetroffen waren, brausten sie mit Charlie davon.

Ich verabschiedete mich von Anna Lena, nicht ohne sie zu ermahnen, das Haus sorgfältig abzusperren, während ich weg war, und fuhr Charlie hinterher. So landete ich wieder im Wesling-Klinikum. Ich blieb die ganze Nacht. Irgendwann waren meine Klamotten trocken und ich schlief in einer Besucherecke ein. Als ich aufwachte, zeigte die Uhr Sieben. Niemand vom Personal störte sich an meinem Anblick; offenbar war man nächtigende Angehörige gewohnt. In einer Besuchertoilette machte ich mich frisch, dann begab ich mich auf die Suche. Ich fand Charlie auf der Intensivstation.

Sie sah schrecklich aus: die Haut blass, übersät von bunten Flecken und Verbänden, das Gesicht eingefallen, ohne Konturen. Einer Leiche ähnlicher als einem lebenden Menschen. Nur das Beatmungsgerät ließ erahnen, dass ihrer Lunge überhaupt Sauerstoff zugeführt wurde. Ein Plastikschlauch saugte Wundwasser und Blut aus ihrem Körper. Wie sie da lag, zwischen all den Geräten, am Leben gehalten nur durch sterile, unpersönliche Technik, wirkte sie auf mich wie ein Borg aus Star Trek.

Von der betreuenden Schwester erfuhr ich, dass Charlie schwere innere Blutungen davongetragen hatte. Eine Notoperation in der Nacht hatte die schwersten

Schäden beseitigt. Aber sie war über den Berg. Sie hatten sie in künstliches Koma versetzt, weil ihr Körper in den nächsten Tagen absolute Ruhe brauchte.

Mit Tränen in den Augen und einem Abschiedskuss auf die Stirn, den sie wahrscheinlich gar nicht spürte, verabschiedete ich mich von Charlie. Beim Verlassen der Station überlegte ich, ob ich auf einen Sprung bei DJ vorbeischauen sollte, entschied mich aber dagegen. Charlies Zustand hatte mich genug runtergezogen, den Anblick eines weiteren schwerverletzten Opfers, das auf mein Konto ging, konnte ich jetzt nicht ertragen.

In der Cafeteria kaufte ich mir ein Marmeladenbrötchen, eine Tasse Kaffee und die aktuelle Ausgabe des Tageblatts. Das Brötchen hatte die Zunge kaum berührt, da fing mein Magen zu knurren an, so laut, dass die anderen Gäste, immerhin etwa zehn Personen, sich neugierig nach mir umsahen. Peinlich berührt wurde mir bewusst, dass meine letzte Mahlzeit vierzehn Stunden zurücklag. Ich versteckte mich hinter der Zeitung und verschlang das Brötchen mit vier Happen.

Die Zeitung brachte nichts Neues. Die Welt ging ihren Gang, wie sie es immer tat. Über den nächtlichen Vorfall auf dem Möhlmanngelände stand kein Wort. Meine Gedanken wanderten zu Möhlmann. Welche Schweinereien würde er heute begehen? Wie viele Leute würde er bestechen, wie viele Millionen mit unlauteren Mitteln an die Seite bringen?

Fast kam mir der Kaffee wieder hoch. Ich brauchte Frischluft. Draußen begann ein herrlicher Tag. Die Restfeuchte der Nacht verdunstete und überzog die Landschaft mit einem feinen Nebel. Am Auto überlegte ich, was ich als nächstes tun sollte. Das Naheliegende wäre gewesen, nach Haus zu fahren, mein Beweismaterial einzusammeln und zur Polizei zu gehen. Doch auf einmal kam mir das zu wenig vor. Was hatte ich? Erde aus den Reifen, Fotos von einem Transporter und von Fässern mit unbekanntem Inhalt. Und die Probe.

Die Probe. Wenn ich der Polizei sagen konnte, um was für Gift es sich handelte, hatte ich ein starkes Argument. Wie fand ich heraus, welche Substanz in den Fässern lagerte? Ich benötigte eine chemische Analyse. Und dazu benötigte ich einen Chemiker. Ich dachte nach. Und dann fiel mir ein, dass ich einen Chemiker kannte.

Angelika Weiß hatte sich nicht verändert. Sie war, wie ich sie in Erinnerung hatte: klein, kompakt, Sommersprossen im Gesicht und auf den Armen, blaue Augen, die nie zur Geltung kamen, weil ihre Stirn permanent zum Nachdenken in Falten lag. Und das alles umrahmt von drahtigen roten Haaren, die von ihrem Kopf abstanden, als stünden sie unter Strom. Angelika war Chemikerin. Was ihre Arbeit anbelangte, verstand sie keinen Spaß. Bei ihren Kollegen war sie wegen ihrer Aggressivität verschrien. Es ging das Gerücht, dass sie im Streit einen Kollegen krankenhausreif geschlagen hatte. Der Eindruck täuschte. In Wahrheit war sie sanft wie ein Reh. Aggressiv wurde sie nur ein einziges Mal. Und das aus gutem Grund. Der bewusste Kollege hatte ein von ihr über Jahre aufgebautes, empirisch erarbeitetes Gedankenkonstrukt als das Fantasieprodukt einer verhexten Emanze tituliert. Das Hexenprodukt fuhr heute in jedem Auto mit, als Zusatzstoff im Benzin, der für weniger CO_2-Ausstoß sorgte.

Angelika war nie das gewesen, was man eine Freundin nennt. Wir hatten in der Oberstufe einige gemeinsame Kurse, aber nach dem Abitur hatte sie sich für ein Chemiestudium entschieden, während ich zur Polizei gegangen war. Danach hatten wir uns aus den Augen verloren. Auf der Zehnjahresfeier hatten wir uns wiedergetroffen und waren ins Gespräch gekommen.

Das Landesamt für Natur, Umwelt und Verbraucherschutz, kurz LANUV, hatte eine Dienststelle in Minden. Und das war ein Glück für mich. Nachdem ich nach Hause gefahren war, um zu duschen, mich umzuziehen und vor allem, um die Dose mit dem Gift zu holen, machte ich mich ein weiteres Mal auf den Weg nach Minden. Ich war noch nie im LANUV gewesen, fand es aber nach kurzer Suche in der Büntestraße, ein unauffälliger Verwaltungsbau mit viel Glas.

Angelikas Labor befand sich im hinteren Teil des Gebäudes. Ich musste mich erst durchfragen. Ich fand sie über ihre Geräte gebeugt. Wie üblich war sie in ihre Arbeit vertieft und nahm ihre Umwelt nicht wahr. Ich näherte mich ihr und sagte vorsichtig: „Hallo, Angelika."

Sie zuckte zusammen. Etwas fiel auf den gefliesten Arbeitstisch. Es schepperte. Sie fuhr herum und starrte mich an wie jemanden, der einen bei einer wichtigen Arbeit stört. „Herr Gott noch mal, kannst du nicht anklopfen? Ich hab mir fast in die Hose gemacht." Doch dann lief sie auf mich zu und umarmte mich wie eine alte Freundin. „Lavinia Borowski, du alte Schachtel. Alles senkrecht? Was führt dich hierher?"

Ich befreite mich behutsam aus ihrem Männergriff. „Du."

Sie tippte sich auf die Brust. „Ich? Nun mach aber mal halblang. Ich wüsste nicht, dass du das Ufer gewechselt hättest – ich kann mich an ungefähr zwei Millionen Jungs aus der Schule erinnern, die deine Möpse und deine Muschi en detail beschreiben können."

„Es waren zwei. Und es war nur Petting. Der Rest entspringt der Fantasie notgeiler Teenager."

Sie grinste und schlug mir die Faust auf den Bizeps. „Komm schon, Borowski. Petting … Wir wissen doch beide, wie das läuft."

Sie wusste es wahrscheinlich. Soweit ich mich erinnern konnte, traf die Sache mit den zwei Millionen Jungs auf sie zu. Aussagen glaubwürdiger Zeugen besagten, dass sie bis zum Abitur mit jedem Jungen aus der Oberstufe geschlafen hatte. Vielleicht war ihre Promiskuität der Grund, warum sie nie geheiratet hatte.

„Hör zu, Angelika, ich brauche deine Fähigkeiten."

Sie kniff verschwörerisch ein Auge zu. „Als Frau oder als Chemikerin?"

„Als Chemikerin."

„Puh." Sie wischte mit der Hand über die Stirn. „Und ich hab schon gedacht, jetzt wird´s heikel. Nun denn, was kann ich für dich tun?"

Ich holte aus meiner Handtasche die Dose mit der Flüssigkeit hervor und stellte sie auf den Tisch. „Kannst du das für mich analysieren?"

Angelika beugte sich über die Dose, ohne sie zu berühren. „Was ist das?"

Ich zuckte die Acheln. „Keine Ahnung, aber ich vermute, es ist giftig."

Angelika runzelte die Stirn. Im nächsten Moment packte sie mich und zog mich zu einem Waschbecken an der Wand. „Desinfizier dich erst mal. Wollen hoffen, dass du nicht schon kontaminiert bist. Hast du denn keine Schutzhandschuhe?"

Dann verschwand sie und ließ mich allein. Als sie nach einigen Sekunden wiederkam, steckte sie in einem Schutzanzug und trug Gesichtsschutz. Meine Dose wanderte in einen größeren Glasbehälter und mit diesem in einen Stahlschrank. Erst als sie sicher verstaut war, pellte Angelika sich wieder aus. „So, jetzt gehen wir einen Kaffee trinken, und dann erzählst du mir die Geschichte."

Der Sozialraum war klein und nicht besonders gemütlich. Der Kaffee schmeckte, als hatte er bereits Stunden auf der Warmhalteplatte gestanden. Aber wir waren allein und niemand störte uns. Ich überlegte, wieviel ich Angelika sagen durfte, aber da ich etwas von ihr wollte und auf sie angewiesen war und sie ihre kostbare Zeit für mich opferte, fand ich es nur fair, ihr die Vollversion zu erzählen. Als ich fertig war, trug sie wieder ihr bekanntes Stirnrunzeln.

„Hört sich nach einer ganz üblen Sache an. Wäre aber nicht der erste Fall von illegaler Giftmüllentsorgung. Ich erinnere mich an einen ähnlichen Fall aus meiner Anfangszeit im LANUV. Den Unternehmer hatten sie echt am Arsch. Ganz großes Aufgebot. Polizei, Staatsanwaltschaft, THW. Nur dass kein Mord dabei war. Hast du eine Ahnung, woher das Zeug stammt?"

„Keine Ahnung. Es würde mir die Arbeit erleichtern, wenn ich wüsste, was es ist. Und da du die einzige Chemikerin bist, die ich kenne …"

„Schon klar. Hör zu, Lavinia. Wenn ich das Zeug analysiert habe und es stellt sich als Gift heraus – woran ich deinen Schilderungen zufolge nicht den geringsten Zweifel habe -, muss ich die Polizei informieren. Bist du darauf vorbereitet?"

„Das ist ohnehin mein nächster Schritt. Aber ich will sicher sein, dass sie anbeißen und der Fall nicht einfach in der Schublade verschwindet. Der Typ, hinter dem ich her bin, hat Verbindungen. Und ich kann dir versichern, es geht um weit mehr als Giftmüllentsorgung."

„Gut, dann mach ich mich am besten gleich an die Arbeit."

„Wie lange wirst du brauchen?"

„Na ja, ich muss freie Kapazitäten abwarten. Ich brauche ein paar Geräte, die permanent von allen Kollegen genutzt werden. Ein paar Stunden brauche ich schon."

„Heute Nachmittag?"

„Heute Nachmittag."

Vom Hucken aus hat man einen wunderschönen Ausblick über die Stadt. Nach Süden hin eröffnet sich einem der Blick auf Häverstädt und das Wiehengebirge, was einem bei klarem, warmem Wetter einen Hauch von Alpenromantik beschert. Nach Norden hin erstreckt sich das Mindener Tal, das sich besonders durch die Skyline der Hochhäuser, Industrieanlagen und Kirchen auszeichnet. Doch ich war nicht wegen der Aussicht hier.

Clara Nolting wohnte in einer Mietwohnung im Zuschlag, einer unscheinbaren engen Nebenstraße am Hang. Das Haus war klein, wie die meisten Häuser der Gegend. Es gab nur zwei Klingelschilder. Mein Wagen parkte direkt an einer Steigung, die Handbremse sorgfältig angezogen.

Um zu Clara Nolting zu kommen, hatte ich einige Umwege gehen müssen. Die Zeitung hatte als Adresse einen Bungalow in Rodenbeck genannt. Als ich an der Haustür klingelte, öffnete mir ein gutaussehender

Mann in den Vierzigern. Im ersten Moment erschreckte ich und dachte, Harald Nolting war von den Toten auferstanden. Das Missverständnis klärte sich schnell. Der Mann hieß Brockschmidt, war Unternehmer und hatte das Haus letzten Winter von Clara Nolting gekauft. Mit ihrer Witwenrente hatte sie den Bungalow nicht halten können und war fortgezogen. Wohin, wusste er allerdings nicht. Ich bedankte mich für die Auskunft und fuhr zur Stadtverwaltung. Im Einwohnermeldeamt erfuhr ich nach Anwendung einiger Tricks, die man als Privatdetektiv beherrschen muss, Claras neue Anschrift.

Das Haus, in dem sie jetzt wohnte, war in die Jahre gekommen. Der Verputz wies stellenweise dunkle Flecken auf und hätte einen Anstrich nötig gehabt, genauso wie die Fenster, deren Holzrahmen im Laufe der Jahre von der Sonne ausgelaugt worden waren. Insgesamt aber sahen Haus und Garten gepflegt aus und erweckten den Eindruck, dass seine Bewohner sich im Rahmen ihrer Möglichkeiten bemühten.

Bölhorst war mir in lebhafter Erinnerung. In meiner Jugend hatte ich einige Male das Schützenfest besucht, das in einem Zelt auf dem Hucken stattfand. Die Getränke – mexikanisches Bier, Gehirnnerven tötende Mischgetränke und anderes Teufelszeug – sowie deren Auswirkungen sind mir noch heute präsent.

Ich hatte Glück, Clara war zu Haus. Noch bevor ich die Klingel drücken konnte, ging die Tür auf und eine attraktive Frau Anfang dreißig trat heraus. Kostüm und Handtasche deuteten darauf hin, dass sie gerade gehen wollte.

„Frau Nolting?", fragte ich.

Sie schien mich erst jetzt wahrzunehmen. „Ja?" Sie musterte mich. Nicht neugierig, eher oberflächlich, wie jemand, der unter Zeitdruck steht und einen lästigen Besucher loswerden muss.

„Lavinia Borowski", stellte ich mich vor. „Privatdetektivin." Ich gab ihr meine Karte.

Sie warf einen flüchtigen Blick darauf, bevor sie sie in ihrer Handtasche verstaute.

„Ich ermittle gegen Herbert Möhlmann."

Die Erwähnung dieses Namens legte einen Schalter bei ihr um. Wie auf Kommando fielen ihre Schultern nach vorn. Ihr Kopf sackte ihr halb auf die Brust. Ihre Augen bekamen einen feuchten Schimmer.

„Frau Nolting", sagte ich sanft, „es geht auch um Ihren Mann."

Was auch immer sie in der Stadt vorhatte, es spielte keine Rolle mehr. Sie stand einfach da und starrte auf den Boden.

„Frau Nolting, wollen wir nicht besser ins Haus gehen?"

Sie hob den Kopf, doch ihr Blick ging durch mich hindurch. Ich nahm sie bei den Schultern und schob sie sachte zur Haustür. Instinktiv holte sie den Schlüssel aus der Handtasche und schloss auf.

Durch einen dunklen Flur ging es in ein helles Wohnzimmer. Die Einrichtung war dem Äußeren des Hauses diametral entgegengesetzt. Helle freundliche Tapeten, helles Parkett, beigefarbene Garnitur, gekälkter Schrank. Und alles picobello aufgeräumt. Überall standen gerahmte Fotos, die sie und ihren Mann in allen möglichen Situationen zeigten: in der Disco, im Urlaub am Strand, im Büro. Nur eines zeigten die Bilder nicht: Kinder. Wie es aussah, war die Ehe der Noltings kinderlos geblieben.

Ich setzte mich auf die Couch. Clara war plötzlich verschwunden. Ich überlegte, ob ich sie suchen sollte, weil ich nicht sicher war, was sie in ihrem labilen Zustand machen würde. Letztlich entschied ich mich dagegen. Vielleicht brauchte sie nur Zeit. Es war nicht jedermanns Sache, so plötzlich mit der Vergangenheit konfrontiert zu werden, besonders mit einer Vergangenheit, die in einer Katastrophe endete.

Keine fünf Minuten später war sie wieder da, ein Tablett in den Händen, ein zartes Lächeln im Gesicht. „Ich hoffe, Sie mögen Tee."

Während sie einschenkte, hatte ich Gelegenheit, sie zum ersten Mal richtig zu mustern. Sie war schlank, durchtrainiert und unglaublich attraktiv. Ein schwarzer Bubikopf umrahmte ein schmales gebräuntes Gesicht. Ein unauffälliges Parfüm deutete auf sorgfältige Körperpflege. Sie trug ein graues Kostüm, dessen strenger Schnitt durch eine hellrosa Bluse aufgelockert wurde und ihre Kurven so richtig zur Geltung brachte. Kurz gesagt, Clara Nolting war der Typ Frau, auf den man als Frau automatisch eifersüchtig wird. Ihre Haltung und ihre Ausstrahlung hingegen sagten, dass sie von ihrem Aussehen keinen Gebrauch machte. Es war nur Fassade. Das attraktive Äußere konnte nicht über die Sorgen dieser Frau hinwegtäuschen, konnte den melancholischen Blick ihrer Augen nicht unterdrücken und die kraftlose Körperhaltung des geschlagenen Opfers nicht verbergen. Es war eindeutig: Sie war eine gebrochene Frau.

Wir nippten schweigend an unserem Tee. Ich überlegte, wie ich sie ansprechen sollte. Normalerweise komme ich schnell zur Sache, ich hasse Geschwafel. Meine Freundinnen sagen immer, ich hätte zu viele männliche Hormone, weil ich in der Lage bin, mich ohne Schnörkel und Wiederholungen zu artikulieren und in zehn Sekunden das zu sagen, wofür sie selbst eine halbe Stunde brauchen. Aber im Fall Clara Nolting schien mir ein direkter Einstieg zu plump.

„Frau Nolting …", begann ich.

„Sagen Sie Clara."

Ich setzte mein Trostlächeln auf und legte meine Hand auf ihre. „Clara. Sie haben Ihren Mann sehr geliebt. Habe ich Recht?"

Sie nickte, aber die Augen blieben trocken. „Wir hatten nur uns beide. Wir waren beide schon Waisen, als wir heirateten. Und Kinder haben wir auch nicht."

„Wie lange kannten Sie sich?"

„Seit dem Gymnasium. Mehr als zwanzig Jahre. Wir haben uns immer gut verstanden. Es gab fast nie Streit."

„Hat Ihr Mann schon immer beim Tageblatt gearbeitet?"

„Ja, gleich nach dem Studium. Wir sind aus Minden nie herausgekommen."

„Und Sie? Was machen Sie beruflich?"

„Ich bin Physiotherapeutin."

„Dann halte ich Sie bestimmt von der Arbeit ab."

„Nein, schon gut." Sie hob beschwichtigend eine Hand. „Ich habe heute frei. Sie haben mich auf dem Weg in die Stadt erwischt. Einkäufe und so."

„Kommen Sie allein zurecht?"

„Sie meinen finanziell? Ja, es reicht. Zusammen mit der Witwenrente komme ich ganz gut über die Runden. Aber unser Haus in Rodenbeck konnte ich nicht halten. Es ist immer noch eine Resthypothek abzuzahlen. Das ist auch der Grund, warum …"

Der Satz blieb unvollendet. Ich verstand auch so. Harald für tot zu erklären, war ein Verzweiflungsakt gewesen, geboren aus purer wirtschaftlicher Not. Ohne die Witwenrente hätte es vorne und hinten nicht gereicht. Aber für Clara war es Verrat. Es bedeutete, Haralds Tod zu akzeptieren.

Der Zeitpunkt war gekommen, zur Sache zu schreiten. Clara driftete ab und drohte wieder in Melancholie zu verfallen. Danach würde es schwer werden, wieder auf die sachliche Ebene zu kommen.

„Clara, lassen Sie uns auf Herbert Möhlmann kommen. Kurz vor seinem …" Ich zögerte. Ich wollte „Tod" sagen, besann mich aber anders. „Kurz vor seinem Verschwinden schrieb Ihr Mann Artikel über den Bau der neuen Schleuse."

„Ja, ich erinnere mich genau. Ich hatte ihm davon abgeraten. Ich sagte ihm, dass er eine Menge Ärger kriegen würde, wenn er das so schrieb. Na ja, und so kam es dann ja auch."

„Ärger? Was für Ärger?"

„Herbert Möhlmann." Ihre ganze Verachtung lag in der Aussprache dieses Namens. „Diesen Namen werde ich nie vergessen. Harald hatte herausgefunden, dass Möhlmann Dreck am Stecken hatte. Etwas Illegales. Giftmüllentsorgung oder so. Harald wollte ihn bloßstellen. Sein Redakteur bremste ihn ständig. Er wusste wohl, welche Brisanz in Haralds Recherchen steckte. Aber Harald setzte sich durch. Der Artikel erschien, die Zeitung wurde verklagt, Harald wurde abgemahnt und bekam einen Maulkorb."

„Wann war das?"

„Letzten Sommer. Zwei Wochen vor seinem Verschwinden."

„Clara, da Sie es ansprechen, sein Verschwinden …"

„Sagen Sie es ruhig. Sein Tod." Sie wandte sich ab und starrte aus dem Fenster. „Natürlich ist er tot. Ich hätte längst von ihm gehört, wenn er noch lebte. Wir waren nie länger als drei, vier Tage voneinander getrennt. Die Tatsachen sprechen für sich. Obwohl ich immer noch hoffe …"

„Und die Polizei? Was ergaben die Ermittlungen?"

„Oh, die haben schon wegen Mordes ermittelt. Aber keine Leiche, keine Anklage. XY ungelöst."

Die Bitterkeit in ihren Worten war nicht zu überhören. Es tat mir weh, sie zu fragen. Aber ohne Fragen keine Antworten. Vielleicht konnten ihre Antworten weitere Morde verhindern.

„Hat Harald etwas hinterlassen? Unterlagen, Recherchematerial?"

Ihr Blick wanderte zurück zu mir. „Ja, kartonweise. Das meiste lagert wahrscheinlich in der Redaktion. Aber einige Ordner hatte er auch zu Hause. Ich habe alle aufgehoben."

Mein Jagdinstinkt erwachte. „Darf ich sie sehen?"

Sie zuckte die Achseln. „Wenn Sie wollen." Sie stand auf und verließ das Zimmer. In den nächsten Minuten schleppte sie drei Umzugskartons herbei. Ordner, Fotos, lose Notizzettel. Eine wahre Fundgrube. Gemeinsam machten wir uns an die Arbeit.

Am Ende bestätigten sich meine Vermutungen. Harald war zu den gleichen Erkenntnissen gelangt wie ich. Er hatte Herbert, den Cherusker, durchschaut und dafür mit seinem Leben bezahlt. Die Beweise, die er gesammelt hatte, waren hieb- und stichfest. Umso weniger verstand ich, dass das Material für die Polizei keine Rolle gespielt zu haben schien.

Es war nach drei, als ich mich von Clara verabschiedete.

„Wollen Sie die Kartons nicht mitnehmen?"

Ich schüttelte den Kopf. „Nein. Wenn mir etwas zustoßen sollte …" Oh Gott, hatte ich das wirklich gesagt? „Nun, wenn ich sie brauche, weiß ich, wo ich sie finde. Vielen Dank, Clara."

Beim Ausparken musste ich aufwändig kurbeln. Ein schwarzer Audi, der vorhin noch nicht hier gestanden hatte, war mir im Weg. Ich warf dem Fahrer einen ärgerlichen Blick zu. Er registrierte mich nicht einmal, weil er mit seinem Handy beschäftigt war.

Als ich an Claras Haus vorbeifuhr, hupte ich zum Abschied. Sie winkte mir nach. Eine bemerkenswerte Frau. Ein Opfer. Das war sie, auch wenn sie noch lebte. Ein weiteres Opfer von Herbert, dem Cherusker. Mein Hass auf Möhlmann wuchs. Es wurde höchste Zeit, ihm das Handwerk zu legen.

Ich verließ den Zuschlag und bog auf die Mindener Straße Richtung Innenstadt. Bevor ich zum LANUV fuhr, machte ich einen Schwenk Richtung Hafen. Mich interessierte, was auf dem Möhlmann-Gelände los war. Langsam fuhr ich daran vorbei. Hinter mir fuhr ein Wagen, dessen Fahrer sich nicht daran zu stören schien, dass ich im Schleichtempo über den Asphalt rollte.

Tagsüber schien es keinen Wachschutz zu geben. Dafür liefen einige Angestellte über den Hof. Ein LKW startete und fuhr fort, ein anderer lief ein. Nichts Ungewöhnliches. Die Szenerie entsprach dem, was man von einem Bauunternehmen erwartete. Als mein Blick auf die Nische fiel, in der ich den Transporter mit der Erde aus Tonnenheide gefunden hatte, erstarrte ich. Aber nur für einen kurzen Moment, denn irgendwie hatte ich damit gerechnet. Der LKW war nicht mehr da.

Ich gab Gas. Die Zeit drängte.

„Lavinia, wo warst du denn so lange? Ich warte seit Stunden auf dich."

Angelika hüpfte herum wie ein Eichhörnchen. Kaum angekommen, ergriff sie meinen Arm und zog mich mit sich. Ziel war ihr Schreibtisch, auf dem sich Papierberge stapelten und den Monitor umgaben wie eine Festung.

„Bist du schon fertig mit der Analyse?", fragte ich.

„Schon lange. Es war einfacher als ich dachte. Wo hast du das Zeug noch mal her?"

„Aus einer Höhle in Tonnenheide."

„War da mal ein Lager der Wehrmacht oder so?"

„Keine Ahnung. Aber da habe ich das Gift nur gefunden. Woher es ursprünglich stammt, weiß ich nicht."

„Hast du was davon eingeatmet?"

„Ich fürchte ja."

„Lass dich von einem Arzt untersuchen. Das meine ich ernst, Lavinia."

„Was ist es denn nun?"

Sie hielt den Atem an. Und dann platzte es aus ihr heraus.

„Dimethylphosphoramidocyanidsäureethylester."

Verständnislos starrte ich sie an. „Und auf Deutsch?"

Ihr Gesichtsausdruck wandelte sich. Jetzt wurde sie wirklich ernst.

„Tabun."

29

Lass dich von einem Arzt untersuchen. Angelikas Worte gingen mir nicht aus dem Sinn. Tabun. Herr im

Himmel, in was für eine Sache war ich da nur geraten?

Im Auto aktivierte ich mein Handy. Ich wusste zwar, dass Tabun ein im 2. Weltkrieg verwendetes Giftgas war. Aber welche Auswirkungen es auf den menschlichen Körper hatte, war mir nicht bekannt. Wikipedia gab mir die Antwort.

Tabun. 1936 von dem Chemiker Gerhard Schrader entdeckt, ab 1942 für die Wehrmacht als Kampfstoff für Bomben und Granaten missbraucht, jedoch nicht eingesetzt. Nach Kriegsende wurden die Bestände in der Ostsee versenkt. Angeblich sollte das Zeug auch vor Helgoland auf dem Meeresgrund lagern. Zum Einsatz kam es vor allem im Irakkrieg, wo Saddam Hussein es unter anderem gegen die eigene Bevölkerung einsetzte. Tabun beeinflusst das Nervensystem und führt zu so leckeren Symptomen wie Erbrechen, Durchfall, Muskelzucken, unkontrolliertem Harnabgang oder Atemnot. Oder zum Tod durch Atemlähmung.

Übelkeit und Muskelzucken hatte ich am eigenen Leib erfahren, der Rest war mir zum Glück erspart geblieben. Ich atmete tief ein und aus. Kein Hustenreiz, keine Übelkeit. Ich beruhigte mich. Ein Arztbesuch schien also nicht so dringend.

Dafür knurrte mein Magen. Ich fuhr in die Stadt und gönnte mir in einem Café ein Stück Mohnkuchen und einen Pott Kaffee. Während ich an dem Kuchen gnabbelte, dachte ich darüber nach, wie Möhlmann an die Fässer gekommen sein konnte. Tiefbauarbeiten in der Nord- oder Ostsee? Seiner Website zufolge hatte Möhlmann am Kanaltunnel mitgebaut. Möglich war es also. Die Weserschleuse? Unwahrscheinlich, aber nicht unmöglich; die Nazis hatten alles Mögliche an allen möglichen Stellen verbuddelt und versenkt.

Ich führte ein paar Telefonate, wühlte mich durch den Dschungel der Bürokratie und die Tatsache, dass die meisten Behörden ab sechzehn Uhr nicht mehr erreichbar oder nachmittags ganz für den Publikumsverkehr geschlossen sind. Bei der Stadtverwaltung hatte ich schließlich Glück. Eine freundliche Mitarbeiterin nahm mein Gespräch entgegen und lieferte mir die Antwort. Bei Baggerarbeiten an der neuen Weserschleuse waren tatsächlich Giftmüllfässer gefunden worden. Nach einigen Tagen Baustopp war eine Firma mit der Beseitigung der Fässer beauftragt worden. Meine Frage nach dem Namen der Firma wurde schnell beantwortet. Möhlmann Entsorgungs GmbH. Der Kreis schloss sich.

Zufrieden mit meinem Erfolg stand ich auf und bezahlte an der Kasse. Doch die Zufriedenheit hielt nicht lange an. Beim Verlassen des Cafés befiel mich eine seltsame Unruhe. An der Tür bemerkte ich aus den Augenwinkeln, wie ein Mann mit Trenchcoat und Hut von seinem Platz aufstand. Nach amerikanischer Art legte er Geld auf den Tisch und wandte sich zum Gehen. Als er merkte, dass ich noch in der Tür stand und den Ausgang blockierte, verhielt er, kehrte zu seinem Tisch zurück und zählte das hinterlassene Geld. Seltsam. Jetzt erinnerte ich mich, dass dieser Mann das Café kurz nach mir betreten hatte. Er war mit mir gekommen, er ging mit mir. Verfolgte er mich etwa?

Ich schüttelte den Kopf, um meine Gedanken zu sortieren. Wahrscheinlich litt ich bereits an Verfolgungswahn. Dennoch achtete ich auf der Fahrt nach Haus sorgfältig auf etwaige Verfolger. Es waren drei:

ein goldener Golf, ein silberfarbener Chevrolet und ein schwarzer Audi.

Ein schwarzer Audi. Es war ein schwarzer Audi gewesen, der mich in Bölhorst zugeparkt hatte. War es derselbe?

In Hartum verschwand der Golf und in Hille bog der Chevy Richtung Eickhorst ab. Der Audi blieb hinter mir. Ich blinzelte mich halbtot, doch es reichte nicht, um den Fahrer zu erkennen. Es reichte aber, um den Hut zu erkennen, den er trug. Es war der Mann aus dem Café.

Als ich endlich in Neuenbaum ankam und auf den Hof bog, überholte er mich nicht. Er drosselte sein Tempo und blieb in der Spur. Erst als ich auf dem Hof war, beschleunigte er und fuhr weiter Richtung Frotheim. In mir festigte sich der Eindruck, dass er mich verfolgt hatte und sich nun vergewissern wollte, dass ich wirklich nach Hause fuhr. Mir lief es kalt den Rücken herunter. Ich wurde observiert.

Ich blieb mit laufendem Motor auf dem Hof stehen und versuchte, meine zitternden Knochen zu beruhigen. Nach fünf Minuten war ich so weit. Ich stieg aus und betrat das Haus, nicht ohne zuvor einen vorsichtigen Blick auf die Straße geworfen zu haben. Der Audi war nirgends zu sehen. Ich atmete erleichtert auf. Doch nur für einen kurzen Moment.

Als ich das Haus betrat, verspürte ich dieselbe Unruhe, die mich schon im Café ergriffen hatte. Es begann schon im Flur. Etwas lag in der Luft. Ein Geruch. Hauchzart, gerade noch wahrnehmbar. Männerparfüm. Meine Nackenhaare stellten sich auf.

Obwohl ich gewarnt war, traf mich der Anblick wie ein Schock. Das Wohnzimmer war das totale Chaos. Nichts stand mehr da, wo es hingehörte. Tisch und

Garnitur waren umgestürzt, Schrankschubladen herausgezogen und ihr Inhalt auf dem Boden verteilt. Der Laptop fehlte. Glasscherben bedeckten den Teppich, dass es unter meinen Schuhen knirschte.

Ich stürzte ins Schlafzimmer. Dasselbe. Das Ganze noch mal in Bad und Küche. Hier hatte jemand ganze Arbeit geleistet. Ich brauchte nicht zu suchen. Mein gesamtes Beweismaterial – die Fotos, die Notizen –, alles war verschwunden. Mein Büro in Südhemmern sah wahrscheinlich genauso aus.

„Verdammte Scheiße!", schrie ich und ärgerte mich, dass ich die Dokumente nicht in meinem Bankschließfach deponiert hatte. Aber es war nicht zu ändern. Immerhin hatte ich noch die Giftprobe und das Material, das bei Clara Nolting lagerte.

Und dann blieb mein Herz stehen. Etwas hatte ich übersehen. Meine Gedanken kreisten nur um den Einbruch und die Behinderung meiner Ermittlungen. Dabei war etwas noch viel Schrecklicheres geschehen.

„Anna Lena?"

Keine Antwort. Natürlich nicht. Ich fand das Foto sofort. Eine billige Polaroidaufnahme, direkt neben dem blinkenden Anrufbeantworter. Anna Lena gefesselt auf einem Holzstuhl. Nackt. Mit im Bild ein männlicher Arm, der einen Baseballschläger hielt. Ich verstand.

Mein Blick wanderte zum AB. Lag dort die Antwort? Mit zitterndem Finger drückte ich die Abruftaste. Die Nummer war unterdrückt. Ich hörte eine tiefe männliche Stimme. Nur kurz überlegte ich, ob es Möhlmann selbst war oder einer seiner zahlreichen Handlanger. Es spielte keine Rolle.

„Noch ist der Schläger nur eine Bedrohung, Borowski. Wenn du sie in einem Stück wiederhaben willst, tust du Folgendes. Mitternacht, Schachtschleuse. Du hast alles Material dabei, das nicht in der Wohnung und deinem Büro war. Und vergiss auch die Sachen von diesem Zeitungsfritzen nicht. Du packst alles in einen Koffer und bringst ihn zu unserem Treffen mit. Dann – und nur dann – wird die Kleine wieder freigelassen. Keine Polizei. Solltest du versuchen, uns übers Ohr zu hauen, ist die Kleine tot. Ich wiederhole, Borowski, tot. Also, keine krummen Dinger. Big Brother is watching you. Ich freue mich auf heute Nacht, Borowski."

Klick. Ende der Nachricht.

Ich sackte zu Boden. Doch statt in hektischen Aktionismus zu verfallen oder mich in Tränen aufzulösen, überkam mich eine seltsame Ruhe.

Es war vorbei. Das war die traurige Erkenntnis. Aus und vorbei. Möhlmann hatte gewonnen. Natürlich würde ich seiner Forderung nachkommen, da gab es nichts zu überlegen. Und natürlich blieb der Zweifel, ob er Anna Lena wirklich freilassen würde. Doch hatte ich eine Wahl?

Am traurigsten war, dass ich Anna Lenas Auftrag nicht zu Ende gebracht hatte. Zwar stand für mich außer Frage, dass Möhlmann Isabelle und Lolita beseitigt hatte. Aber ich hatte keine Beweise. Was bedeutete, dass Lolitas Tod ungesühnt blieb. Ich hatte Anna Lena enttäuscht, in jeder Beziehung.

Gerade als ich überlegte, ob ich die Polizei einschalten sollte, hörte ich das knirschende Geräusch eines Autos auf dem Hof. Ein Satz des Anrufers fiel mir ein. *Big Brother is watching you.*

Ich lief zum Fenster. Auf dem Hof stand der schwarze Audi. Der Mann aus dem Café stieg aus. Der offene Trenchcoat flatterte im Wind. In der Hand hielt er eine

Pistole. Meine Knie wurden weich. Dann hörte ich einen Schuss und das Öffnen der Haustür. Er hatte sich den Weg ins Haus freigeschossen. Wahnsinn. Eigentlich hätte ich jetzt fliehen sollen, hätte meinen Kram packen, aus dem Fenster steigen und so schnell wie möglich abhauen sollen. Hätte Anna Lena befreien und Möhlmann niederknüppeln sollen. Aber eine seltsame Lethargie hielt mich gefangen. Wie gelähmt stand ich am Fenster, wartete, dass Möhlmanns Killer kam und allem ein Ende machte. Ich hörte seine Schritte, langsam und siegessicher. Schließlich war er in der Tür, betrat das Zimmer und kam auf mich zu, die Pistole auf meine Brust gerichtet.

„Hallo, Borowski." Er lächelte. Seine Stimme klang gar nicht mal unsympathisch. „Der Boss schickt mich. Ich soll aufpassen, dass du bis zu eurem Treffen keine Dummheiten machst."

Das Telefon klingelte. Ich zuckte zusammen. Genauso wie die Schusshand des Killers. Doch die Kugel blieb im Lauf.

„Geh ran. Schalt den Lautsprecher ein."

Langsam, bemüht, keine falsche Bewegung zu machen, näherte ich mich dem Telefon. Der Lauf der Waffe folgte mir wie ein Magnet.

Es war Franke, der Tonnenheider Ortsvorsteher. „Frau Borowski, Sie werden nicht glauben, was hier los ist. Heute Nachmittag kamen ein Bagger und zwei LKW und machten das Wiemelkenmoor platt. Die Hügelgräber sind zerstört. Angeblich lagern in Höhlen darunter Giftfässer aus dem Krieg. Sie zeigten mir eine Genehmigung des Umweltamtes, die Fässer sofort abzutransportieren."

Möhlmann war schnell, das musste man ihm lassen. Aber ich war auch schnell. Eiskalt erkannte ich meine

Chance. Der Killer hätte nie zulassen dürfen, dass ich ranging. Ein Fehler. Ich musterte ihn, sah ihm tief in die Augen. Dann machte ich mein Testament und sprach. Schnell, konzentriert, präzise.

„Polizei. Illegale Giftmüllentsorgung. Möhlmann Bau, Minden."

Peng. Das Telefon explodierte in meiner Hand. Ein unglaublicher Schmerz durchfuhr meine Finger. Im nächsten Moment spürte ich einen harten Schlag gegen die Schläfe. Sterne tanzten vor meinen Augen. Als ich nach kurzer Benommenheit wieder sehen konnte, hockte er neben mir, die Pistole an meiner Stirn.

„Borowski, Borowski. Ich habe dir doch gesagt, keine Dummheiten." Seine Stimme klang kein bisschen erregt. Der Zwischenfall hatte ihm nicht mehr Interesse entlockt als das Totschlagen einer Mücke. „Jetzt lässt du mir keine Wahl. Leg deine Sachen ab. Ich muss wissen, ob du was an dir versteckst."

Ich sträubte mich nicht. Die Waffe war ein starkes Argument. Er sah mir zu, emotionslos wie ein Gynäkologe. Als ich nackt war, nahm er meine Kleider und suchte sie sorgfältig ab, ließ mich dabei nicht eine Sekunde aus den Augen. Natürlich fand er die Dose. Zufrieden lächelnd steckte er sie ein. Die Klamotten landeten achtlos auf dem Boden.

„Gut", sagte er schließlich. „Und jetzt gehen wir ins Schlafzimmer."

Er fesselte mich mit Kabelbinder ans Bett. Eine Socke als Knebel verhinderte, dass ich schreien konnte. Nachdem der Killer – ich nannte ihn bei mir jetzt Clyde – sich überzeugt hatte, dass ich sicher verwahrt war, holte er sein Handy hervor, zog sich ins Wohnzimmer zurück und telefonierte. Später hörte ich den

Fernseher. Stunden später kam er zurück, ein Sandwich in den Händen.

„Ich habe mir erlaubt, mich an deinem Kühlschrank zu bedienen. Möchtest du auch etwas?"

Ich sagte nichts. Hunger war das Letzte, was ich verspürte. Clyde zog unverrichteter Dinge ab. Ich starrte an die Decke, während die Welt draußen ihren Gang ging.

„Aufstehen, Schlafmütze. Es geht los."

Irritiert öffnete ich die Augen. Ich hatte tatsächlich geschlafen. Clyde schnitt mich los. Mein Körper zitterte, als ich aufstand. Ich fühlte mich wie auf dem Weg zum Galgen. Am liebsten hätte ich noch einmal geduscht; die letzte Dusche war unzählige Stunden her und meine Haut klebte vor Schweiß. Aber ich unterdrückte dieses Bedürfnis. Ein anderes allerdings konnte ich nicht unterdrücken.

„Darf ich aufs Klo?", fragte ich.

„Kein Problem."

Er sah mir dabei zu. Es war erniedrigend, aber besser als mit voller Blase zur Hinrichtung zu schreiten.

Als wir das Haus verließen, war es zehn. Es war dunkel und kalt. Ich fror. Am Auto blieb Clyde stehen und musterte mich.

„So kannst du nicht gehen. Was werden die Leute denken?"

Welche Leute? Wir gingen ins Haus zurück und Clyde nahm einen Trenchcoat aus meiner Garderobe. Er untersuchte ihn gründlich und reichte ihn mir dann.

„Hier, zieh das über."

Ich empfand tatsächlich so etwas wie Dankbarkeit. Nackt zu sterben war das schlimmste, was ich mir vorstellen konnte.

Ich musste mich auf den Rücksitz setzen, zwischen drei Umzugskartons, die mir bekannt vorkamen. Mir schwante Übles. Clyde fesselte meine Hände an die Haltegriffe über den Türen, sodass ich aussah wie Jesus am Kreuz, nur ohne Kreuz. Es war unbequem, aber ich würde es aushalten.

„Was hast du mit Clara gemacht?", fragte ich, als Clyde den Motor startete.

„Keine Sorge, sie lebt. Eine brennende Zigarre auf ihrer Brust hat sie überzeugt, dass es besser war, mir die Kartons auszuhändigen."

„Bastard. Das war unnötig. Ich hätte die Akten auch so bekommen."

Clyde sagte nichts. Die Fahrt nach Minden verlief schweigend. Immer wenn wir an einer Straßenlaterne vorbeikamen, hoffte ich auf Zeugen, die mich sahen und die Polizei verständigten. Doch die Straßen waren leer.

Die Uhr im Armaturenbrett zeigte halb zwölf, als wir am Parkplatz der Schachtschleuse ankamen. Der Mond erhellte einen leeren Platz. Trutzig wie eine mittelalterliche Burg erhob sich der Bau der alten Schleusenanlage auf der Anhöhe. Ein paar Fledermäuse, dachte ich, und das Gruselgefühl war perfekt.

Clyde schnitt mich los. „Mein Job endet hier. Hat mich gefreut, deine Bekanntschaft zu machen, Borowski."

Er half mir aus dem Wagen, dann setzte er sich zurück ans Steuer und fuhr davon. Da stand ich nun, allein, halbnackt und frierend. Wie würde es weitergehen? Mitternacht an der Schachtschleuse. Was erwartete mich da oben?

Ich zitterte – nicht nur vor Kälte -, als ich mich langsam in Bewegung setzte. Der Boden war kalt, Splitt bohrte sich in meine Fußsohlen. Es war weit vor zwölf, als ich das alte Gemäuer erreichte. Die Landschaft wirkte paradoxerweise romantisch. Der Mond spiegelte sich im Wasser des Kanals. Die Sterne prangten am Himmel. Im Hintergrund leuchteten die Lichter der Stadt.

Und dann lief es mir kalt den Rücken herunter. Eine Eule klagte in der Nacht. Verkündete sie meinen nahenden Tod?

30

Natürlich kannte ich die Schachtschleuse. Als Grundschulmädchen war ich hier gewesen, als erwachsene Frau hatte ich an einer Bootsfahrt teilgenommen. Das Gelände sollte mir also einigermaßen vertraut sein. Dachte ich. Doch als ich jetzt hier oben stand, allein und nackt, nur durch einen dünnen Mantel vor den Gefahren geschützt, die auf mich warteten, hatte ich das Gefühl, in einer anderen Welt zu sein. Nachts, ohne Leben, wirkte die alte Anlage gespenstisch. Das silbrige Mondlicht schuf einen surrealen Hintergrund; perfekt für die unheimlichen Geräusche, die von überall auf mich eindrangen und die ich nicht einsortieren konnte. Perfekt auch für die unheimlichen Schreie der Todeseule.

Im Hintergrund erstreckte sich das Gelände, auf dem die neue Schleuse entstand, ein riesiges Areal ausgekofferten Bodens, Millionen Tonnen Beton und anderes Baumaterial. Ringsherum und darauf verteilt eine Armee von Lastwagen und Baggern, deren gewaltige zahnbewehrte Schaufeln riesigen Mäulern glichen, die mich fressen wollten.

Eine Umgebung, die zu Möhlmann passte. Wo würde er auf mich warten? Nachdem ich eine Weile ziellos umhergelaufen war und keine Spuren menschlichen Lebens entdeckt hatte, kam ich zu dem Schluss, dass die alte Schleuse nicht gemeint war. Also machte ich mich auf den Weg.

Das Baugelände war eingezäunt, der Zaun aber leicht zu überklettern. Ich landete in einer Pfütze. Kaltes Wasser spritzte meine Beine hoch. Angestrengt starrte ich in die Nacht. Gab es Wachen? Hunde? Wäre doch eine einmalige Chance für Möhlmann, mich loszuwerden, dachte ich, und das, ohne selbst auch nur in Mordverdacht zu geraten. Niemand würde eine dumme Einbrecherin bemitleiden, die sich von Wachhunden zerfleischen ließ.

Doch nichts geschah. Unbehelligt konnte ich meine Patrouille fortsetzen. Ich hatte kein Ziel, also wanderte ich einfach drauflos. Der Boden war feucht und schlüpfrig. Immer wieder rutschte ich aus. Splitt und andere harte Gegenstände, die ich im Dunkeln nicht identifizieren konnte, stachen mir schmerzhaft in die Fußsohlen. Vorbei ging es an stillstehenden Lastern, Baggern und Kränen. Irgendwo brummte es. Da ich keine Bewegung sah, tippte ich auf einen Stromgenerator. Ich wand mich durch Labyrinthe von Holz und Metall, vorbei an Bergen von Zement, Steinen und Müll. Beinahe wäre ich in einen ausgekofferten Graben gerutscht, fand aber im letzten Moment mein Gleichgewicht. Wenig später verließ mich mein Glück. Das Schlagloch war in der Dunkelheit nicht zu sehen. Mein rechter Fuß knickte um, und ein heftiger

Schmerz zuckte mein Bein hoch. Humpelnd und fluchend setzte ich meinen Weg fort.

Und dann hatte ich plötzlich ein Ziel. Mit der geballten Kraft einer Flutlichtanlage flammte Licht auf. Ich zuckte zusammen und schloss geblendet die Augen. Mit erhobenem Arm, der die Augen abschirmte, ging ich weiter.

Die Stelle, auf die das Licht fiel, war von Baucontainern verdeckt. Die perfekte Falle. Was würde mich hinter den Containern erwarten? Ich fror und schwitzte gleichzeitig, als ich steif wie ein Storch vorwärts stakte, die Grenze, die die Container bildeten, überschritt und den freien Platz dahinter erreichte.

Anna Lena lag zusammengekrümmt auf dem Boden, in der Mitte des Platzes, im Fokus des Flutlichts. Sie bewegte sich nicht. Unter ihrem nackten Körper sah ich deutlich eine unregelmäßige dunkle Fläche. Ich schrie, rannte auf sie zu, drehte sie auf den Rücken, sah das Einschussloch in ihrer Brust. Ihr Herz schlug noch, pumpte mit jedem schwachen Atemzug weiteres Blut aus ihrem zarten Körper. Ich wand mich aus meinem Trenchcoat, knüllte ihn zusammen und presste ihn auf Anna Lenas Brust. Tränen rollten über mein Gesicht, fielen auf Anna Lenas Wangen, während ich presste und versuchte, den Blutstrom aufzuhalten.

„Tja, so sieht man sich wieder, Borowski."

Ich sah auf. Vor mir stand eine Gestalt. Ich blinzelte, konnte im starken Gegenlicht aber nicht erkennen, wer es war. Aber die Stimme erkannte ich. Clyde.

„Angeschmiert, Borowski. Mein Job endete nicht am Parkplatz. Du hast doch nicht ernsthaft geglaubt, dass wir dich laufen lassen. Du bist zu neugierig und du weißt zu viel. Der Boss kann das nicht gutheißen.

Warum wisst ihr Weiber nie, wann man aufhören muss?"

Ein Gegenstand blitzte in Clydes Hand. Ich wusste, was mich erwartete. Seltsamerweise blieb ich ganz ruhig. Ich hatte davon gelesen, dass einen im Augenblick des Todes eine erlösende Ruhe befällt, als hätte der Mensch einen Schutzmechanismus, der ihm das Sterben leichter macht.

Langsam stand ich auf, spreizte meine Arme ab und bot mich Clyde dar. „Also los, bringen wir es hinter uns. Nur eine Frage, bevor du mich abknallst. Wer ist dein Boss?"

„Ich denke, die Antwort kennst du."

Clydes Arm ging in die Höhe, die Pistole richtete sich auf meine Brust.

Und dann begann das Chaos. Plötzlich flammten weitere Scheinwerfer auf. Schreie ertönten, gehetzte Kommandos, von denen ich nur das eine verstand: „Zugriff". In derselben Sekunde sah ich den Rauch, der Clydes Pistole verließ. Noch eher spürte ich den gewaltigen Schlag, der meine Brust traf und mich von den Beinen riss. Während ich fiel, hörte ich Millionen kleiner Explosionen, sah Clyde, der ebenfalls fiel, und Dutzende dunkelgekleidete Gestalten, die aus allen möglichen Ecken und Winkeln hervorsprangen und den Platz umzingelten.

Ich fiel ins Bodenlose. Ein weiterer Schlag traf meinen Kopf. Dunkelheit hüllte mich ein, kühlte mich, wärmte mich. Ein wahnsinniger Schmerz jagte von meiner Brust ausgehend in den Rest meines Körpers, bevor er verebbte und einem angenehmen Nichts Platz machte. Der letzte Gedanke, den ich hatte, war, dass ich jetzt doch nackt starb.

31

Meine Erinnerung setzt drei Tage später wieder ein. Das war der Tag, an dem sie mich aus dem künstlichen Koma holten. Ein kurzer Augenblick Bewusstsein, der gerade ausreichte um zu erkennen, dass ich im Krankenhaus lag und dass ich lebte. Es dauerte drei weitere Tage, bis ich soweit wiederhergestellt war, dass ich begriff, was geschehen war. Ich erfuhr es von den Ärzten und Schwestern.

Unbemerkt von mir war in jener Nacht auch die Polizei an der Schachtschleuse aufmarschiert. Warum, wusste ich zu diesem Zeitpunkt noch nicht. Tatsache war, dass der Zugriff auf Clyde erfolgte, als er seine Waffe auf mich richtete. Es war seine letzte Tat, der finale Rettungsschuss folgte auf dem Fuß. Allerdings wäre es auch für mich beinahe das Finale gewesen. Auf ihrem Weg zu meinem Herzen prallte die Kugel an einer Rippe ab, streifte meine Lunge und blieb wenige Millimeter neben der Aorta im Fettgewebe stecken. Trotzdem verlor ich eine Menge Blut, aber da ich einen gesunden kräftigen Körper besaß, würde ich in wenigen Wochen wieder auf dem Damm sein.

Das war die gute Nachricht. Die bessere war die, dass Anna Lena ebenfalls überlebt hatte. Sie hatte nicht ganz so viel Glück gehabt wie ich. Ihre Verletzungen waren schwerwiegender und sie würde vermutlich Monate bis zur völligen Gesundung brauchen. Aber sie lebte. Die größte Last war von mir genommen.

Die Tage plätscherten dahin. Die meisten Stunden verschlief ich. Die wenigen Wachphasen zeichneten sich durch Langeweile aus. Ich war zu schwach, um zu lesen, selbst Fernsehen strengte mich an. Dennoch empfand ich Dankbarkeit. Ich erkannte die Gnade, die

Anna Lena und mir widerfahren war: trotz schwerster Verletzungen überlebt zu haben. Auf seltsame Art machte mich das zufrieden. Aber da war auch eine Unruhe in mir, hervorgerufen durch die Ungewissheit, was aus meinem Fall geworden war. Was war mit Möhlmann? War er endlich verhaftet worden? Würde er seine gerechte Strafe bekommen? Fragen, die vorerst unbeantwortet blieben.

Den achten Tag im Klinikum erlebte ich von Anfang an bei vollem Bewusstsein. Die permanente Müdigkeit war verschwunden. Ich fühlte, wie meine Lebensgeister wieder erwachten. Dass es aufwärts ging, merkte ich auch daran, dass die Geräte abgeklemmt wurden. Ich konnte sogar wieder die Zeit lesen. Um zehn kam ein Physiotherapeut und machte mit mir Atem- und Gehübungen. Danach kam die Visite und brachte die nächste gute Nachricht: Mein Körper machte respektable Fortschritte, und wenn nichts dazwischenkam, würde ich in einer Woche entlassen werden.

Am Nachmittag wurde es hektisch. Zuerst kam noch einmal der Physiotherapeut. Kaum waren wir fertig, tauchten sie alle auf, die *dramatis personae*. Zuerst erschienen Charlie und DJ. Beide wirkten gesund und munter, und wie sich herausstellte, waren sie zwischenzeitlich aus dem Krankenhaus entlassen worden. Die gute Nachricht, die sie mir überbrachten, war, dass die Staatsanwaltschaft Anklage gegen Möhlmann erhoben hatte. Natürlich ging es nur um die Giftmüllentsorgung. Von Mord war in der Presse keine Rede. Das war mir an diesem Tag allerdings egal. Ich freute mich einfach nur, dass es meinen Freunden wieder gutging.

DJ und Charlie hatten das Zimmer gerade verlassen, da erschienen Eddie Finger und Jenny Rose. Beide grinsten und überreichten mir einen riesigen Blumenstrauß. Sie bedankten sich noch einmal für meine Hilfe bei seiner Freilassung und für meine Rettungsaktion Jenny gegenüber. Eddie bot mir seine Unterstützung an, falls die Polizei bei Möhlmann nicht weiterkam. Ich ging nicht weiter darauf ein, bedankte mich aber für das Angebot.

Kurz vor dem Abendbrot erschien Ali, alias Mehmet Erdogan, mein Boxtrainer. Er zog mich wie üblich damit auf, dass ich zu sehr auf Angriff gepolt sei und darüber die Verteidigung vergaß. Ich sollte doch wieder öfter zum Training kommen. Ich versprach es, auch weil ich erkannte, dass er nicht ganz Unrecht hatte.

Nachdem nun alle meine Freunde dagewesen waren, fehlte eigentlich nur noch einer. Er enttäuschte mich nicht. Der Tag wäre sonst auch irgendwie unvollständig gewesen. Ich sah mir im Fernsehen gerade die Nachrichten an und war schon leicht am Dösen, als die Tür aufging und er eintrat: mein alter Kumpel Horst - Exkollege, Exfreund und Experte im Beschützen kleiner Privatdetektivinnen.

„Hallo, Vinnie. Wie geht es dir?" Sein Gesicht zeigte Sorge und Erleichterung gleichermaßen. Er stellte die mitgebrachten Blumen in eine Vase und kam dann zu mir herüber. Er stand so nah, dass ich sein Aftershave riechen konnte. Ich sog den Duft tief in mich ein, begierig, nach einer Woche Krankenhaus endlich etwas anderes zu riechen als Desinfektionsmittel und Medikamente.

„Ich lebe und werde dir auch in Zukunft Sorgen bereiten", antwortete ich.

„Dann ist ja alles gut." Er grinste. Plötzlich beugte er sich über mich und umarmte mich. „Mensch, Vinnie, was machst du bloß für Sachen?"

Ich konnte nicht anders, ich war gerührt und unterdrückte eine Träne. Er hatte sich wirklich Sorgen um mich gemacht, obwohl wir schon lange kein Paar mehr waren. Ich erwiderte die Umarmung. „Halt mich fest."

So saßen wir bestimmt fünf Minuten, ohne ein Wort zu sagen. Wir hielten uns einfach nur fest, und es tat gut.

Schließlich stand er auf. „Mein Rücken." Er zog sich einen Stuhl heran und setzte sich neben mich.

Es sah aus, als hätte er Zeit. Es sah aus, als würden meine Fragen ihre Antwort finden. Ich sagte nur ein Wort. „Möhlmann."

Er nickte. „Die Staatsanwaltschaft hat Anklage erhoben."

„Ich weiß. Illegale Giftmüllentsorgung. Wie sieht es aus?"

„Gut. Die Spurensicherung nimmt dieses Hügelgrab in Tonnenheide auseinander. Wie es aussieht, haben sie schon genug gefunden, um die Anklage zu untermauern. Außerdem gibt es Zeugenaussagen, wonach ein Möhlmann-Transporter versucht haben soll, Fässer in die Weser zu entsorgen."

Der verschwundene LKW vom Hof. Der verlorene Sohn war also wieder aufgetaucht.

„Habt ihr den Fassinhalt schon analysiert?", fragte ich.

Bremer schnitt eine Grimasse. „Verdammt widerwärtiges Zeug."

„Tabun."

Horsts Brauen zuckten in die Höhe. „Du weißt von dem Tabun?"

„Ich habe es in Tonnenheide gefunden und analysieren lassen."

„Warum bist du damit nicht zu uns gekommen?"

„Möhlmann war schneller. Als ich mit dem Zeug nach Hause kam, wurde ich schon von einem seiner Leutnants abgefangen. Er hielt mich den Tag über gefangen, und was in der Nacht passierte, weißt du ja. Was mich zu einer ungeklärten Frage führt: Wo kam die Polizei so plötzlich her? Erst kümmert ihr euch nicht, und dann, in der entscheidenden Nacht, seid ihr auf einmal da und sorgt durch eure Anwesenheit dafür, dass ich beinahe weggepustet worden wäre."

„Oder dass du gerettet worden bist. Der Typ war ein Killer, Lavinia. Du hast wohl vergessen, dass Anna Lena schon halbtot war und die für dich bestimmte Kugel sich auch schon warmlief."

„Ich weiß. Entschuldige. Zu Hause gelang es mir noch, den Ortsvorsteher von Tonnenheide zu warnen. Hat er euch angerufen?"

„Franke, ja. Es war gar nicht so leicht, in der Kürze der Zeit die richtigen Verbindungen zu ziehen und die Spur bis zur Schachtschleuse zu verfolgen."

Ja, es hätte auch anders ausgehen können. Ich wusste, wie knapp alles gewesen war, wie glücklich die Zufälle, wie gut die Zielfahndung. Wären die falschen Schlüsse gezogen worden, eine andere Spur verfolgt … Ich wollte lieber nicht daran denken.

In der folgenden Stunde tauschten wir unsere Erkenntnisse aus. Nach dem, was die Polizei und ich unabhängig voneinander ermittelt hatten, ergab sich folgendes Bild:

Herbert, der Cherusker, hatte sich mit Bestechung und Ausschreibungsbetrug den Zuschlag für einen nicht unerheblichen Teil der Bauarbeiten an der neuen Weserschleuse erschlichen. Beim Auskoffern des Bodens war man auf ein Giftlager aus dem Krieg gestoßen. Möhlmann riss den lukrativen Auftrag für die Entsorgung an sich. Doch wie so oft in solchen Fällen wurde, um den Profit zu steigern, das Gift nicht fachgerecht entsorgt. Die Tatsache, dass die Behörden den Giftfund geheim hielten, um die Bevölkerung nicht zu beunruhigen und das Bauprojekt nicht zu verzögern, spielte Möhlmann in die Hände.

Einige Zeit vorher war die Firma Möhlmann Bau in Tonnenheide im Wiemelkenmoor mit einem anderen Bauprojekt beschäftigt gewesen. Dabei musste Möhlmann auf die in Vergessenheit geratenen Höhlen gestoßen sein. Reiner Zufall, aber damit war sein Entsorgungsproblem gelöst. Ohne dass es jemand mitbekam, lagerte er die Giftfässer dort ein, wo sie fortan vor sich hingammelten, während er saftige Rechnungen für die fachgerechte Entsorgung ausstellte.

Allerdings ging die Sache nicht ganz so glatt über die Bühne, wie er es sich vorgestellt hatte. Harald Nolting, der Reporter, hatte irgendwie Wind davon bekommen und begann zu recherchieren. Er interviewte die Anwohner des Moores und fand heraus, dass es in den Monaten nach der Einlagerung des Giftes zu einer ungeklärten Häufung von Krankheitsfällen gekommen war: unkontrolliertes Muskelzittern, Atemnot, Bewusstlosigkeit; Symptome, die mir nicht fremd waren. Bevor Nolting dazu kam, eine Artikelserie über die Vorfälle zu schreiben, verschwand er spurlos. Da keine Leiche gefunden wurde, versank der Fall bald in den Polizeiakten und wurde zu einem *cold case*. Nun, vielleicht kam er jetzt doch noch zum Abschluss.

Angesichts der Erkrankungen musste Möhlmann kalte Füße bekommen und sich entschlossen haben, die Fässer wieder verschwinden zu lassen. Dabei hatte er sich der Gruftis bedient. Wahrscheinlich zahlte er ihnen Schweigegeld, denn so viele Zeugen auf einmal zu beseitigen, wäre wohl doch zu auffällig gewesen. Die Gruftis hatten sicherlich keine Ahnung, was in den Fässern war. Ihre nächtlichen Aktivitäten, der Lärm der LKWs und dazu der Spuk der jungen Nymphen führten schließlich zum Eingreifen des Ortsvorstehers. So kam ich ins Spiel, ohne zu ahnen, was auf mich zukam.

Ich freute mich, dass es Möhlmann jetzt doch an den Kragen ging, wenn auch – zumindest vorerst – nur wegen der Giftmüllgeschichte. Ein fader Beigeschmack blieb wegen der noch nicht geklärten Todesfälle: Isabelle LaCour, Lolita LeGuin, Harald Nolting. Möhlmann hatte einem Mädchen die Mutter genommen und einer Frau den Mann. Und soweit ich mich erinnerte, vermissten die Tonnenheider Gruftis einen aus ihren Reihen. Ich fragte Horst danach.

„Wir ermitteln jetzt natürlich in alle Richtungen", sagte er. „Die Mordkommission ist eingeschaltet."

Ich rechnete nicht mit schnellen Ergebnissen, aber es war immerhin ein Anfang. Es musste bewiesen werden, dass Lolita und Isabelle Opfer einer Straftat geworden waren und nicht Selbstmord begangen hatten. Noltings Leiche musste gefunden werden. Desgleichen der vermisste Grufti. Monatelange Ermittlungen standen bevor, mit fraglichem Ergebnis. Schuld und Sühne. Würde Möhlmanns Schuld jemals gesühnt werden? Die Hoffnung blieb. Eine Gefängnisstrafe konnte die Toten nicht wieder lebendig machen, aber es wäre ein kleines Stück Gerechtigkeit für die Betroffenen.

„Ach Vinnie, fast hätte ich es vergessen."

Horsts Worte rissen mich aus meinen Gedanken. Ich sah ihn an. Sein anzügliches Grinsen fiel ihm aus dem Gesicht und verwandelte ihn, den knallharten Polizisten, in einen sympathischen Schuljungen. Dieses Lächeln war es, das uns für ein paar Jahre zu einem Paar gemacht hatte.

„Diese Anzeige wegen Amtsanmaßung …"

Ich erinnerte mich. Ackermann, der BMI-Vorstand, der es nicht ertragen konnte, von einer kleinen Privatdetektivin hereingelegt worden zu sein.

„… wurde fallengelassen. Das Verfahren wurde eingestellt. Da du keine Diensthandlung im Sinne von Paragraf 132 StGB vorgenommen hast, ist der Tatbestand nicht erfüllt."

Gott sei Dank. Das ersparte mir eine Geld- und schlimmstenfalls eine Gefängnisstrafe. „Danke, Horst."

Eine Weile sahen wir uns schweigend an. Es war alles gesagt und ich begann müde zu werden. Er blieb weitere fünf Minuten. Dann verabschiedeten wir uns mit einem Kuss. Kaum hatte er das Zimmer verlassen, klappten meine Augen zu.

32

Eine Woche später war meine Welt wieder in Ordnung. Ich war wieder zu Hause. Geblieben war ein leichtes Ziehen in der Brust, das sich in Schmerz verwandelte, wenn ich mich bückte; also vermied ich es, mich zu bücken. Was meine Lieben betraf: DJ und Charlie waren völlig genesen und gingen wieder ihrer Arbeit nach. DJs Attentäter war nicht gefunden worden. Die Polizei ermittelte noch, aber nach drei Wochen war die Spur kalt. DJ und ich wussten, dass Ackermann hinter dem Anschlag steckte, aber wir hatten keine Beweise. DJ tat es mit einem Schulterzucken ab. Er war froh, mit dem Leben davongekommen zu sein.

Anna Lena hatte ihre Verletzungen ebenfalls soweit auskuriert, dass sie das Krankenhaus verlassen konnte und wieder zu mir kam. Äußerlich war sie die alte, aber ihr Wesen hatte sich verändert. Sie war still geworden, in sich gekehrt. Sie sprach nicht darüber, aber ich konnte mir vorstellen, was in ihr vorging. Lolitas Tod war nicht gesühnt, würde es vielleicht nie. Ich konnte ihr nicht helfen, sie musste selbst damit fertig werden.

Der erste ganze Tag zu Hause war ein Dienstag. Wir frühstückten gemeinsam - Charlie, Anna Lena und ich. Nachdem Charlie zur Arbeit abgerauscht und die Küche aufgeräumt war, schlüpfte ich unter die Dusche. Als ich mit umgewickeltem Handtuch und nassen Haaren ins Wohnzimmer kam, daddelte Anna Lena lustlos mit ihrem Handy. Ich ließ sie gewähren.

Auf dem Tisch lag die Post der letzten zwei Wochen, ein riesiger Stapel. Fünf Pfund ohne Knochen, sozusagen. Ich machte mich an die Arbeit. Zwei Briefe fielen mir auf, die nicht nach Werbung oder Rechnung aussahen. Der eine kam aus Tonnenheide und war eine Einladung Frankes zur Jahreshauptversammlung des Schützenvereins im Januar. Ich sollte für meine Verdienste um die Ortschaft eine Auszeichnung erhalten und zum Ehrenmitglied im Schützenverein ernannt werden. Ich schmunzelte. Ich würde wohl hingehen müssen.

Der zweite Brief war an Anna Lena adressiert und kam aus einer Anwaltskanzlei in Minden. Ich rechnete mit einer Vormundschaftssache. Nachdem sie nun Vollwaise war und minderjährig, würde sie natürlich unter Vormundschaft gestellt werden. Ich hoffte nur, dass sie ihre Ausbildung in der Schweiz beenden konnte. Ich schob ihr den Brief hinüber. Sie blickte auf, nahm den Brief und öffnete ihn ohne großes Interesse. Nach dem Lesen wurde ihr Ausdruck lebhafter. Sie reichte mir das Schriftstück herüber und fragte: „Begleitest du mich?"

Es war eine Einladung zur Testamentseröffnung. Offenkundig hatte Lolita Anna Lena etwas hinterlassen. Ich legte ihr die Hand auf den Arm. „Selbstverständlich."

Die Kanzlei Radeck und Vollmer lag in der Hahler Straße, direkt neben der Sparkasse. Der Altbau mit seinen liebevollen Stuckverzierungen und dem gelben Anstrich war ein krasser Gegensatz zu der glasbetonten modernen Hauptgeschäftsstelle der Sparkasse. Das Jugendstilambiente dominierte auch innen: Hohe Decken und alte, dunkel gestrichene Holztüren ließen eine vergangene Zeit wach werden. Die Möbel und Bürogegenstände hingegen waren eindeutig einundzwanzigstes Jahrhundert.

Bernd Vollmer war ein väterlicher Typ in den Fünfzigern. Als wir kamen, war er in ein Gespräch mit einer der beiden Sekretärinnen vertieft. Er trug einen dunklen Einreiher und eine dunkelblaue Krawatte. Seinen Bauchansatz verbarg er unter einer Weste. Als er uns

sah, kam er sofort auf uns zu. „Ah, Fräulein Kottkamp, nehme ich an", sagte er lächelnd mit angenehmer Baritonstimme und gab Anna Lena die Hand.
Dann stellte er sich vor und gab anschließend mir die
Hand. „Und Sie sind ..."

„Lavinia Borowski, eine Freundin."

„Sie hat sich seit dem Tod meiner Mutter um mich
gekümmert", sagte Anna Lena. „Es macht Ihnen doch
nichts aus, wenn sie dabei ist."

Vollmer schüttelte den Kopf. „Ganz und gar nicht.
Kommen Sie, gehen wir in mein Büro."

Das Büro sah aus, wie man sich das Büro eines Notars
vorstellt. Vor dem Fenster ein großer Schreibtisch, ein
Sessel dahinter, zwei einfache Holzstühle davor, eine
Regalwand mit Akten und Fachliteratur. Weitere Akten stapelten sich auf dem Schreibtisch und in einer
Ecke des Raumes. Ein hochfloriger Teppich schluckte
unsere Schritte, als wir uns hinein begaben und uns
auf die harten Besucherstühlen setzten. Vollmer nahm
in seinem Sessel Platz, wühlte in seinen Akten und
legte los, nachdem er gefunden hatte, was er suchte.

Im Fernsehen sieht Erben immer einfach aus. Man
geht zur Eröffnung, kriegt das Testament verlesen und
sackt die Kohle ein. Die Wirklichkeit ist etwas kom-
plizierter. Vor der eigentlichen Testamentseröffnung
wurden wir aufgeklärt über Rechte und Pflichten, über
Ausschlagung und Erbschaftssteuer, über dieses und
jenes. So verging die erste Viertelstunde, bevor wir
zum spannenden Teil kamen, der eigentlichen Testamentseröffnung.

Lolita hatte es aufgesetzt, als Anna Lena ins Internat
kam, und es ging um einiges. Außer einer Lebensver-
sicherung über 500.000 Euro für Anna Lena allein gab
es Bankguthaben und Wertpapiere über 100.000 Euro,

von denen die Hälfte Isabelle LaCour zugedacht war. Da Isabelle tot war, fiel dieser Anteil ebenfalls an Anna Lena. Geld war also genug vorhanden, um sie die nächsten Jahre zu unterhalten und ihr eine gute Ausbildung zu ermöglichen. Zum Schluss fragte Vollmer, ob sie alles verstanden hatte. Selbstverständlich würde er ihr auch künftig gern mit Rat und Tat zur Seite stehen.

Damit war der offizielle Teil beendet. Vollmer schloss die Akte, nahm seine Brille ab und blickte Anna Lena in die Augen. „Fräulein Kottkamp, eine Sache wäre da noch."

Ich wurde neugierig. Was kam jetzt?

„Als Anwalt bekommt man eine Menge mit. Das tragische Ende Ihrer Mutter ist mir natürlich bekannt, und auch, dass die Ermittlungen der Polizei noch nicht abgeschlossen sind. Ich kann mir vorstellen, wie Sie sich fühlen angesichts des offenen Endes dieser Angelegenheit und der quälenden Frage, ob die Umstände ihres Todes jemals aufgeklärt werden. Nun, ich habe da noch etwas, was Ihnen vielleicht weiterhilft und etwas Licht ins Dunkel bringen mag."

Er öffnete einen kleinen eckigen Pappkarton und entnahm ihm ein in Leder gebundenes Buch. Der schwarze Deckel und das aufmontierte Schloss ließen vermuten, dass es sich um ein Tagebuch handelte. Ein Schauer lief über meinen Rücken. Ich musste an das Tagebuch Isabelle LaCours denken, hinter dem alle her gewesen waren: Möhlmanns Leute, die Polizei, ich selbst. War es möglich, dass ich es endlich gefunden hatte?

„Letzte Woche erreichte mich ein Umschlag einer befreundeten Kanzlei", fuhr Vollmer fort. „Er enthielt dieses Tagebuch. Ich habe nicht hinein gesehen und habe auch nicht die Absicht, es zu tun. Ich tu nur einem Kollegen einen Gefallen. Dieser Kollege vertritt die Interessen einer gewissen Isabelle LaCour. Ich vermute, bei der besagten LaCour handelt es sich um dieselbe, die im Testament Ihrer Mutter erwähnt wird, Fräulein Kottkamp."

Ich antwortete an Anna Lenas Stelle. „Da wir keine andere kennen, wird es so sein. In der Tat haben wir schon nach diesem Tagebuch gesucht. Möglicherweise kann es zur Aufklärung der Morde beitragen."

„Nun, das hat mich nicht zu interessieren. Ich bin nur der Erfüllungsgehilfe, der den Auftrag hat, das Buch dem Berechtigten auszuhändigen. Dem Schreiben meines Kollegen zufolge stammt es aus dem Nachlass Isabelle LaCours und ist im Falle ihres Todes Frau Lolita LeGuin alias Sarah Kottkamp auszuhändigen. Da Frau Kottkamp zwischenzeitlich verstorben ist, ist das Vermächtnis im Grunde hinfällig. Aufgrund der besonderen Umstände waren mein Kollege und ich uns allerdings einig, das Tagebuch an Sie weiterzuleiten. Das ist juristisch nicht in Ordnung, und ich hoffe auf Ihre Diskretion."

Er schob den schmalen Band zu uns herüber. Anna Lena nahm ihn mit zitternden Händen entgegen und gab ihn an mich weiter. „Hier. Lies du es. Es ist Isabelles Buch, nicht das meiner Mutter. Du kannst sicher etwas damit anfangen."

Auch meine Hände zitterten, als ich es annahm. Das Gefühl war überwältigend. Am Ende hatte ich doch noch die Siegertrophäe bekommen.

Vollmer regelte mit Anna Lena noch einige Formalitäten. Aber das interessierte mich nicht mehr. Ich war auf das Tagebuch gespannt. Ich klammerte die Außenwelt aus und begann zu lesen.

33

4.8.

Auftrag von M, braucht Unterhaltung am Wochenende. Wahrscheinlich pervers, aber 10.000,- € sind ein Argument.

7.8.

War gar nicht so schlimm. WE-Haus auf Sylt. Musste die ganze Zeit nackt sein und ständig bereit. Sa/So jew. 3 x Verkehr, einmal ans Bett gefesselt. Keine Probleme. Wieder bestellt für nächstes WE.

14.8.

M wurde brutaler. Blieb das ganze WE ans Bett gefesselt. Musste mich auspeitschen lassen (Gott sei Dank keine Striemen). Sonntag kamen Freunde von M, musste sie auch ranlassen. Perverse Schweine, haben mich quasi gefoltert. Habe ihm klar gemacht, dass ich an weiteren Aufträgen nicht interessiert bin.

16.8.

M rief an. Zahlt 20.000,- €, wenn ich noch ein WE mit ihm verbringe. Hat was Besonderes vor, darf vorher entscheiden, ob ich will. Was hat er vor?

19.8.

Ich wage es und gehe hin. Diesmal in Minden. Sein Wohnhaus? Hat tatsächlich einen Folterkeller, SM-Grundausstattung. Sein Angebot: nur wir beide, das

WE hier unten. Wie 50 shades of grey. *Für 25 sage ich zu.*

21.8.

Ging gut aus, keine Verletzungen, M hat Versprechen gehalten.

28.8.

M hat mich wieder gebucht. Wirkte angespannt, geschäftliche Probleme. Waren wieder in seinem Haus in Minden, scheint aber nicht verheiratet zu sein.

Sonntag Morgen kam Besuch: 2 Männer (Mitarbeiter?) und ein Jugendlicher in Gruftiaufzug. Der Grufti scheint was ausgefressen zu haben, wirkte sehr unentspannt. M hatte irgendwas mit ihm vor. Ich durfte nichts mitkriegen, er fesselte mich ans Bett und schloss mich im Schlafzimmer ein.

Ich hörte laute Stimmen. Und Schreie. Sie werden dem Grufti doch wohl nichts getan haben? Die Schreie hörten irgendwann auf. Ich lag bestimmt eine Stunde. Als M mich befreite, war er wieder allein. Er wirkte gelöster. Ich fragte ihn, was es mit dem Jungen auf sich hat. Er sagte, Halt's Maul, das geht dich nichts an.

Mich fröstelt. Ich überlege wieder, die Geschäftsverbindung zu canceln.

30.8.

M hat mich in sein Büro bestellt, mitten in der Woche. Er stellt mir 2 MA vor. Ich erkenne die beiden Typen, waren letztes WE mit dem Grufti da. M erläutert, dass sie ihm helfen, Ordnung in der Firma zu halten. In seiner Stimme nehme ich eine leichte Drohung wahr. Ich weiß genau, was er mit Ordnung meint. Großer Gott, was haben sie mit dem Jungen gemacht?

M sagt, dass er es in seiner Branche oft mit Querulanten zu tun hat. Manchmal müssen solche Sachen reguliert werden. So wie mit dem Grufti. Ich werde blass. Hat er gerade von Mord gesprochen? Vor einiger Zeit musste er einen lästigen Reporter regulieren. Danach war wieder Ruhe.

Es sei wichtig, alles unter Kontrolle zu halten, intern, innerhalb der Firma. Er musste noch nie die Polizei einschalten. Eine Warnung in meine Richtung? Falls ja, habe ich sie verstanden.

Jetzt hat er mich in der Hand. Ich weiß, dass ich Zeugin eines Verbrechens geworden bin. Wahrscheinlich hat er den Grufti umgebracht (M sprach von Erpressung). Wahrscheinlich auch den Reporter. Ich bin jetzt Mitwisserin, er hat mich quasi gekauft. Sein Angebot: Jeden Monat 2.000,- €, dafür auf Abruf für ihn bereitstehen, nur harmloser Sex. Und Schweigen.

18.9.

3 Wochen ging alles gut. Dann wurde M plötzlich brutaler. Weil er mich in der Hand hat, glaubt, er, mit mir machen zu können, was er will. Er folterte mich, brachte mir Verletzungen bei. Er rasierte mich, testete meine Schmerzgrenze aus, bis ich schrie.

Ich habe die Schnauze voll, sagte ihm, wenn er so weiter macht, gilt unser Deal nicht mehr und es könnte sein, dass ich der Polizei was stecke. Er rastete aus, schlug mich, knüppelte mich nieder. Ich konnte gerade so flüchten.

25.9.

Bin am WE nicht zu M gegangen. Er rief an, forderte mich auf zu kommen. Ich weigerte mich. Er legte wütend auf.

27.9.

Ich werde verfolgt. Beim Shopping fällt mir auf, dass mich ein Audi verfolgt.

28.9.

Lässt M mich observieren? Wieder werde ich von diesem Audi verfolgt. Ich habe Angst.
Am Abend bemerke ich vor meiner Wohnung einen dunklen BMW, der hier noch nie stand. Er bleibt die ganze Nacht. Am nächsten Morgen ist er weg.

29.9.

Der BMW ist wieder da.

3.10.

Ich leide unter Verfolgungswahn. Bilde mir überall ein, beobachtet zu werden. Ist aber wohl keine Einbildung. Meine Angst steigt. Will M mich jetzt auch regulieren?
L bemerkt meine Unruhe. Kann ich mit ihr darüber sprechen? Nein, noch zu früh.

Ich halte es nicht mehr aus. Dieser Druck bringt mich um. Ich muss mit M sprechen, ihn zur Rede stellen. Oder besser gleich zur Polizei? Nein, erst M. Vielleicht können wir uns ja noch einigen.

34

Der Morgen war kalt, aber es war klar und sonnig. Im weiteren Tagesverlauf würde es vielleicht sogar ein wenig warm werden. In der Nacht hatte es geregnet, sodass die verdampfende Feuchtigkeit den Friedhof in einen nebligen Schleier hüllte. Einige vorwitzige Sonnenstrahlen hoben das Grab aus dem Dunst hervor, als wollten sie die Tote kitzeln und zu neuem Leben erwecken. Doch Lolita würde nie wieder ins Leben zurückkehren. Alles, was an sie erinnerte, waren weiße Buchstaben auf schwarzem Marmor. Anna Lena hatte sich für Sarah Kottkamp als Inschrift auf dem Grabstein entschieden. Eine gute Wahl, denn obwohl Sarah bekannter war unter ihrem Namen Lolita LeGuin, hätte dieser auf einer Grabplatte irgendwie frivol ausgesehen.
Es war der Tag nach Weihnachten. Wir waren zu dritt. Wir waren gekommen, um Abschied zu nehmen. Anna Lena hatte Blumen mitgebracht, einen Lilienstrauß, den sie auf das Grab legte, während Charlie und ich uns diskret einige Schritte im Hintergrund hielten. Ihre Augen waren feucht, aber sie schluchzte nicht. Sie sprach leise, dennoch konnte ich hören, was sie sagte.

„Mama, ich hab dich lieb. Vielleicht hätte ich zu Hause bleiben sollen, damit wir mehr Zeit miteinander gehabt hätten. Ich weiß, das ging nicht, dein Beruf ließ das nicht zu. Aber schön wäre es gewesen. Jetzt bist du nicht mehr da. Ich bin unendlich traurig. Aber mach dir keine Sorgen. Ich komme zurecht. Du hast ja für mich gesorgt. Und im Internat bereiten sie uns gut auf das Leben vor."

Ihr Zwiegespräch, das eigentlich ein Monolog war, dauerte noch ein paar Minuten. Bedingt durch die unglücklichen Umstände hatte keine von uns an Lolitas Beisetzung teilnehmen können. Ich wäre gern dabei gewesen, Anna Lena vermutlich auch. Aber ist das Leben nicht eine Aneinanderreihung verpasster Chancen?

Meine Augen füllten sich mit Tränen. Ich sah, dass es Charlie genauso ging. Unsere Tränen galten nicht nur der traurigen Szene, der wir beiwohnten. Sie galten auch dem Abschied, der wahrscheinlich ein Abschied für immer war. Anna Lena würde uns heute verlassen und in die Schweiz zurückkehren. Fast einen Monat hatte sie bei uns gelebt, hatte an unserem Leben teilgenommen und war uns ans Herz gewachsen und ein Mitglied unserer Frauen-WG geworden. Das war nun vorbei. In wenigen Minuten fuhr der Zug, der sie zurückbrachte in ihr Internat, das ihr Zuhause und ihre Heimat war. Vielleicht kam sie eines Tages zurück, aber ich bezweifelte es. Sie hatte Freunde in der Schweiz, während sie in ihrer alten Heimat nur Charlie und mich kannte. Die Schweiz war ihr Lebensmittelpunkt, so war es nun mal. Menschen wie Anna Lena traten ins Leben, spielten eine kurze Zeit eine Rolle, verabschiedeten sich und kamen nie wieder.

Und Möhlmann? Wie ging es mit diesem Monster weiter? Diesem skrupellosen Geschäftsmann, der aus reiner Profitgier wenigstens vier Menschenleben auf dem Gewissen hatte. Nolting, den Reporter, der ihm als erster auf die Schliche gekommen war. Den Grufti, der wahrscheinlich versucht hatte, Möhlmann zu erpressen. Isabelle, die nur zur falschen Zeit am falschen Ort gewesen war. Und Lolita, die absolut nichts mit der Sache zu tun und nur das Pech gehabt hatte, Isabelles Freundin zu sein.

Anna Lena, Charlie und ich wären beinahe weitere Opfer geworden. Die Wunden schmerzten noch, aber wir lebten. Dann gab es noch Eddie Finger, der zwar nicht ermordet wurde, aber auf andere Art ein Opfer Möhlmanns und seiner zerstörerischen Intrigen geworden war. Fälle, die Möhlmann reguliert hatte. Wer würde Möhlmann regulieren?

Vielleicht konnte es Isabelles Tagebuch, das Möhlmann so verzweifelt gesucht und nie gefunden hatte. Weil Isabelle schlauer gewesen war als er. Auch ich musste zugeben, dass es ein geschickter Schachzug gewesen war, das Buch bei einem Notar zu hinterlegen. Allerdings zeugte diese Tat auch davon, dass Isabelle ihr Schicksal geahnt und dieses kurz bevorgestanden hatte. Dennoch – das Tagebuch existierte, und eine beglaubigte Kopie war jetzt im Besitz der Polizei. Vielleicht reichte es als Beweismittel. Vielleicht nicht.

Es kümmerte uns nicht mehr. Für uns – Anna Lena, Charlie und mich – war der Fall abgeschlossen. Wir wussten, dass Lolita ermordet worden war. Und wir wussten, wer der Mörder war.

Ich sah auf meine Uhr. Es wurde Zeit. Die Fahrt zum Bahnhof verging viel zu schnell. Das erste Mal in meinem Leben störte der starke Verkehr mich nicht.

Jeder Radfahrer, jeder Schleicher war ein Geschenk, verzögerten sie doch den schweren Abschied um wertvolle Sekunden. Den Abschied, der sich dennoch nicht vermeiden ließ. Und so standen Charlie und ich nur wenige Minuten nach dem Abschied von Lolita auf dem Bahnsteig, halfen Anna Lena in den Zug und umarmten sie ein letztes Mal.

Anna Lena sah mich mit Tränen in den Augen an und sagte: „Danke für alles, Lavinia."

Diesmal gelang es mir, meine eigenen Tränen zu unterdrücken. „Ich wünschte, ich könnte dir den Mörder deiner Mutter auf einem Silbertablett präsentieren. Der Fall endete unbefriedigend."

„Das sehe ich anders. Du und ich, wir wissen, wer meine Mutter und Isabelle auf dem Gewissen hat. Auch wenn Möhlmann vielleicht nie wegen Mordes verurteilt wird, du hast mir bewiesen, dass er es war. Das reicht mir. Durch seine Sühne wird Mama auch nicht wieder lebendig."

Sie holte einen Umschlag aus ihrer Jackentasche hervor. „Zum letzten Mal, Lavinia, nimm dein Honorar."

Ich hob abwehrend die Hände. „Darüber haben wir doch gesprochen. Ich habe nicht erfolgreich gearbeitet, und damit steht mir auch kein Honorar zu. Behalt das Geld, du kannst es gut für deine Zukunft brauchen."

Aus den Lautsprechern ertönte die Ansage zur Abfahrt. Charlie und ich drückten Anna Lena ein allerletztes Mal. Dann sahen wir zu, wie sie zu ihrem Platz ging. Der Zug fuhr an. Anna Lena winkte. Charlie winkte. Ich winkte. Der Zug wurde schneller, war wenige Sekunden später ein unscheinbarer Fleck in der Landschaft und kurz darauf ganz verschwunden.

Ich winkte immer noch. Mach's gut, kleine Anna Lena.

Ostern wurde ich noch einmal an sie erinnert. Das Leben ging schon lange wieder seinen normalen Gang. Charlie arbeitete fleißig an ihrem Abschluss als Autoschlosserin. Ich ging wieder regelmäßig zum Boxen. Seit Januar war ich Ehrenbürgerin von Tonnenheide.

Der Lorenz knallte, wie man in Ostwestfalen sagt, und ich verzichtete darauf, ins Büro zu fahren, obwohl sich mein Schreibtisch bog vor Unterlagen – meine Geschäfte liefen gut in letzter Zeit. Es war Karsamstag, der zweite Tag eines langen schönen Wochenendes. Charlie und ich gönnten uns ein ausgiebiges Frühstück mit frischen Brötchen, Marmelade, Müsli und bunten Eiern. Als ich einmal in den Garten blickte, hätte ich schwören können, den Osterhasen zu sehen. Es war zwar nur ein Wildkaninchen, aber der Anblick war trotzdem schön und machte Ostern zu einer runden Sache. Ich war guter Laune und dachte daran, mich am Nachmittag in die Sonne zu legen und das schöne Wetter zu genießen.

Ich war so in meine Gedanken vertieft, dass ich gar nicht merkte, dass es an der Haustür klingelte. Charlie sprang auf und öffnete. Ich erschreckte, als plötzlich Horst Bremer neben mir stand.

„Hallo, Lavinia. Ich dachte, ich überbringe dir die gute Nachricht persönlich."

Ich stand auf. „Horst. Setz dich doch."

„Danke, ich habe gefrühstückt. Ich muss auch gleich wieder los. Ich hab die Osterwache übernommen. Ich wollte dir vor dem Büro nur noch schnell gratulieren."

„Gratulieren wozu?"

„Zu deinem Sieg. Herbert, der Cherusker, ist Donnerstag Abend vom Gericht wegen Mordes schuldig gesprochen worden."

Ich reagierte, wie man in solchen Fällen reagiert, wenn man etwas im Mund hat: Ich verschluckte mich fürchterlich und hustete mir die Seele aus dem Leib. Horst fand das offenbar amüsant und klopfte mir auf den Rücken.

„Schuldig in allen vier uns bekannten Fällen. Wahrscheinlich geht noch mehr auf sein Konto, aber dafür konnte die Staatsanwaltschaft keine Beweise erbringen. Deinen Grufti aus Tonnenheide haben wir übrigens im Beton der neuen Schleuse gefunden. Genauso wie diesen Reporter, Nolting. Die Bauarbeiten lagen eine ganze Woche still und statt neuen Beton zu gießen, mussten die Arbeiter den harten Beton wieder aufstemmen. Tja, das war's für Möhlmann. Sein Anwalt konnte ihm nur noch raten, zu gestehen."

Es war seltsam. Ich war Möhlmann nie persönlich begegnet. Aber Horsts Worte lösten etwas in mir aus. Einen Triumph. Einen Sieg über einen alten Erzfeind, der mir und meinen Freunden unendliches Leid bereitet hatte. Ein tödliches Duell, aus dem ich als Sieger hervorgegangen war. Ehe mein Geist es verhindern konnte, fiel mein Körper Horst um den Hals und gab ihm einen dicken Kuss.

Später, als er gegangen war, gönnten Charlie und ich uns zur Feier des Tages ein Glas Sekt. Endlich war Lolitas Tod gesühnt. Charlie schickte Anna Lena eine WhatsApp. Als Antwort kam *Wohin soll ich das Honorar schicken?*

Das war mein letzter Kontakt zu Anna Lena Kottkamp. Charlie und sie tauschten sich noch ein paar Wochen über WhatsApp aus. Aber irgendwann endete auch diese Verbindung. Es kam, wie ich es vorausgesehen hatte: Ich sah Anna Lena nie wieder.